〈文学史〉の哲学

日本浪曼派の思想と方法

Masaki Sakamoto

坂元昌樹

翰林書房

〈文学史〉の哲学——日本浪曼派の思想と方法◎目次

第Ⅲ部　日本浪曼派とその〈文学史〉的圏域

凡例

一、年代の表記は、基本的に西暦を使用した。ただし、必要に応じて元号を補った。また、単行本・新聞・雑誌の刊行年月の表記に際しては、例えば「二〇〇一年一月」を「二〇〇一・一」という形で示した。

一、単行本・新聞・雑誌の表題は『　』で示し、単行本・新聞・雑誌に掲載された記事や作品等の表題については「　」で示した。

一、保田與重郎に関わる諸テキストの引用は、本文ならびに注において特に指示があるものを除いて、いずれも講談社刊行の『保田與重郎全集』（一九八五・一一－一九八九・九）に依拠した。また、本論中の個別作家に関わるテキストの引用については、それぞれの章の末尾に引用元について記した。

一、引用に際しては、旧字体の漢字は、固有名等を除いて原則として新字体に改めた。引用文中の仮名遣いならびに句読点は、原則として原文のままとしたが、原文に付された圏点・ルビ等は一部省略した。

一、引用文・引用語に相当する部分は、〈　〉記号を使用して示し、引用文中の中略部分は、「（中略）」の記号を使用して示した。

はじめに

本書『〈文学史〉の哲学――日本浪曼派の思想と方法』は、近代日本の一時期を画した文芸批評家であり思想家である保田與重郎（一九一〇－一九八一）のテキストを主要な考察の対象として、一九三〇年代から一九四〇年代にかけての日本国内の文学者に多大な影響を持った同時期のいわゆる「日本浪曼派」の運動が内包した思想と方法についての解明を試みたものである。タイトルである「〈文学史〉の哲学」とは、この「日本浪曼派」の運動の中心として活動した保田與重郎による一連の文学評論に看取される固有の〈文学史〉構想と、その〈文学史〉構想を支えていた保田自身の体系的な思考と世界認識のことを指している。

本書は第Ⅰ部「日本浪曼派と〈文学史〉の哲学」、第Ⅱ部「日本浪曼派とその思想的背景」、第Ⅲ部「日本浪曼派とその〈文学史〉圏域」の全三部合計一二章から構成されている。以下において、本書全体の構成と各章の内容に関して簡潔に概観しておきたい。

第Ⅰ部「日本浪曼派と〈文学史〉の哲学」においては、主に保田與重郎によるテキストの分析を通して、「日本浪曼派」の運動における論理と方法を総合的に考察する。最初に、第一章「日本浪曼派の言説戦略――方法としての〈文学史〉」において、保田による「日本浪曼派」の運動の言説戦略の内実に関して、保田の〈歴史〉と〈文学史〉に関する認識を一つの軸として総合的な考察を行い、そこから新たな「日本浪曼派」批判に向けての論理の構成を目指す。次の第二章「日本浪曼派の言説とジェンダー――〈文学史〉と〈女性〉表象」では、保田の言説における〈女性〉の表象と日本の〈民族〉の表象の関係性という問題に関して、保田の同時代〈女性〉論と古典文学を対象とする評論における〈女性〉像の構築のあり方をめぐって検討を行う。

そして第三章「日本浪曼派と〈古典〉論の展開――〈文学史〉の哲学」において、『万葉集の精神』に代表される保田の〈古典〉評論において看取される思考と論理の構造を踏まえながら、保田の構想した「日本浪曼派」の言説戦略の解明に関して更なる展望を提示し、保田による〈文学史〉とその哲学の構想の持つ可能性と限界点を考察する。さらに、第四章「日本浪曼派の〈戦後〉――「絶対平和論」と〈文学史〉の行方」では、保田による戦後の「絶対平和論」における言説に関して、その一九四〇年代から一九五〇年代にかけての〈近代〉批判を一つの論点としながら考察を行い、保田における〈戦後〉の位相を検証することで、そこから「日本浪曼派」の文学運動に対する評価の再構成を目指している。

続いて、第Ⅱ部「日本浪曼派とその思想的背景」においては、「日本浪曼派」の文学運動が登場することとなった思想的・文化的背景を、保田與重郎の知的形成過程を視点として検討する。まず、第五章「日本浪曼派と〈民芸〉運動――〈沖縄〉というトポス」では、近代日本の民芸運動を代表する柳宗悦の〈民芸〉をめぐる言説と保田による言説、特に〈沖縄〉に関連した言説を具体的に比較しながら、「日本浪曼派」の言説構造において〈民芸〉思想の占めた位置の評価を試みる。そして第六章「日本浪曼派と〈差異〉――幻想としての〈郷土〉」においては、保田における〈郷土ショービニズム〉の基本的構造を再検討し、保田の〈郷土〉である大和地方に対する賛美の言説の背後に隠蔽された、一九三〇年代の日本における〈差別〉と〈差異〉をめぐる問題系を照射する。

さらに第七章「日本浪曼派批判の再構成――〈民衆〉という虚構」においては、世界システム分析における理論的視座を援用しながら、保田の一九三〇年代の言説に関して分析を行い、「日本浪曼派」の運動の一側面に関して、〈民衆〉概念の〈民族〉概念への分岐という観点からの検討を行っている。

そして、第Ⅲ部「日本浪曼派とその〈文学史〉的圏域」は、保田與重郎の言説を中心として、広く日本近代文学における「日本浪曼派」に関係する文学者の相互関係の問題に関して考察する内容となっている。まず第八章「夏目漱石と日本浪曼派――〈浪漫〉をめぐる言説の系譜」では、romanticism という意味での〈浪漫〉の語の翻訳者でもある夏目漱石が、保田を中心とする「日本浪曼派」グループに与えた影響について、漱石の思考と言説を参照枠としつつ〈浪漫〉に関係する言説の系譜として検討している。次の第九章「ラフカディオ・ハーンと日本浪曼派――〈日本的なもの〉の系譜」では、ラフカディオ・ハーン（Lafcadio Hearn 小泉八雲）とその著作からの萩原朔太郎と佐藤春夫への影響、さらに「日本浪曼派」グループとの関係性を考察する。

続く第一〇章「芥川龍之介と日本浪曼派――〈理性〉への懐疑」では、芥川龍之介の小説「歯車」が内包する一側面を、近代的な合理主義の総体に対する批判の水準において捉え直し、そこから昭和期の「日本浪曼派」へ至るロマン主義的な志向の系譜の様態を探求している。また、第一一章「日本浪曼派と一九三〇年前後――太宰治と保田與重郎の交錯」は、太宰治の初期習作「虎徹宵話」と保田の初期小説「やぽん・まるち」を取り上げて、後に雑誌『日本浪曼派』において合流するこの両者が、一九三〇年前後の同時代言説の内部においていち早くロマン主義的な志向を共有していたことを示唆する。そして第一二章「「近代の超克」の周辺――津村秀夫と〈超克〉論議の多様性」は、一九四二年の七月に雑誌『文学界』によって実施された座談会「近代の超克」に関して、一般に『文学界』グループ・「京都学派」・「日本浪曼派」の三つの要素を含むと評価されてきたこの座談会における映画評論家の津村秀夫の言説を検討したものである。

第I部　日本浪曼派と〈文学史〉の哲学

第一章　日本浪曼派の言説戦略——方法としての〈文学史〉

はじめに

現代において、一九三〇年代から一九四〇年代にかけての「日本浪曼派」の文学運動に対する再検討は、いかなる水準において可能であろうか。かつて橋川文三は、現在の「日本浪曼派」研究史においては既に古典的著作となっている『日本浪曼派批判序説』において、戦前・戦中期の〈日本ロマン派〉の言説運動と、それに先行する〈前期共産主義〉の思想運動が共有していた〈革命〉思想としての〈等価〉的性格に関する仮説を提出した。[1] 即ち、橋川の仮説に基づくならば、いわゆる〈日本ロマン派〉の思想運動は、歴史的には〈前期共産主義〉の思想運動と原理的に並行する側面を持つ一種の〈反帝国主義〉的運動であったとして措定されることになる。

本章「日本浪曼派の言説戦略——方法としての〈文学史〉」においては、この橋川の問題提起に関して考察を展開していく。[2] 以下においては、特に、一九三〇年代後期の保田與重郎のテキストにおいて顕著に看取される、近代の言説秩序としての〈システム〉に対する批判の問題を再検討したいと考える。橋川の実感した〈倒錯的な革命方式に収斂した〉運動としての「日本浪曼派」の言説戦略の内実に関して、保田與重郎の〈歴史〉と〈文学史〉に関する認識を一つの軸として考察を行い、そこから新たな〈日本浪曼派批判〉に向けての論理の再構成を目指すことが、本章の目的である。

一　〈文明開化の論理の終焉〉という認識

一九三九（昭和一四）年一月号の『コギト』に掲載された保田のテキスト「文明開化の論理の終焉について」に関しては、従来から様々な考察が積み重ねられてきた。この著名なテキストにおいて、保田が、〈マルクス主義文芸運動〉を〈日本の文明開化の最後の段階〉として厳しく断罪したことはよく知られている。しかし、このテキストを改めて検討する際にきわめて興味深いのは、保田が、〈マルクス主義文芸運動〉と同時に〈国策に便乗する〉〈日本主義文芸〉の〈頽廃〉を厳しく批判しているという事実である。

〈今日日本主義といふ、これは日本の文化の国際情勢から考へられたときの日本主義であらう。その点でマルクス主義と背腹の思考でなければならない。マルクス主義は文明開化主義の終末現象に他ならぬからである。それは意識しなかつた論理上のデカダンスの一つである。しかもこの日本主義を云ふ日に、日本の過去数十年の近代文化には、又は文化の論理には、文明開化の論理以外の何者もないのを知るのである。〉
〈日本文化は、英米の植民地に他ならなかつたのである。〉

一連の保田の認識に従えば、近代の〈日本文化は、英米の植民地に他ならなかつた〉のであり、近代日本の〈文学〉や〈知性〉も結局〈大正末期に完成された〉〈植民地文芸〉であり〈植民地の知性〉に過ぎない。従って、〈文明開化の論理〉という〈文化の論理〉に立脚したままの同時代の〈日本主義〉も、先行する〈マルクス主義〉と同様、畢竟〈植民地文学的性質〉を脱し得ない空虚な言説として、保田による否定の対象となるのである。

ここには、保田における近代の〈日本文化〉とその言説空間に対する基本的な認識が呈示されている。保田は、〈文明開化〉以来の〈日本文化〉が近代ヨーロッパの文化的コロニアリズムの下で形成された歴史を、〈文明開化の論理〉の発展という観点を導入しながら批判する。[3] 問題は、保田が、そのような近代日本における〈文明開化の論理〉の必然的な帰結としての〈植民地文化〉の状況に対して、どのような批判の戦略を提出しようとするかに存在するだろう。その戦略に関連して注目されるのが、この「文明開化の論理の終焉について」というテキストの結末部に現れる〈システム〉という認識である。

〈日本の現実は地図の上でも明らかに、文明開化の論理をはみ出してゐる。それは、ヨーロッパ人の世界分割の完了によつて作られたあの国際論理をうち破つてゐるのである。新しい日本主義の大思想は、この日に出現するであらう。〉〈ヨーロッパの傘下で作られたまとまつた矛盾のない官僚的論理のシステムに対しけふの日本はその傘の外に出て、雨にうたれるべき論理を必要としてゐる。日本はそのシステム外で矛盾を連続して作りそのシステムを攪乱せねばならぬのである。〉

この一節において特に注目されるのは、保田の戦略が、同時代の世界秩序としての〈システム〉への批判を志向している点である。保田の認識では、同時代の〈日本の現実〉に対応して要求される〈新しい日本主義の大思想〉は、〈ヨーロッパの傘下で作られたまとまつた矛盾のない官僚的論理のシステム〉に対して、〈そのシステム外で矛盾を連続して作りそのシステムを攪乱〉するような戦略に立脚している必要があるとされるのである。

一連の保田による世界秩序としての〈システム〉に対する基本的思考を提出しているのが、評論集『蒙疆』（一九三八・一二　生活社）所収の諸テキストである。[4] 保田は、同書の巻頭に置かれた「昭和の精神——序に代へて」（『新潮』一九三八・四）において、この〈システム〉の語を反復して使用しながら、同時代の〈普通の分析的批評の方法〉や〈一般理論による分析の方法〉が依拠してきた〈システム〉は、〈日本の独立〉による〈世界文化の再建〉が形成する〈形定まらぬ精神の状態〉を評価不可能であると主張する。

> 〈彼らは己らのシステムの言葉を、この新しい世界と精神の相の部分にあてはめ、その古き言葉を古きシステムの中で否定しうるに過ぎない。〉〈霍乱をおそれてシステムの旧きを守る精神はこの時代に排斥される。批評は分析でなくして、霍乱者の注入といふことがその役目となつた。この時代のこの気風はしかも国の精神史をすでに超越して、わが神話的な世界史への唯一の意志として、しかもそれがまさに行為されつつあるのである。一切の旧来の倫理学的システムや国際法的システムは、この行為のまへに無力と化した。この行為の事実は現状の世界と秩序と論理の変革に他ならないのである。〉

『蒙疆』での保田の言説に特徴的なのは、第一に、日本のアジア侵略が、同時代の世界秩序としての〈システム〉に対する〈意志〉として一貫して認識されている点である。第二に、そこでの批判的対象としての〈古きシステム〉〈システムの旧きを守る精神〉が、〈旧来の倫理学的システムや国際法的システム〉といった言説上の世界秩序の問題として改めて焦点化されている点である。この同時代言説の〈システム〉の〈変革〉という保田の主張は、『蒙疆』所収の他の複数のテキストにおいても共通して展開されている。

例えば、書名と同題のテキスト「蒙疆」（『新日本』一九三八・九／一二）において、保田は、「近代西洋」によって形成された〈十九世紀的文化理念〉や〈十九世紀的理論体系〉〈十九世紀的秩序〉を反復して批判し、それらに対する〈世界史の規模〉における〈変革〉行為として日中戦争を措定する。また、「北寧鉄路」（『コギト』一九三八・一〇）においても、保田は〈日本のインテリ〉の唱える〈客観性〉の概念を厳しく否定しながら、近代の〈理論と百科全書〉を〈白人専制とアジアの植民地化を理論づけた論理〉の基盤として措定し、それら〈民族圧迫の論理によつて肯定された世界情勢論〉〈アジアの分割と隷属を永久づける理論〉に対する破壊を唱える。このように、『蒙疆』で展開される言説においては、同時代の世界の言説秩序としての〈システム〉それ自体が、近代的な〈差別〉構造の一環を形成しているという認識が存在している点が注目される。[5]

既に確認してきた保田の言説における〈世界史〉とその〈システム〉をめぐる認識は、言うまでもなく、同時期のいわゆる「京都学派」による〈世界史的立場〉に関する主張とも微妙に交錯している。例えば、「京都学派」の代表的論客の一人である高山岩男は、後の著名な『世界史の哲学』（一九四二・九　岩波書店）の「序文」において、同時代の状況を〈世界史上の大動揺〉〈世界史の大転換〉として認知した上で、当時の日本が立脚する〈世界史上〉の位相を〈ヨーロッパ世界に対して非ヨーロッパ世界が独立しようとする趨勢〉として評価することになる。既に確認してきたような保田の認識は、高山に代表される一連の「京都学派」的な〈世界史〉的展望と、一見したところその構造において共通点を持つだろう。[6]

しかし、現実の保田が、「京都学派」を〈情勢論〉という名の下に厳しく批判していたという事実を忘れてはならない。[7]従って、問題は、同時代の「京都学派」的な言説とも一面において近似するかのような保田の〈現状の世界と秩序と論理の変革〉の主張が、具体的な言説戦略として、いかなる水準において展開されたかに存在する筈である。

二 〈後鳥羽院以後隠遁詩人〉の系譜

評論集『戴冠詩人の御一人者』（一九三八・九 東京堂）は、そのような同時代言説の〈システム〉に対する保田の言説戦略を考察するに際して、きわめて示唆的なテキストである。〈日本は未曾有の偉大な時期に臨んでゐる〉という一文から始まる著名な「緒言」において、保田は〈一つの「日本」の体系を文芸によつて描くことは、文芸批評家としての私のつゝましい野望であつた〉と言明した上で、〈文芸批評家の当面の任務〉を論じる。

〈現代の文芸批評家の当面の任務は、今世界史的時期を経験せねばならない日本の、その「日本」の体系を文芸によつて闡明し、より高き「日本」のために、その「日本」の血統を、文芸史によつて系譜づけることであるとは私の信ずるところである。〉
〈それは今日公共の決意の一つである。〉

この「緒言」の中で、保田は、〈世界史的時期を経験〉しつつある〈日本〉の言説空間における〈「日本」の血統を文芸史によつて系譜づける〉営為が持つ重要性を反復して強調している。〈血統〉に関する同様の論理は、同時期における保田のテキストに頻出するものである。例えば、早く「主題の積極性について（又は文学の曖昧さ）」（『コギト』一九三五・一〇）において、保田は、同時代の〈日本〉の言説空間が〈明確な国文学伝統の一つさへもつてゐない〉点を指摘しながら、その〈曖昧さ〉を乗り越えるために〈新しい血統の文学〉の確立が急務であることを強調していた。また、「新浪曼主義について」（『解釈と鑑賞』一九三九・三）においても、〈日本浪曼派の功績の最大なものの一つ〉は、〈日本のインテリゲンチヤ気取り〉が〈すべて一様に放棄して〉いた〈日本の血統〉や〈日本の詩人と英雄の血統〉を〈樹立〉した点にあった、と改めて回想を行っている点に注意したい。

ここで保田の主張する〈「日本」の血統〉あるいは〈日本の詩人と英雄の血統〉とは、具体的には保田の〈文学史〉認識として同時期に体系化された〈後鳥羽院以後隠遁詩人〉というよく知られた構想に連続するものである。この〈後鳥羽院以後隠遁詩人〉という保田の〈文学史〉構想は、評論集『後鳥羽院』（一九三九・一〇　思潮社）において集中的に展開されている。保田は、その「序」において同書の試みを以下のように規定する。

〈本書はわが国文芸史上に於ける後鳥羽院の精神と位置を追慕する著者近年の文章を集成したものである。本書は日本文学の源流と伝統と傍題した如く、この院に、絢爛たる歴史の綜合と整理を、稀有なる将来の源流と流域を考へる著者の、文学史的信念を系統づける意図を以て、近年諸月刊誌上に発表したものを再編したのである。〉

〈著者の考へるところは文学史への一つの試みである。〉

保田は〈後鳥羽院の精神〉に〈絢爛たる歴史の綜合と整理〉と〈稀有なる将来の源流と流域〉を発見する。ここで保田の主張する〈文学史的信念〉は、『後鳥羽院』の巻頭に収録された「日本文芸の伝統を愛しむ」（『短歌研究』一九三七・二）に詳しい。このテキストの中で、保田は〈後鳥羽院の意義〉を〈国民的であり同時に民族的である意味で現在世界に唯一の文芸伝統の屈折のあるまゝな一すぢの流れに、大きい一つの時代の点を与へた詩神〉として措定し、そのような認識を媒介した存在として元禄期の松尾芭蕉に言及している。

ここで注意すべきなのは、このテキストの冒頭において、保田が〈後鳥羽院の意義を芭蕉によつて教へられた〉

時期が〈昭和十年〉であったことが確認されていることである。この〈昭和十年〉という時期は、直後の以下のような記述とも相補性を持っている。

〈私らが少年期をへた頃のその日その日は、まことにあわたゞしい時代であつた。昭和の三年頃から七年八年と、その数年を考へるがよい。〉〈さうして私は日本の芸文の伝統を思つて耐へないものがあつた。幸ひにもその時代さへまださういふ質実の業を切迫して思ふ余裕を残してゐた。しかもわが国風の伝統を思ふとき、私は切に後鳥羽院の意味を思はざるを得ないのである。〉

保田の〈後鳥羽院以後隠遁詩人〉という〈文学史〉の構築過程が、ナルプ解散から転向文学の登場に至る〈昭和十年〉前後の言説状況を背景としていた点に、改めて注意を喚起しておきたい[8]。保田が〈後鳥羽院の意義〉を〈発見〉した経緯は、同時代の〈政治〉と〈文学〉をめぐる複雑な位相と、本質的な接点を持っていたと推測されるからである。

保田は後鳥羽院を〈日本文学〉の〈歴史〉における重要な結節点として評価した上で、先行する西行と後世の松尾芭蕉を共に〈隠遁詩人〉という観点から系統化し、この三者を主軸とする〈隠遁詩人の系譜〉を樹立する。この「日本文芸の伝統を愛しむ」における保田の〈文学史〉構想に関しては、テキスト中に保田自身による言及がある通り、従来から折口信夫の「女房文学から隠者文学へ」（『隠岐本新古今和歌集』「巻首」一九二七・九）の影響が指摘されてきた[9]。保田によれば、後鳥羽院は〈綜合者であると共に正風の止揚者〉であり、〈自らにして英風をもつた指導者〉として評価可能な存在である。

〈もののあはれを中心にして考察される日本文芸の歴史を思ふとき、そのときこそ院が一つの時代の集約者としてあらはれ、それは従つて次にくるものの萌芽である。正しく近世の萌芽であつた。芭蕉が彼の変革の決意に方法を与へたとき、後鳥羽院を回顧したことは、このときに意味深く、しかもそれとこれとは別のことを意味するのである。院が古代の復興者として、決意の行為者として、伝統の醇美の防衛者として、またやがて来るものの源流としての意味は、釈阿西行をへて、この御一人者の形相の中に見られたのである。〉

保田はこのような基本的認識に立脚しながら、自らの構想する〈日本文芸の伝統〉の内部に、旧来の〈日本文学〉の諸事象を回収し、その〈文学史〉的位相を再構成していく。一連の保田による後鳥羽院評価に関しては、早くから多くの批判的視点が提出されてきたが、最大の問題は、保田の〈文学史〉構想の主軸として後鳥羽院が選択されたことが持つ同時代的な意味であろう。[10] ここで改めて注目したいのは、保田の〈後鳥羽院以後隠遁詩人〉という〈文学史〉認識が、〈承久の乱〉における〈政治〉的な〈敗北者〉としての後鳥羽院を基軸として構成される点である。既に確認した通り、保田による後鳥羽院の〈発見〉の過程は、昭和十年前後の〈政治〉と〈文学〉をめぐる動向を背景に持っていた。

ここに、保田独自の〈歴史〉認識の問題が浮上する。同じく『後鳥羽院』所収の「物語と歌」(『コギト』一九三九・一〇)において、保田は〈承久の乱〉の性格に関連して〈承久の乱の本質は別に解せられねばならぬ〉として従来の〈歴史学〉の持つ問題に言及する。

〈私はやがて既往の歴史家と歴史学の考へ方の不当さの方を了解した。承久の乱を誤つたものは、まことに後鳥羽院の鴻業の規模と精神を知らなかつた者であつた。彼らは文学と文芸の歴史を通じて院を見る方法を知ら

なかつた。〉〈結果成績よりその原因を批判し、ことを実証的に考へることが久しい歴史家の陋習であつた。〉

保田は〈私はここで史実を検討するのではなく、わが国の詩人と詩の歴史に於ける後鳥羽院を考へることを目的とする〉と論及しているが、『後鳥羽院』中の一連の記述から、〈後鳥羽院以後隠遁詩人〉という〈文学史〉の問題が、保田の〈歴史〉批判の問題と密接に連関していることが推測可能となる。保田は〈承久の乱〉に関する〈既往の歴史家と歴史学〉の思考を批判しながら、それらとは異なる〈文学と文芸の歴史〉の水準において、従来は〈政治〉的な〈敗北者〉として認知されてきた後鳥羽院の位相の浮上を図る。保田における〈隠遁詩人〉の〈系譜〉とは、ある意味で〈歴史〉的認識を解体させる媒介でもある。それらは〈わが国の詩人と詩の歴史〉における新たな体系の確立を通じて、旧来の〈歴史〉秩序を転倒し、〈隠遁詩人〉という世俗的な〈敗北者〉の再評価を可能にするのである。

この保田の〈文学史〉の論理が持つ独自の性格は、後の『後鳥羽院（増補新版）』（一九四二・五　万里閣）においても、明確に提示されている。保田は、この増補版の巻頭に置かれた「増補新版の初めに」と題するテキストにおいて、〈後鳥羽院を奉讃する文学史論〉のテキストとしての『後鳥羽院』が〈わが歴史観を明らかにするために〉提出されたこと、そして増補を通じてその〈歴史観〉が一層強化されたという認識を強調している。ここでは、保田の〈文学史〉論の含意する〈歴史〉秩序の転倒の構造に注意を促しておきたい。

既に確認してきた通り、一連の保田の論理においては、〈文学史〉の〈系譜〉確立による〈日本の血統の樹立〉が、近代日本の〈植民地文化的性質〉を克服する方法として提出されていた。無論、ここでの〈日本の血統〉とは、日本の言説空間の内部において意識的に再構成される一種の〈イデオロギー〉であり、〈日本の詩人と英雄の血統〉とは、いわば〈つくられた伝統〉である。その意味では、一連の保田のテキストにおける日本の〈文学史〉構想の

提出は、一種の意識的な言説上の戦略として定位可能であろう。(11)

三　〈日本浪曼派の文芸観〉の背景

保田の論理構造において、日本の〈文芸史〉あるいは〈文学史〉の確立という戦略が、いかにして世界の言説〈システム〉に対する〈変革〉行為として認知され得るのか。この問題を考察する際に、保田の「我国に於ける浪漫主義の概観」(『現代文章講座』六　一九四〇・九)と題するテキストは示唆的である。このテキストにおいて、保田は、〈日本浪曼派の運動〉は、〈まさに崩壊せんとしつゝあつた日本の体系に対する咏嘆から初まつた〉として、〈日本浪曼派の文芸観〉に関する以下のような認識を提出している。

〈日本浪曼派の文芸観は、文芸を一つの民族の種々の表現と同じ地盤で全体と綜合の見地から眺めたといふことである。この同じ地盤を経済の下部構造の範囲でみるなら唯物史観となるものを、浪曼主義に於て眺めたのである。だから「英雄と詩人」といつた考へ方がなり立つ。日本浪曼派で構想した血統とか系譜といふ考へ方にしても、さういふ点で所謂世俗の文芸学の科学的立場と異なつてゐた。しかし大体に於て文芸や思想の世界に、産業や経済の持つやうな「科学的な」歴史はないのである。〉

〈日本浪曼派の文芸観〉は〈同じ地盤を経済の下部構造の範囲でみるなら唯物史観となるもの〉を〈浪曼主義に於て眺めた〉ものであるとする保田の主張に、特に注意を促しておきたい。このテキストにおいて保田は、「日本浪曼派」の運動が〈崩壊せんとしつつあつた日本の体系〉の再建から開始されたことを確認した上で、その〈血統〉や〈系譜〉の観念が〈世俗の文芸学の科学的立場〉と異なっていること、そして〈文芸や思想の世界〉に〈「科学的」な歴史はない〉ことを強調している。

ここで想起されるのが、同時期の保田の批評テキストに反復して登場する、〈進歩〉的思考や〈発展〉に基づく〈歴史〉認識に対する厳しい批判である。〈文明開化の論理〉へ向けられた保田の一連の批判は、そのような〈進歩〉の論理に対する批判の一典型であった。保田の〈進歩〉批判の思考は、「反進歩主義文学論」（『日本浪曼派』一九三五・五）と題する初期の著名なテキストにおいて、既に顕著である。一九三五年三月の雑誌『日本浪曼派』創刊前後の外部からの批判に応答する形式のこのテキストにおいて、保田は、〈進歩的か反進歩的か、さういふことを易々立言して、それを文芸批評の唯一の公式と考へる者に僕らは反対する〉と言明しながら、同時代の〈結構な啓蒙主義と進歩主義〉への批判を展開している。[12] 注意しなければならないのは、保田の批判する〈進歩主義〉が狭義の〈左翼〉的〈進歩〉思想だけでなく、より広義の〈進歩〉の観念をも含意している点である。保田における〈進歩主義〉への批判は、〈マルキシズム〉批判に留まらず、広く〈進歩〉や〈発展〉を前提とした〈近代〉的思考一般に対する批判として提出されている。

昭和十年代の保田における〈文学史〉の観念が、いわば〈歴史〉を超越した理念として措定されていたことは、当時『報知新聞』紙上に掲載された「人民文庫・日本浪曼派討論会」（一九三七・六・三―六／八―一二）における保田の発言からも確認可能である。この著名な座談会の中で、保田は、高見順らによる批判に対して、〈文学は観念論以外には出ない〉〈文学には発展形態がない。歴史に即することは別として、文学そのものには歴史はない〉と応酬している。保田の認識においては、〈文学〉は〈発展形態〉を持たぬ理念であり、〈歴史〉の〈進歩〉に対して超越的に機能する〈観念〉なのである。

即ち、保田の提出する〈日本の詩人と英雄の血統〉という〈文学史〉の体系は、近代世界の言説秩序が立脚してきた広い意味での〈進歩〉的な〈歴史〉観に対する切断を企図しており、それらに対する異なる〈歴史〉性の提示を含意していた、と考えられる。換言すれば、保田における前出の〈隠遁詩人の系譜〉とは、〈文学史〉の水準を媒介とした近代的な〈歴史〉認識に対する批判であり、その転倒を明確に意図した論理であったといえよう。

　このような保田の近代的な〈歴史〉認識に対する批判意識を明確に提示しているのが、評論集『民族的優越感』（一九四一・六　道統社）に収められた諸テキストである。この評論集の巻頭に置かれた「日本歴史学の建設」（『公論』一九四一・三）において、保田は、近代日本の〈国史〉、特に〈文化史〉における〈歴史観の喪失〉を批判し、新たな〈日本歴史学の建設〉のために、〈歴史〉に関する〈理論の国際概念〉の解体の必要性を強調する。

〈我々の国民に何を感じさせ、何を決意さす如くに、我々の国史は書かれねばならぬか。〉〈国史を再び確認するためには、我々はさらに広漠な解体をあへてせねばならぬのである。即ち市民的、云ひかへれば、市場的秩序を解体すべきである。理論の国際概念と云つたものを、完全に疑はねばならない。〉

　ここで保田の要請する新たな〈歴史観〉とは、〈アジアに於ける日本の永遠性の構想を精神文化に於て〉樹立する認識体系であり、『後鳥羽院』において総合化された〈後鳥羽院以後隠遁詩人〉の〈系譜〉の観念に実質的に対応するものである。[13] 保田の唱える〈日本歴史学の建設〉の論理構造を一層体系的な形式で提示しているのが、同時期の「新時代の歴史観」（『セルパン』一九四一・三）と題するテキストである。このテキストにおいて保田は、近代西洋の〈歴史観〉が〈アジア人を圧殺し、搾取する、もろもろの事業と企画の、ある段階の変化進行に応じてつけられた区画〉であるとして厳しい批判を展開する。

> 〈ヨオロツパとアジアの対立を無視する世界史の立場を否定するものが我々アジアの現下の歴史の立場である。〉〈我々の同志であつた日本浪曼派といふ者らは文学を求めて歴史を知つたのである。〉〈かゝる白人の世界征服の進行を土台にして生れた思想方法に対立する唯一の歴史こそ、我が日本国といふ思想の描いてきた歴史でなければならない。〉〈我々の歴史の帰決としての状態が、今や世界といふものに対して、別なる歴史の世界を以つて対立する時、我々の国家的国民的民族的なもののみが、最も広く深い意味をもつのである。〉

ここでの保田の認識に従えば、「日本浪曼派」が提出した〈血統〉や〈系譜〉という新たな〈歴史〉性の概念は、〈白人の世界征服の進行を土台にして生れた思想方法に対立する唯一の歴史〉を意味するものである。それは、〈我々の歴史の帰決としての状態〉が、近代世界の〈進歩〉的な歴史観に対して示す〈別なる歴史の世界〉であり、そこにおいては〈国家的国民的民族的なもの〉が〈最も広く深い意味をもつ〉とされる。この一連の〈歴史〉認識こそ、保田の言説戦略としての〈文学史〉の構想の基底をなすものである。

即ち、保田の意識においては、近代世界の言説上の秩序としての〈システム〉は、直線的な〈進歩〉や単一的な〈発展〉概念を前提とするが故に、必然的に近代西洋の歴史的な〈優越〉性の肯定へと帰結することになる。なぜならば、既に「蒙疆」で主張されていた通り、〈進歩主義〉の論理に立脚した西洋中心の線型的〈発展〉概念を前提とする限り、〈我が日本国〉を含む〈アジアの文化と精神〉は劣等な存在として〈世界文化から締め出されて〉しまうからである。その意味で、同時代の世界的な〈システム〉の持つ〈進歩〉的な志向は、保田にとっては近代世界の〈差別〉構造の温床と映る。それゆえに、〈民族圧迫の論理によつて肯定された世界情勢論〉と〈アジアの分割と隷属を永久づける理論〉の根源にある〈進歩主義〉的な〈歴史観〉は、正に否定されるべき当の対象となる。その際に保田によって提出された媒介こそ、〈進歩〉や〈発展〉の論理に対して超越的な理念として定義された

〈文学史〉の体系であり、具体的には〈後鳥羽院以後隠遁詩人〉の視点に立脚した〈日本の詩人と英雄の血統〉であったと思われる。そこにおいては、〈政治〉的〈敗北者〉としての後鳥羽院が〈文学史〉の水準において浮上する構造と、近代の〈システム〉において〈植民地〉的状況下に置かれていた〈我が日本国〉が〈進歩〉を否定する〈歴史〉性の水準において浮上するという構造が、相互に対応している。そこにこそ、この〈隠遁詩人の系譜〉という独自の〈文学史〉認識が形成される論理的必然性があった。この〈系譜〉は、いわば〈政治〉的な水準における〈世界〉と〈歴史〉の秩序を、〈文学史〉という独自の水準において根底的に解体し、それらを構造的に転倒する機能を果たしている。保田においては、近代的な〈歴史観〉の反措定としての〈文学史〉の提出は、近代の〈進歩主義〉に立脚した〈システム〉の切断と転倒を含意しているのである。

四　座談会「近代の超克」の問題

一九四二年の七月に雑誌『文学界』によって実施された座談会「近代の超克」に関しては、文学と思想の両領域において従来から様々な検討が行われてきた。一般に「文学界」グループ・「京都学派」・「日本浪曼派」の三つの要素を含むとされる座談会「近代の超克」であるが[14]、ここまで確認してきたような保田の形成した言説戦略の位相を踏まえた上で、改めて両者の接点を検討する時、興味深い問題が浮上してくる。

保田における〈歴史性〉認識の持つ重層性に関しては、既に確認した通りであるが、座談会「近代の超克」と同時期の「古典論の世界構想」（『国民評論』一九四二・一）においても、保田は〈情勢の作る歴史らしいもの〉と〈道義の不変なる歴史〉の両者を区別する。

〈我々は古典論の体系を明らかにすることによつて、時代を流れるものには、必ず情勢の作る歴史らしいものと、道義の不変なる歴史の精神が、いつも並びあることを知つたのである。日本書紀や続日本紀の描いたやうな、政治外交文化に現れた情勢史の根底で、万葉集の描いた歴史の精神こそ、さうした皇神の道義を明らかにした我が国の真の古典である。〉〈日本書紀に現れた漢意として、国学の排斥したものを今日に回想することは、最も日本文化の現在の責任と使命を云ふ者の緊急事である。日本の歴史を知り、歴史を知るための根底はそこに生まれるのである。〉

ここで前者の〈情勢の作る歴史らしいもの〉が〈発展〉や〈進歩〉の観念に対応する目的論的な〈歴史〉認識であるのに対し、後者の〈道義の不変なる歴史〉とされるものが、〈万葉集の描いた歴史の精神〉として〈日本の詩人と英雄の血統〉という〈文学史〉の論理に連なる超越的な〈歴史〉の論理であることは既に明らかであろう。このような〈発展〉や〈進歩〉を前提とする近代的な〈歴史性〉の観念に対立するもう一つの〈歴史性〉の存在は、「近代の超克」座談会においても、一つの課題として取り上げられている。例えば、小林秀雄は、座談会での発言において、〈歴史の変化に関する理論〉としての〈近代の史観〉に対して〈歴史の不変化に関する理論〉の可能性に言及している。

〈近代の史観といふものを、大ざつぱに言へば歴史の変化に関する理論と言へると思ふのですが、これに対して歴史の不変化に関する理論といふものも可能ではないかと考へるのです。〉〈歴史力に関するダイナミツクに足をとられて、歴史力のスタチツクといふものを忘却してゐる処に近代人の弱さがあるのではないかと僕は考へて来たのです。〉〈さういふ立場から観ると、歴史を常に変化と考へ或は進歩といふやうなことを考へて観て

いるのは非常に間違ひではないかといふ風に考へて来た。〉

ここでの小林による〈歴史を常に変化と考へ或は進歩といふやうなことを考へて、観ているのは非常に間違ひではないか〉という認識は、「京都学派」を代表する歴史学者である鈴木成高によっても首肯されている。鈴木は〈小林さんが仰つたやうな歴史観と申しますか、それは解る〉〈永遠に止まるものがあつて、そこに歴史があるだらう〉と述べた上で、その〈永遠に止まるもの〉に関連して〈歴史学〉の現在について主張する。

〈変化といつてもわれわれ歴史家は進化とか、進歩とかいふことはいはない、発展といふ言葉で現してをつたのですが、その発展といふことにしてもこの頃ではそれでい、といふところに落着いてゐるともいへない。むしろ何とかこの発展の概念を越へられないものかといふ要求が起こつてゐないのではない。〉

〈発展の概念を超克するところに歴史学における近代の超克があるかもしれない〉とする鈴木の発言に対して、小林は〈歴史が古典として見える〉地平においては〈時間も発展もない〉と応じているが、これらの「近代の超克」座談会における〈歴史性〉をめぐる認識は、微妙な偏差を孕みながらも、保田における〈発展〉や〈進歩〉を否定する論理と、その具体的展開としての〈隠遁詩人の系譜〉の問題と相補性を持つように思われる。[15]

即ち、この〈歴史性〉に関する認識水準において、保田の言説は座談会「近代の超克」における「文学界」同人や「京都学派」による論議と微妙に交錯しており、一連の〈超克〉論議と一面で接点を持つのではないか。例えば、同じく「京都学派」の西谷啓治が、〈文学の世界で永遠なものといつても何時でも歴史の産物〉であり〈永遠といつても歴史を離れて考へられたものではない〉として小林の論に異議を提出したのに対して、小林は〈歴史の近代のデイアレクチックといふものこそ貴方の仰しやつたやうなさういふ考へ方ではないのですか、それが僕の謂ふ歴史変化の理論なのですよ〉と即座に反論する。この小林の〈歴史の近代のデイアレクチック〉を批判する認識は、保田において早くから展開された〈弁証法〉批判としての〈浪曼的イロニー〉の問題をも容易に想起させる[16]。

ただし、既に言及した通り、保田の一連の〈歴史性〉批判の戦略は、基本的に〈血統〉や〈系譜〉とする点に〈文学史〉構築を媒介にする点に特徴があり、その点で「京都学派」による〈発展の概念〉の〈超克〉の主張に対しては言うまでもなく、小林秀雄の主張する〈歴史の不変化に関する理論〉に象徴される論理に対しても、その具体的な展開の様相において、明確な差異を持っていたことは、常に留保しておく必要があるだろう。

五　〈文学史〉の論理

改めて整理するならば、〈進歩〉や〈発展〉の論理に対して超越的な理念として定義された保田の〈文学史〉の体系は、近代的な〈歴史性〉への反措定としての〈系譜〉の観念の提出を通じて、〈進歩主義〉的な〈システム〉の切断を意図し、そこにおいて一種の〈近代の超克〉の達成を含意していたと再措定が可能なのではないか。保田は、既に「『日本的なもの』批評について」（『文学界』一九三八・四）と題するテキストの中で、自己の〈日本研究〉を単なる〈比較〉ではない〈意識された史的文化論〉として規定していた。

〈僕の日本研究は、決して西欧にゆきづまつたからではない。一般に「日本的西欧」にゆきづまつたことは問題でない。〉〈日本にはそのさきに文芸の「歴史学」がないのである。公共のものとしてそれが近年にはないのである。歴史学と呼び得ぬから、系譜と僕は叫び、血統と称した。〉〈新しいもの、あらはれは、比較を絶して

くる。僕らの系譜は、従って比較ではない。意識された史的文化論である。文芸学でも文学史でもないのである。〉

保田は〈文芸の「歴史学」〉の不在の認識に立脚しながら、〈後鳥羽院以後隠遁詩人〉という〈別なる歴史の世界〉を象徴する〈文学史〉の論理の提出を通じて、〈進歩主義〉の〈システム〉としての近代の〈西洋〉を批判する。保田の論理において〈文学そのものには歴史はない〉が故に、その独自の〈文芸の「歴史学」〉の探究は、近代世界の〈進歩主義〉的思考の根源を〈解体〉することが可能となる筈であるからである。保田の〈後鳥羽院以後隠遁詩人〉の〈系譜〉は、〈政治〉的な〈敗北者〉としての〈隠遁詩人〉と〈植民地〉状況下の〈我が日本国〉を、〈文学史〉という独自の水準において同時に浮上させる。保田の〈文学史〉は通常の〈歴史〉の認識を解体し、同時代の〈世界〉秩序を観念的に転倒させるのである。〈前期共産主義の理論と運動に初めから随伴したある革命的なレゾナンツ〉としての「日本浪曼派」という先の橋川の評価を踏まえれば、そのような保田の言説戦略は、一面で旧来の〈世界〉観の〈変革〉であり、その意図において、橋川の指摘するような〈反帝国主義〉的な言説実践であったと評価することも可能であるかもしれない。ただし、それは〈倒錯的な革命方式に収斂〉したのである。

問題は、保田の言説が、現実においてその意図とは全く逆方向に機能したことにある。本来〈西欧〉中心の〈システム〉に対する批判を含意し、〈進歩主義〉的な歴史観に対する否定を意図していた筈の保田の〈文学史〉の論理は、現実には、むしろ同時代の日本によるアジア支配を追認するという〈帝国主義〉的な方向に機能した。保田による〈日本の血統の樹立〉は、結局、近代〈西欧〉に対するもう一つの〈帝国主義〉国家としての〈日本〉の表象の再強化へと帰結したと言える。その意味では、保田の言説戦略は意図とは完全に転倒した侵略戦争の論理として流通したわけである。〈幻想の共同体〉としての近代国家の性格に関しては、近年多様な視点から精力的に考察が続けられてきたが、その文脈に従って換言するならば、保田は、〈日本の血統〉という新たな〈文学史〉の構築を通じて、表象としての〈日本〉の同一性を暴力的に再構成したとも言えるかもしれない。

保田の言説は、同時代の〈世界〉状況に対する明察と同時に、常にそのような盲目性をも保持している。しかし、〈文学史〉の水準を媒介として〈歴史〉批判と〈世界〉秩序の解体を企図した保田の志向は、従来のような断罪的な批判から離れて、その内在的な構造において改めて検討されなければならない。保田の構想した「日本浪曼派」の言説戦略の内包していた可能性と限界を、その同時代的必然性において論理的に批評すること、そこにこそ新たな〈日本浪曼派批判〉の可能性が存在するように思われる。

注

1　橋川文三「三　日本浪曼派の背景」（『増補　日本浪曼派批判序説』一九六五・四　未来社）。〈私は、日本ロマン派は、前期共産主義の理論と運動に初めから随伴したある革命的なレゾナンツであり、結果として一種の倒錯的な革命方式に収斂したものにすぎないのではないかと考えている。〉〈日本ロマン派は、現実の「革命運動」につねに随伴しながら、その挫折の内面的必然性を非政治的形象に媒介・移行させることによって、同じく過激なある種の反帝国主義に結晶したものと私は思う。〉

2　この橋川の問題提起に関しては、第Ⅱ部第七章「日本浪曼派批判の再構成――〈民衆〉という虚構」においても言及する。本章での分析は、内容的に第七章における考察と重複する部分があるが、本章における分析は保田による言説戦略に関する包括的な整理を意図したため、第七章における分析も包含した内容とした。

3　「文化問題への感想」（『浪漫派的文芸批評』一九三九・一〇　人文書院）においても、保田は〈岩波ジヤーナリズム〉に代表される同時代言説を〈植民地文化〉として否定し、その〈頽廃〉を批判している。

4　保田は、一九三八年の五月から六月にかけて、佐藤春夫らとともに朝鮮半島を経由して中国各地を旅行しているが、『蒙疆』はこの旅行時の見聞と思索をまとめた著作である。『蒙疆』全体の性格に関する先行研究としては、白石喜彦氏の論考「日中戦争期における保田與重郎」（『国語と国文学』一九八〇・八）が詳しい。

5　「満洲の風物」（『いのち』一九三八・一〇）において、保田は旧来の〈知識と文化と倫理を変革しつつある〉〈まだシステムに組織されてゐない〉〈新しい若者の倫理の芽〉に対して肯定的に言及している。

6　「朝鮮の印象」（『コギト』一九三八・一一）において、保田は、〈世界と世界史に於ける日本〉の〈理想〉を強調しながら、〈世界的日本精神〉の重要性を鼓吹している。

7　「言霊私観」「十九」（『ひむがし』一九四三・八）と題するテキストにおいて、保田は〈今日に於て、「京都学派」の思想では困る〉〈所謂「京都派」なるものは、我々のやうに生きたものとして、現実の切迫した絶対面で思想をとらへてきたものではない〉として厳しく批判している。一方で、ここでは高山の論のみを参照したが、現実のいわゆる「京都学派」の言説は論者によって多様で差異をもっており、「京都学派」という名の下での単純化は困難である点に関しては最低限の留保をしておきたい。

8　「日本の浪曼主義」（『短歌研究』一九三九・五）においても、保田は、同時代の〈浪曼主義〉を〈国の運命を厳重に反映〉した〈思想のリアリズム〉であるとして、その言説運動としての実践性を強く肯定する。

9　この保田の〈文学史〉認識における折口信夫受容の問題に関しては、例えば、塚本康彦の論考「保田與重郎と国文学研究」（『ロマン的発想』一九八二・二　古川書房）に詳しい。

10　保田の後鳥羽院評価に関しては、広末保が〈皇統美〉の問題を重視したのに対して（「喪失と神話の虚構」『文学』一九五八・四）、水上勲は〈英雄崇拝〉の重要性を指摘する（「保田与重郎の初期古典論をめぐって」『日本近代文学』第三二集　一九八五・五）。

11　保田における〈文学史〉構想の形成過程には、様々な要素が介在しているように思われる。第Ⅱ部第五章「保田與重郎と〈民芸〉運動――〈沖縄〉というトポス」において検討する柳宗悦の影響は、その一つである。

12　「現実の果敢なさ」（『日本浪曼派』一九三六・一）においても、同様に〈現代文学の進歩的経世家〉に対する批判が反復されている。

13　「新しい国史の建設」（『国民新聞』一九四一・三・二二―二四）と題するテキストにおいては、〈正しい歴史観〉の必要性や〈今日の要求する日本の歴史は、倫理としての新しい日本国を明かにする論理でなければならぬ〉といった主張が展開されている。

14　竹内好「近代の超克」（『現代日本思想史講座』七　一九五九・一一　筑摩書房）における整理に従う。廣松渉『〈近代の超克〉論――昭和思想史への一視角』（一九八九　講談社）における分析も同様の区分に立つ。

15　周知の通り保田自身はこの座談会には参加していない（河上徹太郎「『近代の超克』結語」『近代の超克』一九四三・七　創元社）。戦後の「亀井勝一郎に答ふ――伝統と個性」（『新潮』一九五〇・四）における言及〈十年近いまへに、「近代の超克」といふ座談会をした人々は、何を根底にして、そのテーマを考へたのであらうか。小生の近代否定は、どんなに激しい誤解にも平気で耐える。〉は、保田のこの座談会に対する距離感を窺わせる。

16　保田における〈弁証法〉と〈浪曼的イロニー〉の問題に関しては、柳瀬善治の論考「異文化間の『架橋』と『日本』の浮上――保田與重郎における西洋のアウフヘーベン」（『日本近代文学』第五六集　一九九七・五）における考察が示唆に富む。

第二章　日本浪曼派の言説とジェンダー――〈文学史〉と〈女性〉表象

はじめに

近年の女性史研究は、近代の歴史的産物としての国民国家（nation-state）が、その国民化のプロセスにおいて、国家的な諸制度や思想言説、また運動実践や生活風俗といった複数の水準を通して、ジェンダーという変数と深く関与してきた歴史的経緯を検証しつつある。[1]そしてそのような知的コンテクストは、既に近現代文学研究においては共有されているといってよいであろう。「日本浪曼派」の運動を唱道した文芸批評家である保田與重郎の批評活動に関しても、ジェンダーの観点からの分析は不可欠と考える。[2]

一九三〇年代から一九四〇年代にかけての保田の批評テキストにおいては、〈日本〉の〈民族〉に関する諸言説と、〈女性〉をめぐる言説との間に、密接な連関が存在する。保田は、その初期の評論から〈日本〉の〈女性〉の問題に関して反復して言及すると同時に、その一連の古典評論においては、〈女性〉や〈女性性〉に関する言説を選択的に動員しつつ、〈民族〉としての〈日本〉の表象の構築を試みている。すなわち、保田の批評においては、〈民族〉＝エスニシティと、文化的〈性〉＝ジェンダーという二つの変数の間に看過できない関係性が見出されるのである。このような保田與重郎の言説において表象としての〈女性〉がいかに導入され構築されているかという問題に関する考察は、いわゆる「日本浪曼派」をめぐる問題機制を検討する際においても、有効な示唆を与えるのではないかと論者は考える。

以下の本章「日本浪曼派の言説とジェンダー――〈文学史〉と〈女性〉表象」においては、このような視座に立脚しながら、保田の言説における〈女性〉の表象の構築における戦略に関して、特に保田の古典文学をめぐる評論を対象としながら考察を展開する。

一　表象としての〈女性〉

一九三〇年代後半から一九四〇年代にかけての保田の批評テキストにおいては、一連の〈女性〉論とでも呼ぶべき考察が多く散見される。保田は、その批評活動の比較的早い時期から、同時代日本の〈文化〉の考察の一環として、同時代の〈女性〉とその性格をめぐる問題系に対して、積極的な関心を示している。

例えば、雑誌『新日本』一九三八年三月号に掲載された「日本の女性」と題する小文において、保田は〈王朝の歌を作つた女達より今の世の歌をつくる女性は一般に少しも進歩発展してゐない〉と評価しながら、そのような女性歌人を含む同時代〈女性〉への批判を行う一方で、和泉式部や建礼門院右京大夫といった王朝期の人物を肯定的な偶像として評価する。このテキスト中の保田による同時代〈女性〉に対する考察においては、当時の男性知識人の多くに共有されていたと思われる通俗的なセクシズム（性差別）の言説が顕著に現れているが、それ以上に一つの特徴を示すのは、それらのテキストにおいて、保田の〈女性〉に関する批評が、〈日本〉の文化伝統と関連付けられて、〈近代〉批判の一環として反復的に展開されている点である。「日本の女性」より早く発表された「童女征欧の賦」（『コギト』一九三六・三）と題する同時代〈女性〉論と文学論が一体となったエッセイにおいても、同時代〈女性〉をめぐるイメージが次々に提出されつつ、それらが〈日本〉の文化伝統における〈女性〉像と否定的に対比されるという構造が存在している[3]。

〈女性〉に関する考察を、〈近代〉批判と〈民族〉文化の問題として展開していくという保田の方法をより明確に示しているテキストが、雑誌『新日本』に一九三九年二月号から三月号にかけて連載された「川原操子」と題する評論である。周知の通り、『新日本』は一九三七年七月に設立された「新日本文化の会」発行の雑誌であり、国策的文化運動が活発化した当時の文壇状況を反映するものとして知られている。保田はこの「新日本文化の会」のメンバーであった。川原操子（一八七五－一九四五）は、中国・蒙古地域での女子教育の先駆者として大きな役割を果たしたことで知られる人物である。ここでは、「『日本の自覚』先覚者研究」という副題の下に発表されたこの「川原操子」と題する評論において、川原操子という明治期の一人物を、保田が〈日本の自覚〉の〈先覚者〉として、いかなる形式において評価しているかを参照する。保田は、このテキストにおいて、この人物を以下のように評価している。

〈私がここに、明治先覚者の一人として殊さら女性の中より選びだして女史を語ることは、女史のもつてゐた行為への勇気と決意の実践が、つねにわが日本の女性の美しい心ばえの伴奏であつたといふ事実を知ったからである。その愛情が、そのままにヒュマニズムとして、また国家の理想と合致してゐたのである。己の思いをかくして行動した女丈夫でなく、己の思いに自然に泣き悲しみ、しかもそのままに崇高な心情で行為した女性であつた。その文章にも、やさしい日本の女性の心が、どんな行為に付随した身振りも宣伝も伴わずに自然に描かれてゐる。〉

〈女史の愛情は、日本の女性の天性の美徳に他ならないあのしとやかなやさしさであつた。女史の折にふれて告白したのも、最後には一切の命目と議論が空白となつたときになほ残る日本の女性の血の記憶であつたと思われる。〉

ここで、保田が川原操子に対する評価を、〈日本の女性の天性の美徳〉あるいは〈日本の女性の血の記憶〉といった表現に結び付けながら、それを〈一切の名目と議論〉＝知性や論理と対比していることに注意を促したい。保田は川原操子を新時代の〈女丈夫〉として捉える評価を否定して、〈この女性が一人の日本女性の典型であり、それはやさしい日本女性の一表象であったといふ側のみがはっきりと人々の脳底に印象されるのである。この女性に集った、又現れた日本女性の俤を描くために、小生はさういふ代表のやうな女史を選び出すのである。〉と論じ、〈やさしい日本女性の一表象〉としての川原を〈日本の女性の俤〉の集約的存在として評価する。

このテキストにおける保田の言説は、一女性としての川原操子から、〈日本の女性〉の理想像を演繹し、その演繹的な操作から得られた〈日本の女性〉像を媒介として、同時代の〈日本の自覚〉の問題を導入する。そこにおいては、川原操子の残した達成は〈日本の女性〉の持つ〈伝統〉的な性格と接続され、そして同時に、それらを否定したと位置づけられる明治期以降の日本文化の状態が批判されていくのである。この〈日本の女性〉の持つ〈伝統〉的な性格を〈近代〉批判へと結び付けていく保田の戦略は、その古典文学を素材とした一連の評論においてより明瞭な形で現れることになる。

二　保田與重郎の和泉式部論

保田による古典批評の中で〈女性〉の表現者を中心に論じた評論は、「更級日記」（一九三五・八『国語国文』）を初めとして早くから散見される。そして、そのような〈女性〉の表象と日本の〈伝統〉文化の関係性をめぐる論理が、最も顕在化した象徴的なテキストが、和泉式部に関する一連の評論である。(4) 保田による和泉式部に関する批評は、一九三七年一月から二月にかけて雑誌『コギト』に掲載された「和泉式部家集私鈔」と、ほぼ同時期に雑誌『文学界』の一九三七年二月号に掲載された「和泉式部」の両者に代表される。これらの和泉式部に関するテキストは、後の評論集『和泉式部私抄』（一九四二・四　育英書院）に改稿収録されることになる。この単行本『和泉式部私抄』所収の「はしがき」において、保田は、以下のように自身の和泉式部評価の方向性を論じる。

〈私が和泉式部を論じたのは、彼女の文芸と詩人を以て、将来の日本の、民族文化による偉大な世界構想の源泉自覚の一助たらしめようとしたのである。我国が汎世界に対して新しい秩序をたて、国の文明を世界の規模で行ふ自信の根底となるものは、かかる歴史中期の可憐の女性にさへ形成されてゐるといふことを、当時もくりかへし口にしたのである。我々の民族が和泉式部の如き詩人をもつことは、我々のもつ独自な文化的優秀性の確証であり我々が将来文化上の世界政策を自国の理想と精神に依て堂々と行為しうるとの、思想の自信となり源泉となるのである。〉

保田は、和泉式部という〈歴史中期の可憐の女性〉の〈文芸と詩人〉の理解こそが、〈将来の日本の、民族文化による偉大な世界構想の源泉自覚〉のために有効であり、また日本の〈独自な文化的優秀性の確証〉となり得ると言明する。同様の主張はこの評論集において、〈近代の終焉の後に始まる日本文化の構想については、我々は無数の関心をもってゐる。しかしこの日に、和泉式部の如き文芸を示しうることに、私は確信の根底をもつ。（中略）国の同胞が文化上の自覚と自信をつよくし、四海の異民族が仰望する如き文化を与えるといふことは、こと二つのみちなる如くして、創造の原理としての大本は一つである。わが正しく美しい文化を、やさしくおごそかに示すといふ方法以外に、今日の文化建設の任務の根本原理はないのである。〉といった形式において反復されていく。保田は、和泉式部の再評価を通して、世界に示しうる〈日本文化〉の〈自覚と自信〉が形成可能となると唱える。しかし、日本の女性の表現者の〈伝統〉の内部において、保田はなぜ〈和泉式部〉を特権化するのか。換言すれば、例えば同じ王朝期を代表する女性表現者としての紫式部あるいは清少納言といった人物ではなく、なぜ〈和泉式部〉でなければならないのだろうか。

この問題を検証するためには、補助線として一九三〇年代前後における和泉式部をめぐる国文学研究の動向を概観しておく必要がある。保田は、一連の和泉式部論において、大正期以後の国文学による和泉式部研究の動向を明白に意識し、それへの反措定として自己の論を構築していることが明らかである。例えば、保田は、〈式部の日記を文学価値希薄と断じたのは「平安朝文学史」である〉（「和泉式部」）といった言及を通して、藤岡作太郎の著名な『国文学全史　平安朝篇』（一九二三・一　岩波書店）における「和泉式部日記」に関する評価〈文学上さまで価値あるものにあらず、式部に見るべきは、もとよりその和歌にあり〉に触れ、その見解を批評的に捉え直そうとする。また、同時代の〈国文学者〉による和泉式部評価を批判して、〈今日の国文学者が、「愛欲の奴隷」などいふ露骨な自然主義語彙で式部を批評してゐることが私にはなさけなく思はれた〉とし、〈我々の時代において一つの系譜としようとした王朝文化の中の式部は、凡そそのやうな野蛮露骨な言葉と思想を抹殺する側の立場のものであつた〉（「和泉式部」）として反論する。ここでの〈「愛欲の奴隷」などいふ露骨な自然主義語彙〉への批判は、例えば、保田の「和泉式部家集私鈔」「和泉式部」論と同年に刊行された小室由三・田中栄三郎による『和泉式部日記詳解』（一九三七・七　白帝社）における評価〈逡巡しつゝもひたむきな情炎の囚となつてゆく主人公の娼婦的傾向は、透徹した観照に浸る紫式部日記や縹渺とした幻影を描く更級日記に比して、殊に凄惨な苦悩に喘ぐ蜻蛉日記の母婦的傾向とは興味深い対照をなしている。〉中の〈情炎の囚〉といった言説に対する明確な反措定として読めるだろう。このような同時代の国文学研究への批評意識は、保田の『和泉式部私抄』の全篇を通して示されている。

それでは、当時の国文学研究における和泉式部に関する主要な評価の傾向はどのようなものであったのか。ここでは和泉式部をめぐる表象形成の位相を把握する意味で、特に「和泉式部日記」に関する批評を基軸に概観したい。例えば、西下経一は、〈此の日記の特色は貫くやうな精神が乏しく、消極的な気分に止つてゐる事である。これは作者の性格が弱くて、やむを得ないやうな気持に陶酔して了ふ為めであらう。〉〈作者は感情の奥にどうにもならないあきらめをもつてゐて、時の感情に溺れてゐるやうにも見える。〉（『岩波講座日本文学　平安朝の日記紀行』一九三二・一　岩波書店）として、「日記」中に現れた一種の惑溺ぶりを〈作者の性格〉の問題として否定的に評価する。また、岡一男は、〈その心理描写は分析的でなく、抒情的である。さうして、作者は自己を三人称に書きながら、いつしか客観的態度を忘れ、主観的表白をしてゐる、これは「日記」の小説的手法の欠陥と言へる〉（「和泉式部日記の研究」『日本文学講座　五　随筆日記篇』一九三四・一一　改造社）として、「日記」中の〈作者〉における〈分析〉性や〈客観〉性の欠如を一種の〈欠陥〉と捉えて、相対的に肯定し得ない特性として批評している。ここでの岡の見解は、当時の「和泉式部日記」に関する最大公約数的な評価といってよいだろう。

三　〈近代〉的世界観への反措定

しかし、同時代の国文学研究による和泉式部をめぐる評価の定式化に対して、保田が肯定的に注目するのは、まさに「和泉式部日記」の持つ〈分析的〉知性から離脱したかのような表現性であり、そこから想起される〈和泉式部〉自身の反〈分析〉的で〈叙情〉的な表象である。保田は、同時代の和泉式部に関する否定的評価を反転させて、その否定的な側面をそのまま肯定的な属性として評価軸を組み換えようとする。

例えば、保田は和泉式部の著名な歌「おほかたのあはれをしるにおつれども涙は君にかけてこそおもへ」の歌に関して、〈このかけてと云ふことば〉が〈複雑な使ひ方〉であると強調した上で、〈和泉式部の歌にはかういふ状態をあらはに示して歌はれたものが多いが、むかしから国風の学問ではそれを難じなかつたばかりか、むしろ弁護してゐる。わが古典の歌が、多くさういふ愛情の極致の状態で生れたからである。〉とする。ここで保田は、〈和泉式部の歌〉に示されるような〈かういふ状態〉＝〈分析〉的な知性や〈客観〉的な認識からは懸隔した特定の感情への没入状態を、〈愛情の極致の状態〉と位置づけて肯定することになる。保田は、この理念の中に、いわば〈近代〉的な知性の対極にある状態を見出しているのである。したがって、保田にとっては、〈和泉式部の歌〉に示される〈愛情の極致の状態〉とは、非合理で没知性的な状態として否定されるべきものではなく、むしろそれ自体が〈近代〉的な合理性や知性に対する代替的価値を持つものとなる。

　即ち、保田が和泉式部という存在を〈将来の日本の、民族文化による偉大な世界構想の源泉自覚〉に貢献するものとして高く評価する理由は、和泉式部の表現における〈分析〉性や〈客観〉性の欠如として否定的に評価される〈没我〉的側面こそが、逆にそのような論理によって構築された〈近代〉世界のあり方に対する反措定を構成するからである。それが、一般に相対的に知的・分析的と評価される傾向のある紫式部や清少納言に対して、保田が和泉式部に注目し特権化する理由でもあろう。保田は和泉式部に象徴される王朝期の女性歌人が、〈人間的解放とか恋愛至上主義といつた弁解と束縛のものの考へ方で恋愛を思ひ歌つたのでない。たゞの自然の生き方から、恋の歌を歌つたのである。こゝに歌として示されたわが国の古のみちの尊くおごそかな本体がある。〉として、その〈たゞの自然の生き方〉という理念を強調する。そして保田の評価する〈和泉式部〉という〈女性〉の表象は、そのような〈自然〉や〈わが国の古のみち〉へと直接的に連続するものとして、〈近代〉の〈合理〉的世界観への反措定という側面において、集中的に構築されていく。[5]

　この〈近代〉的な世界観への反措定としての和泉式部評価の問題について、先の〈愛情の極致の状態〉という理念に関連して付言すれば、『和泉式部私抄』の中で〈愛情の問題といふものは、家庭とか結婚といふ制度様式以前の、本源において確立しておく必要がある。〉といった形で制度としての〈愛情〉の問題が反復して言及される点も注意される。その理由は、一九三〇年代後半の一連の和泉式部論と並行した時期において、保田は近代の〈恋愛〉論とでも呼称するべき複数のテキストを発表しているからである。例えば、先の「川原操子」発表と同年の一九三九年に刊行された保田の代表的な評論集『ヱルテルは何故死んだか』（一九三九・一〇　ぐろりあ・そさえて）は、単なるゲーテ論としてのみならず、保田による〈近代〉の〈恋愛〉論として読むことができる。[6] この評論集では〈近代式結婚〉や同時代日本の〈愛情〉の制度に対する批評が集中的に展開される。〈愛情と人間を以て、制度の基礎としようとしたのは、近代のヒユマニズムの欺瞞であつた。この欺瞞は今なほ世界中の国家を支配してゐる〉〈近代式結婚は恋愛と制度を妥協させた中間的存在としてあらはれた〉といった評価に現れる保田の思考は、その独創というよりもその議論の源泉としてのヨハン・ヤーコプ・バッハオーフェンやフリードリヒ・エンゲルス、さらにフリードリヒ・ニーチェの考察に負う部分が大きい。保田の和泉式部論における〈家庭とか結婚といふ制度様式以前の、本源において確立しておく必要がある〉とされる〈愛情の問題〉への言及は、そのような同時期の〈近代恋愛〉批判の論理の構築過程とも並行していると思われる。[7]

　ここまで確認してきた通り、一連の和泉式部論において、表現者としての和泉式部像は、保田によって〈近代〉の〈合理〉的世界観への反措定を象徴する表象として構築される。そして、この和泉式部という〈女性〉の表象を選択的に動員することで、日本の〈民族文化の偉大な血統〉をより強化しようと試みる保田の戦略は、評論集『和泉式部私抄』の各部分に顕在化しているのである。先に引用した『和泉式部私抄』の「はしがき」において、保田は主張していた。

〈私は民族文化の偉大な血統を明らかにするために、その一人として、この和泉式部のことを以前にも述べたのであるが、私の民族文芸の思想に反対するだけを使命としてきたやうな当時の我国の文壇に於ては、これを日本主義文芸運動の一つの積極的な表現と解して、あるひはこれを「フアツシヨ」と呼び、その当時の都下の新聞雑誌の匿名批評は、一切に和泉式部をも否定しようとしたが、雑誌『改造』の六号子の如きは、自分らには和泉式部よりハイネが面白いのだと云つた。〉

保田がここで言及している〈雑誌『改造』の六号子〉の批評とは、『改造』（一九三七・四）に「文壇寸評」の名で掲載されたものである。しかし、保田の意識においては、〈和泉式部〉は、ある意味でハインリヒ・ハイネ以上に革命的な表象として戦略的に導入されていたといってよいだろう。ここで、保田が自己の和泉式部評価を、同時代の〈日本主義文芸運動〉とは明確に差異化しながら根拠づけている点が目を引くが、このような保田の〈日本主義〉との差異化の志向に関しては、既に前章において言及した通りである。

四　〈母〉の表象

保田の批評におけるジェンダーをめぐる戦略を検討する際に興味深いのは、その〈母〉に関する思考の位置である。〈母〉や〈母性〉をめぐる表象の展開は、日本の近代以降の文化的言説の動向において多くの問題を含むものであるが、それらに対して、保田の〈母〉をめぐる論理はいかなる性格を保持していたのか。[8] 保田の〈母〉に関する言説は、戦時下の公定の〈母性〉思想とでも言うべき言説とは微妙な偏差を持つように思われる。保田の批評テキストにおける〈母〉の表象の浮上は、早く「日本の橋」（『文学界』一九三六・一〇）の末尾に登場する名古屋の熱田裁断橋の碑銘に関する堀尾金助の母親をめぐる著名なエピソードの紹介に遡るものである。

〈私はこの銘文を橋に雕み、和文で描いた女性のいさゝかも巧もうとしなかつた叡智の発生を思ふとき、今も感動に耐へない。難しい理屈を語る必要がないといふより、それはむしろ愚かしい限りであつた。かなしみの余りこの橋を架けた女性は、心情によつて橋の象徴と日本の架橋者の悲しみの地盤を誰より深く微妙に知つてゐた。わが誇りをゆきて同胞に伝へよといふのではない、光栄を語りつげよと説くのでもない。この勇しい若武者の母はあはれにも美しく、念仏申し給へやとかいたのである。〉

周知の通り、ここで保田は戦死した子の死を悲しんで橋を架けた〈母〉、拙い和文で銘文を記した〈母〉の〈いさゝかも巧もうとしなかつた叡智〉を肯定し、〈かなしみの余りこの橋を架けた女性〉の持つ〈心情〉を、〈日本の橋〉の持つ情感の象徴として評価する。そして先の一節を受けた結末において、保田は〈たゞその永劫に美しい感傷、一切人文精神の地盤たる如きかゝる感傷にふれるとき、今宵も私は理智を極度にまで利用してみつゝ、なほつひに敗れて愚かな感動の涙にさへぬれ、この一時の瞬間をむしろ尊んでは、かゝる今宵の有難さと、むかし蕪村が稀有の機縁を嘆じて歌つた詩にかりて思つてみる。それこそ最後の理智と安んじたい我らのなさけない表情であらうか。〉と結論付ける。この「日本の橋」の著名な結末が構築する論理に示されている保田の姿勢は、実際は、素朴な〈感動〉でもなければ、〈感傷〉的態度でもない。保田は、ここで堀尾金助の〈母〉の〈難しい理屈〉とは無縁な〈愚かしい限り〉の行動を全面的に肯定し、その〈あはれ〉な〈美し〉さを賛美することによって、〈近代〉的な知性としての〈理智〉を方法的に廃棄し、その対極にあるものとしての〈あはれ〉の〈心情〉を、日本の文化的性格の核心へと導入するのである。

注意を促したいのは、ここで堀尾金助の〈母〉という〈女性〉の像が、〈理智〉の否定と本質的に結び付けられている点である。「日本の橋」の結論部分での〈母〉の表象は、〈永劫に美しい感傷、一切人文精神の地盤たる如きかゝる感傷〉という表現に示されるように、〈理屈〉や〈理智〉の正反対の位置に立つものとして象徴化されており、この〈母〉の像こそが、〈私〉の〈理智〉を〈つひに敗れ〉させ〈愚かな感動の涙にさへぬれ〉させる主体となるのである。後に残るのは〈最後の理智と安んじたい我らのなさけない表情〉のみであり、ここでの〈母〉の表象は、いわば分析的な知性を消滅させる存在として機能している。

　このような知性の対極に立つものと結び付いた〈母〉の表象の位置は、保田の批評テキストにおいて無視できない重要性を持っている。また、この〈母〉の表象は、前節で検討した〈和泉式部の歌〉に示されるような〈近代〉的な合理性の廃棄された〈愛情の極致の状態〉のあり方とも、その構造において密接な関連を保持しているだろう。いわば、〈母〉の像もまた、〈近代〉の〈合理〉的世界観に対峙するものとして象徴化される側面を持つ。

　早く「日本の橋」に現れた〈母〉の表象は、保田の批評にその後も反復して登場することになる。特に一九四〇年代以降、戦時下の保田は、〈母〉の問題を、日本の〈文学史〉の問題の一環として再検討しなければならないと一連の評論で主張する。[9] 例えば、「母の文学」(『婦人公論』一九四二・五)と題するテキスト中で、幕末期に桜田門外で井伊直弼を暗殺後自害した薩摩浪士の有村雄助・治左衛門兄弟の母として知られる有村蓮寿尼に関して、その〈雄々しくも君に仕ふるもののふの母てふものはあはれなりけり〉の一首を引きながら、〈文学の問題としてここで私のいいたいことは、今日までの近代文学では、かういふ形で「母てふものはあはれなりけり」といふ世界を扱ったことがなかったといふことである。〉と論じる。そして〈私は、母親の教訓的な物語、人口問題的母性擁護をいっているのではない。母と女といふ概念が近代に於いては異なったといふことを土台にして、その時の母とは何かといふことをいうなら、この思想としての母とは歴史であり、民族であり、伝統である。〉として、〈思想としての母〉を日本の〈歴史〉〈民族〉〈伝統〉と結び付ける。ここでの保田の認識は、〈近代文学〉の題材とする〈女〉の表象ではなく、〈あはれ〉な〈母〉の表象によってこそ、日本の文化的な〈伝統〉の持つべき属性が強化可能となるということであろう。その属性とは、既に言及した通り、〈近代〉の世界観への反措定としての分析的理知の批判であり、進歩主義的な論理の解体であり、合理的判断の廃棄でもある。

五　「逆オリエンタリズム」の戦略

保田は〈近代〉の分析的な知性の対極にあるものを、和泉式部に象徴される王朝期女性の〈心情〉や、〈母〉の〈あはれ〉の中に見出す。そこにおいては、王朝期の〈女性〉や〈母〉といった表象が、日本の文化的〈伝統〉や、〈歴史〉、そして日本の〈民族〉の理念の構築の為に、その本質的な要素の一つとして導入されることになる。このような〈女性〉の表象の日本の〈民族〉概念への動員は、保田の思考を分析する際に看過できない。保田には、一貫して近代日本の文化は一種の〈植民地〉文化であり、そこには〈民族〉の文化的アイデンティティが確立されていないという認識があった[10]。既に言及したように、保田の『和泉式部私抄』に代表される一連の〈女性〉をめぐる古典評論には、王朝期の〈女性〉を始めとする伝統的な〈女性〉の言説の分析と理解を通じて、日本の〈民族〉文化の確立を目指すという方法がある。ここで、この保田の方法の評価に関連して、「逆オリエンタリズム」（reversed orientalism）という概念を参照したい。

上野千鶴子は、日本文化におけるジェンダーの位置を考察するにあたり、この「逆オリエンタリズム」という興味深い概念を提出している[11]。エドワード・サイードは、近代のヨーロッパが、オリエントに対して繰り返し〈女性性〉を結び付けたことを指摘しているが[12]、上野はこのサイードの分析を援用しながら、このような政治的・文化的に優位に立つ側（例えばヨーロッパ）に対して、一方の劣位に立つ側の〈男性〉知識人が自己定義する方法は、大別して二通りあったと述べる。ひとつは、帝国主義者（ヨーロッパ）側の〈男性性〉に対して、〈もうひとつの普遍〉

＝〈男性性〉を目指そうとすることである。そしてもう一つは、〈男性性〉を自称する帝国主義者（ヨーロッパ）側に押しつけられた〈女性性〉を積極的に受け入れ、それを逆手にとって自己形成を目指すことである。上野はこの後者の思考法を、「逆オリエンタリズム」（reversed orientalism）と命名している。上野は、日本の文化的な領域の言説においては、歴史的にこの後者の戦略が選択されてきたとする。そして、例えば〈からごころ〉に対する〈やまとごころ〉のような自己表象が〈女性性〉の言説を構成要素とするに至った機序に関して分析している。この上野の「逆オリエンタリズム」という概念は、保田の言説をめぐる分析においても示唆的であるように思われる。保田が、〈近代〉の〈合理〉的世界観への反措定を象徴する表象として〈和泉式部〉や〈母〉という〈女性〉の表象を選択的に動員し、日本の〈民族文化の偉大な血統〉をより強化しようと試みた戦略の背景には、そのような〈近代〉世界の内部において、政治・文化上で西洋世界に対して相対的に劣位に立たされた日本の知識人としての意識的な言説戦略という側面が内包されていたように思われるのである。

それらの〈女性〉の表象を導入しながら〈日本〉の文化的アイデンティティを形成した保田の戦略に関しては、一九三〇年代から一九四〇年代の言説空間における同時代言説とのより詳細な対比も含めて、さらなる批判的な再検討が求められるだろう。本章では、保田におけるジェンダーをめぐる戦略に関して、その和泉式部論を中心として一連の問題提起を行ったものである。

注

1 上野千鶴子『ナショナリズムとジェンダー』（一九九九・三　岩波書店）など。上野の『家父長制と資本制』（一九九〇・一　岩波書店）『近代家族の成立と終焉』（一九九四・三　岩波書店）もそれらと関連する論点を含んでいる。

2 保田與重郎の言説に関してジェンダーの観点にかかわる考察を行った先行研究は、かつて乏しいままに留まっていた。その中で、比較的早い言及として、例えば杉山康彦による『ヱルテルは何故死んだか』（一九四〇・一〇　ぐろりあ・そさえて）を論じた「近代の性愛――保田與重郎と島尾敏雄――」（『日本文学』一九九二・一二）がある。

3　同時代の〈女性〉像を〈日本〉の文化伝統から批評するという保田の方法は、「女性と文化」（『婦人画報』一九四〇・五）と題するエッセイや「感傷について」（『新女苑』一九四〇・七）といった同時代女性に関する批評においても共通している。

4　評論集『和泉式部私抄』は、雑誌初出と単行本所収の間に、少なくない改変が確認できる。このテキスト改稿が、一九四一年一二月の太平洋戦争の勃発を経由していることが注意されよう。さらに『和泉式部私抄』には戦後に改版が存在し、内容的にも若干の異同が生じている（『和泉式部私抄』一九六九・一〇　日本ソノ書房）。

5　和泉式部のような王朝期の〈女性〉の〈心情〉は、同時に日本の同時代〈女性〉の問題としても展開されていく。保田は「日本の女流文学」（『文芸』一九三九・四）と題する評論において〈日本の文化の心情の中にはずっと久しく王朝が流れていたのである。さうして王朝に作り上げられた延々とした女性的心情は、寧ろ今日新しい教養のない市井の女性のなかに生きているのである。さういふ現代を支えている心情を源まで遡ることはさして困難でない。日本の女性は恋愛に死し、日本の男子は国事に死すとは、非常の日に必ず思い起こされる信念である。〉と論じている。

6　評論集『ヱルテルは何故死んだか』（一九四〇・一〇　ぐろりあ・そさえて）は「ヱルテルは何故死んだか」（『文学界』一九三八・三）、「ヱルテル論断片」（『コギト』一九三八・三）「ギリシヤのヘテリスムス以後」（『日本浪曼派』一九三八・七）のテキストから構成されている。この評論集は、保田による西洋文学に関する唯一の単行本の評論集であるということもあって、従来の保田に関する研究史においても比較的考察の対象となることが多かった。例えば、野島秀勝は、保田與重郎と亀井勝一郎のウェルテル理解の差異に関して、亀井が「青春の書」と読むのに対し、保田が「近代批判のイロニー」と捉えている事情を検討している（「保田與重郎と亀井勝一郎」一九七三・九『伝統と現代』二三）。また沖野厚太郎は『ヱルテルは何故死んだか』における保田の近代批判の性格に関して、一連の理論的な検討を行っている（「記号の廃墟」『文芸と批評』一九九四・四）。

7　ここで興味深いのは、保田の言説においては、近代の結婚や家族制度に対する批判と、〈文学〉に関する認識が明確に連続していることである。保田の認識においては、近代的な家族の生成は、保田の理想とする〈文学〉と抵触する。この認識は、『詩人の生理』（一九四二・三　人文書院）中の「雑記帖（五）」に収められた「結婚の矛盾」と題する断章においても、〈文芸は完全に家庭の反対である〉といった断定に既に明確に現れている。同様に、一九三八年四月号の雑誌『日本短歌』に掲載された「和歌は家庭と矛盾する」というテキストの中で、保田は、現代の和歌の問題に関して、和歌は本来的に相聞の形式を取るべきであり、それが〈生活の歌〉となると滅びると述べながら、〈和歌は家庭と矛盾する〉と結論付ける。保田のこれらのテキストに現れているのは、広い意味での近代の結婚制度や家族制度が、最終的に保田の理想とする〈文学〉と相反する存在であるという認識である。ここには多くの問題が含まれているが、このような〈文学〉と日常的な〈家庭〉生活とが相剋するという認識は、実際には近代日本の多くの男性文学者に共通してきたものであり、近年のフェミニズム批評が厳しく批判してきた言説の一つであることは再言を要しまい（例えば水田宗子による一連の試み「女への逃走と女からの逃走」『日本文学』一九九二・一一など）。

8　一連の〈母〉をめぐる保田の論理は、同時期の小林秀雄の批評や高群逸枝の母系制研究とも興味深い対比を示すだろう。例えば、山下悦子は、保田と戦時中の高群逸枝の思考の共通性を見出している（山下悦子「『脱戦後』へ向けての試み」『保田與重郎全集』第三十七巻「月報」）。

9　保田は「野村望東尼」（『婦人朝日』一九四二・三）と題するエッセイ中で、〈望東尼を望東尼たらしめたものは、さういふ花やかな舞台でなく、もつと尊い大切なもの、つまり民族の血の中のものであつただらう。〉として、〈野村望東尼〉に〈民族の血〉を見る。また、「倭姫命」（『婦人画報』一九四二・六）においても、〈女性の機能としての母〉のみを考えて〈母というもののあはれさ〉を語らなかった〈近代文学〉を批判しながら、一方で〈倭姫命の御事蹟〉の中に、〈典型的な日本の女性の文化の伝統〉〈民族の母〉〈最も神聖な母の象徴〉を見出す。

10　保田の戦後の〈女性〉をめぐる論としては、『現代綺人伝』（一九六四・一〇　新潮社）等に言及が散見される。また、『日本浪曼派の時代』（一九六九・一二　至文堂）においても、抒情詩と関連付けた〈女性〉への言及や、左翼運動中の〈ハウスキーパー〉批判に関わる〈女性〉への言及が散見する。

11　上野千鶴子「オリエンタリズムとジェンダー」（加納実紀代編『ニュー・フェミニズム・レヴュー』6　一九九五・四　学陽書房）。

12　エドワード・W・サイード『オリエンタリズム』（板垣雄三・杉田英明監修・今沢紀子訳　一九八六・一〇　平凡社）。

第三章　日本浪曼派と〈古典〉論の展開――〈文学史〉の哲学

はじめに

〈私らはコギトを愛する。私らは最も深く古典を愛する。私らはこの国の省みられぬ古典を愛する。私らは古典を殻として愛する。それから私らは殻を破る意志を愛する。〉保田與重郎が旧制大阪高等学校の同窓生を中心に発刊した雑誌『コギト』創刊号（一九三二・三）の「編輯後記」末尾におけるこの一節は、よく知られている。しかし、この『コギト』創刊号での保田の〈この国の省みられぬ古典〉への関心の表出にも関わらず、初期『コギト』における保田の文芸批評の主たる対象は、実際には、ドイツ・ロマン派を一つの軸とするヨーロッパの近代文学や日本の近現代文学に限られていた。

保田が言明した〈この国〉の〈古典〉に対する関心と思考が著作の上に直接反映されるようになるのは、一九三五年三月に雑誌『日本浪曼派』が創刊されて以降の時期である。一九三五年に発表された初期の体系的な評論「更級日記」（『国語国文』一九三五・八）や同年の『コギト』「芭蕉特集号」（一九三五・一一）に掲載された「芭蕉」と題する論考を端緒として、著名な「日本の橋」（『文学界』一九三六・一一）を経て「和泉式部」（『文学界』三七・二）や「饗宴の芸術と雑遊の芸術」（『コギト』一九三八・二）に至る保田の著述の展開の過程で、その日本の〈古典〉文学に関する評論の数は急速な増加を遂げる。そして、それら一連の〈古典〉をめぐる評論が総合されて『日本の橋』（一九三六・一一　芝書店）や『戴冠詩人の御一人者』（一九三八・九　東京堂）、『後鳥羽院』（一九三九・一〇　思潮社）といった一九三〇年代後期の保田の代表的な評論集に結実することになる。そして、一九四〇年前後を一つの画期として、保田はその文芸評論の対象を日本の上代から近世へ至る文学史上の作品と事象へとほぼ全面的に移行させ、同時代文学に関する本格的な論及の機会は限定的な文脈を除いて減少することは、周知の通りである。

そのような一九四〇年以後の保田による日本の〈古典〉文学史に関する諸評論の中で、一つの頂点に立つのが、一九四二年に刊行された評論集『万葉集の精神――その成立と大伴家持――』（一九四二・六　筑摩書房）である。一九四一年中に国内の諸雑誌に保田が連続的に発表した「万葉集」に関する論考に書き下ろしを加えたこの著作は、その分量と同時に緊密な構成において、保田の一連の〈古典〉評論の中心を構成するものといえるだろう。この著作『万葉集の精神』に関する評価は、従来、保田の唱導した「日本浪曼派」の文学運動の検討の際の一つの結節点ともなってきた。

本章「日本浪曼派と〈古典〉論の展開――〈文学史〉の哲学」においては、この『万葉集の精神』を考察の視座とすることで、保田の構想した「日本浪曼派」の言説戦略の解明に関して更なる展望を提示したい。具体的には、最初に評論集『万葉集の精神』における保田の基本的な思考と論理の構造を踏まえながら、それらが先行する「万葉集」に関する言説に対していかなる差異を保持していたかを検証する。その上で、この評論の発表された時代状況を分析しつつ、保田の〈古典〉評論において提出されていると思われる新たな共同性の創出の方法を検討する。最終的に、保田の唱導した「日本浪曼派」の文学運動が持っていた同時代的な戦略性に関して、総合的な評価の視点を獲得することが本章の目的である。

一　保田與重郎『万葉集の精神』の位置

保田の『万葉集の精神――その成立と大伴家持――』は、冒頭の「序」に続いて、以下「万葉集と家持」「慟哭の悲歌」「嗚咽の哀歌」「言霊の風雅」「時代（一）」「少年期」「家庭と文化」「青年」「時代（二）」「回想と自覚」「運命」の全一一章から構成されている。[1] この『万葉集の精神』は、各章が基本的に対象となる事項の史的時間軸に沿って並べられており、また通常四期に区分される「万葉集」の時代区分にも緩やかに対応した形式を持つ。以下において各章の構成と論及の主要な対象に関して、最初に、簡潔に確認しておく。

最初の「万葉集と家持」（初出「万葉集と大伴家持」『現代』一九四一・五）は、保田自身の少年期における「万葉集」への親近の経験の紹介を切り口として、やがて『万葉集の精神』の構想に至る保田の思考経路を語る、本書全体の導入と概観をなす部分となっている。本書中の文章中、その雑誌初出が最も早く発表された部分であり、以下の論の展開をいわば予告する性格を保持している。

次の「慟哭の悲歌」（初出「慟哭の悲歌」『現代』一九四一・六）は、壬申の乱の評価と柿本人麻呂の作に関して主に論及し、〈人麻呂の高市皇子挽歌〉は〈所謂壬申の乱の軍状を歌ひあげたもの〉として〈本篇の眼目はその神の悲劇にふれて、深く皇国精神を確認せんとした国民の慟哭的表現と解すべき〉と論じる。続く「嗚咽の哀歌」（初出「古典復興の真義」『公論』一九四一・九）においては、引き続き壬申の乱前後の時代状況に論及すると同時に、近世以降の「万葉集」研究史の動向に触れ、鹿持雅澄に代表される〈国学の万葉学精神〉を高く称揚する一方で、〈文明開化以降〉の近代の〈国文学的方法〉を全面的に否定するという、本書で反復される論理が集中的に示される。

「言霊の風雅」（初出「人麻呂と家持」『コギト』一九四一・七）の部分においては、〈私は日本の精神の歴史から万葉集を見て、二つの頂を人麻呂と家持で代表させたい〉として、この両者の対応関係が整理される。保田によれば〈万葉集の精神〉とは、〈人麻呂から家持へゆく経過を歴史の精神としてよみ、神の如き人麻呂の歌と、人間の苦悩をあくまで表現した家持の歌の二つによつて、真に万葉集の示す詩と歴史を考へねば解されぬもの〉と評価されることになる。一方、次の「時代（一）」（初出「天平文化の頂点」『コギト』一九四一・八）は、後の「時代（二）」（初出「天平文化の一段階」『コギト』一九四一・一〇）と並んで、人麻呂や家持に関連する話題からやや離れて、天平期の全般的な時代状況に触れる部分となっている。

「少年期」（初出「大伴家持」『文芸世紀』一九四一・二）以降の「家庭と文化」「青年」「回想と自覚」「運命」の部分は、いずれも大伴家持を中心として論を展開した部分であり、『万葉集の精神』の中心部分を構成している。「少年期」は家持の〈少年期〉の環境に触れ、続く「家庭と文化」（「一」初出「家庭と文化」『三田文学』一九四一・六。「二」初出「左大臣橘宿禰の家の宴遊について」『文芸文化』一九四一・六。「三」初出「讃酒歌について」『日本の風俗』一九四一・七）においては、家持の出自としての大伴氏に関して言及する。その中でも保田は家持の父大伴旅人の評価を論じ、旅人の「讃酒歌」の表現と、後の家持の〈陶酔への逃避でなく、鬱勃とした回想の意識を詩情に展く〉あり方とを比較している。

続いて「青年」（「一」初出「家持の七夕の歌」『文化維新』一九四一・一〇。「二」初出「政治と文芸」『文学界』一九四一・一一。「三」初出「大伴家持論」『文芸日本』一九四一・一〇。「四」初出「大伴家持と相聞歌」『日本短歌』一九四一・一〇）においては、越中国赴任以前の時期の家持が論及される。保田は、家持の〈唯美的な青年期〉のあり方に〈万葉集の精神の生育と歴史と又性格を示すものがあつた〉とし、それが〈後年の保守的な回想の時代〉へつながるとする。

「回想と自覚」（「四」「五」初出「大伴氏の異立」（『文芸日本』一九四二・五）。「七」初出「防人の歌」『コギト』一九四一・一一。他は初版書き下ろし）は、『万葉集の精神』全体の三分の一以上を占める長大な章である。この「回想と自覚」において、保田は、天平期の策謀に満ちた政争状況に関して、藤原氏の台頭と大伴氏の衰退を中心として辿りながら、家持の「万葉集」をめぐる〈自覚〉の成立過程に論及する。保田は〈当時の時局の中で、家持の自覚を考へるとき、彼のみちはもはや確定的な運命に臨んでゐた〉として、〈その中で彼は家の血統の誇りを守るべきこと〉を意図したとする。そして〈家の血統の誇りとは、天孫の天降りに仕へ奉り、肇国の聖業を翼賛し奉つて以降代々の勤皇の歴史〉であり、〈彼が天平勝宝より天平後期の藤原氏の陰謀政治の中で、それと闘ふことは、つまり家の遠御祖のなした道に従つて真なる歴史を守ること〉であるとする。そしてそのような〈家持の自覚〉が、保田によれば「万葉集」の〈成立〉の基盤となるものである。

保田の整理に従えば、〈続日本紀〉に記述されるような〈歴史の示す文化は、東大寺を中心とする国分寺文化であり、律令を中心とする文明開化文化〉に過ぎず、〈これに対立する肇国固有の精神を、歴史として文化として示すものが、万葉集〉である。そして〈万葉集に於ては、あへて天皇信仰の思想を説かず、しかもその大君思想は末期に及んでいよいよ、皇国の草莽の、神の信仰の極致観に到達するのに対し、書紀続紀は政治思想を説く文化的指導理論を持しつゝ、末期に及んでいよいよ国体観を固定化する。万葉集の描いた大君思想は、つひに説明し難い深奥切実な永遠の生の原理となつたのである。〉として、『万葉集の精神』全体の一つの結論が導出される。[2]

そして、最後の「運命」（初版書き下ろし）の一節は、家持の晩年のあり方を批評すると同時に、ここまでの論旨の再確認の部分ともなっている。

二　『万葉集の精神』の問題系

ここで、この『万葉集の精神』における保田の一連の評価の性格を、以下の三点に集約して確認していくこととする。第一に保田の他のテキストでの〈古典〉文学史論との連続性であり、第二にその立論における柿本人麻呂と大伴家持の特権的評価、第三に方法としての〈国学〉の評価とその反面としての〈近代国文学〉への一貫した批判の位置である。

第一の先行する〈古典〉文学史論との連続性であるが、この評論『万葉集の精神』は、保田の唱導する固有の〈文学史〉観に立脚している。ここでの〈文学史〉論は、保田によって従来から反復して主張されてきたものであり、本書の先行する章において既に言及したものと重なっている。保田は、『万葉集の精神』巻頭の「序」において、以下のように言明する。

〈著者は本書に於て、万葉集に現はれてゐる古典の精神を、現在の文芸の創造という立場から論ずるために、万葉集の成立を、その詩歌創造の契機から闡明せんとしたものである。従つて万葉集に現はれた歴史の精神を、上代日本人の最高の意識を通じて見るために、大伴氏の異立の歴史と精神に沿ひつゝ、家持の自覚と回想を主題とした。〉〈それは大伴家持論と云ふ形から、人麻呂と家持の精神史上に於ける意味より入り、後鳥羽院以後隠遁詩人の美学を心持として、国学の伝統を追はうとするものである。〉〈著者の文芸の美についての思想は、文学史観に立脚するものであり、それはわが国の歴史観に他ならない。この著者の思想に関しては、著者の別著なる「古典論」「民族と文芸」「後鳥羽院（増補新版）」等を参照されたい〉（「序」）

ここでの保田の〈文学史〉観に関しては、本書においても、既に繰り返し言及してきたものである。保田における〈後鳥羽院以後隠遁詩人の美学〉とは、後鳥羽院を〈日本文学〉の〈歴史〉における要となる存在として評価した上で、先行する西行と後世の松尾芭蕉を共に〈隠遁詩人〉という観点から系統化し、この三者を主軸とする〈文学史〉の〈系譜〉の樹立を意図するものであった。そして、この『万葉集の精神』においては、そのような〈隠遁詩人〉の〈系譜〉における先蹤となったものを、保田は〈人麻呂と家持の精神史上に於ける意味〉の中に見出そうとするのである。

第二に、先の引用文中にも既に現れているものだが、人麻呂と家持の特権的位相である。保田の『万葉集の精神』における評価においては、柿本人麻呂と大伴家持が他の万葉歌人より明白な特権的位置に置かれることになる。

それは、例えば、以下のような記述に象徴されるものである。

〈その万葉集の精神を示す内容の上に於ては、巻初より壬申のころまでを別とし、人麻呂、黒人らを中心とする時代と、赤人、旅人、憶良をへて家持を中心につくられる時代と、万葉集の精神の成立は二つの回想を伴つた段階に分たれる。〉（「慟哭の悲歌」）

〈人麻呂の高市皇子挽歌は、すでに云つた如く所謂壬申の乱の軍状を歌ひあげたものである。本篇の眼目はその神の悲劇にふれて、深く皇国精神を確認せんとした国民の慟哭的表現と解すべきである。そのとき我朝文学の歴史も亦壬申の悲劇によつて、新しく文明の意識より成立したといふべきであつた。くりかへす如く、万葉集の意味は、人麻呂黒人らの代表する神の如き慟哭の悲歌と、家持の代表する文化の国家意識によつて描き出されるからである。その最も悲痛にして神聖なる前者の意識は、壬申の悲劇とその地盤を省みることなくしては解し難い。〉（「慟哭の悲歌」）

保田は、人麻呂の代表する〈神の如き慟哭の悲歌〉と家持の代表する〈文化の国家意識〉に問題を設定し、前者から後者への移行の過程に視点を据える。このように人麻呂と家持の両者は特権的な位相に置かれることになるが、そのような見解自体はある意味でオーソドックスなものであり、保田のみの独創でないことは言うまでもない。むしろ問題は、保田がこの両者を接続する手続きのあり方である。

第三に『万葉集の精神』の方法において顕在化しているのは、方法としての〈国学〉の強調と〈近代国文学〉批判の姿勢である。そこでは、〈皇神の道義が言霊の風雅に現はれるとの思想から、わが国の古典論は、最も厳粛な意味に於て、創造的神話の思想であつた。〉という「序」の冒頭部での鹿持雅澄の言を引いた言明に続いて、〈国学〉的方法に依拠するという主張が反復される。実際に『万葉集の精神』における著しい特徴として、一連の「万葉集」の諸歌解釈において、同時代の万葉研究を含む明治期以後の国文学研究とその解釈史は、否定的な形式においてしか言及すらされないのである。それに対して、頻繁に参照される先人の解釈は、主として『万葉代匠記』での契沖のそれと、とりわけ『万葉集古義』における鹿持雅澄の評釈である。鹿持雅澄『万葉集古義』に関して、保田は次のように評価し、方法としての〈国学〉への回帰を言明する。

〈その学問の精神は土佐の人鹿持雅澄が「古学」の論の中で「余が万葉集をよくよくよみあぢはひて、一には皇神の道義をきはめ、一には言霊の風雅をしたへと常にいふは、ことに所見ありていふことなれば、今くはしくわきまへむ」と云つてゐることにつきるのである。さらに別のところでは「さてその皇神の道は、言霊のさきはひによりてうかがふべく」と古の道の創造思想観の根底を言うてゐる。この古義は国学における万葉学の集成の観もあり、又よくその精神を理論的にも示すものとして、昭和の文化維新の云はれる今日、万葉学再建のあかしとなるものである。〉（「嗚咽の哀歌」）

また、保田は「言霊の風雅」の章において、契沖や鹿持雅澄ら国学者の万葉註釈の持つ意味に関して、〈彼らは今日の註釈鑑賞者の考へてゐない重大なことを旨として註釈してゐるのである。それは古典の原因にして、永遠に国家民族の第一義の問題となる古人の世界観、倫理観、歴史観、さういふ不朽のものの精神を、文芸の美しさに現はれたものとして、説き明らめたのである。かくて国学は無比な文化運動を形造り文化闘争を完遂した〉として、それらの註釈が〈国家民族の第一義の問題〉に触れるものであることを強調する。

一方でこのような〈国学〉的方法への依拠の反面として、明治期以降の〈近代国文学〉における万葉研究史と

〈アララギ〉による万葉評価の方法は全面的に否定されることになる。そこでは、〈近代国文学〉と〈アララギ〉に加えて〈今日の古典を利用する日本主義的論理〉もまた批判の標的とされていく。

〈我々は固有の古典の中に、民族更生の絶対の論理と世界観を発見することに於て、古典の復活を血の中の信念とし生命の原理とする。古典復興の肝要の眼目は、アララギ風な文芸学的美学を排し、国文学者的の文芸学を排し、さらに今日の古典を利用する日本主義的論理を、これも亦文明開化の一遺物として批判するところに発生するのである。〉（「嗚咽の哀歌」）

〈近来明治以降の万葉学では、「万葉秀歌」といつた形式で表現される如き文芸思想を根底としたため、国家人倫の第一義を慟哭した万葉歌人の真精神は、完全に没却されてきたのである。近来の万葉鑑賞学は、先代国学の万葉学ではなくなつたのである。今日の万葉考証学も、先代国学の万葉学と、精神に於て異るのである。今日の青年は、現代万葉学の成果などといふことばで、今の職業的国文註釈者の美辞に偽瞞されてはならない。〉（「言霊の風雅」）

ここでは、〈「万葉秀歌」といつた形式で表現される如き文芸思想〉を象徴する〈アララギ風な文芸学的美学〉、〈今日の万葉考証学〉としての〈国文学者的の文芸学〉、そして〈今日の古典を利用する日本主義的論理〉が、いずれも〈先代国学の万葉学〉が理解していた〈国家人倫の第一義を慟哭した万葉歌人の真精神〉からは隔絶したものとして廃棄されることになる。この保田による『万葉集の精神』での一連の批判に対する、同時代の国文学者からの反応として知られるものに、風巻景次郎による『万葉集の精神』の書評「保田與重郎氏著『万葉集の精神』」（『国語と国文学』一九四二・一二）がある。この書評において風巻は、〈考証学と狭義の文献学とに偏した国文学と、アララギ的歌壇とは、今日の時局に於て、代表的に保田氏からこの立場を批判されてゐるのである。（中略）国文学界はそれによつて何と答へ、如何に処すべきであるか。〉と保田の提起を受け止め、風巻自身の〈答〉は確定しているとしながらも、最終的にはその〈答〉を示すことを回避した感がある。一連の保田による『万葉集の精神』における一連の方法と主張の背景には、いかなる論理が保持されていたのか。次節においては、補助線として、近年の『万葉集』研究をめぐる評価史上の問題系を参照しながら、この点に関して考察を進めていきたい。

三　〈古典〉の〈創造〉

〈古典〉テキストが近代以降に〈再発見〉され、いわば〈創造〉されてきたという問題系は、近年、様々な領域において検討されつつある。それらの検討は、近代の国民国家による要請の一部として、〈古典〉が発見され、それが改めて〈国民〉という共同性を構成していったという近代以降の歴史的プロセスに対する認識に立脚している。日本の〈国民〉的な〈古典〉としての『万葉集』に関する研究もその例外ではない。『万葉集の精神』における論理を検討する前提として、この〈国民歌集〉としての〈万葉集〉の〈創造〉と国民国家日本の問題を検討する。

明治期以降の〈万葉集〉の〈再発見〉という問題系を開拓した論考として、品田悦一による『万葉集の発明』（二〇〇一・二　新曜社）における一連の考察があげられよう。この『万葉集の発明』の中で、品田は〈『万葉集』は、広く読まれたために「日本人の心のふるさと」となったのではない。逆に、あらかじめ国民歌集としての地位を授かったからこそ、その結果として、比較的多くの読者を獲得することになった。〉として従来の〈国民歌集〉としての〈万葉集〉をめぐる〈通念〉を逆転させる。その上で、〈万葉集国民歌集観の成立時期は一八九〇（明治二三）年前後の十数年間に求められる。『万葉集』はこのとき、古代の国民の声をくまなく汲み上げた歌集として見出され、国民の古典の最高峰に押し上げられた。〉とし、〈事態は、近代国民国家の形成過程でおびただしい「伝統」が発明され、国民の一体感を演出するために動員されるという、世界史的現象の一例であり、それもかなり興味深い事例に属すると思われる。〉として評価する。

この品田の考察のポイントは、以下のように要約されるだろう。品田は、〈万葉集〉の〈発明〉のプロセスを二段階に分類する。[3] まず、第一段階は、一八九〇年前後の官学アカデミズムを中心とする〈万葉集〉をめぐる言説編成である。それは、近代国家に対する〈国民〉の理念を背景とするものであり、そこでの〈万葉集〉評価においては、〈国民〉の均質性と〈階級〉の横断性が指示されることになる品田は指摘する。そして、第二段階は、一九〇〇年代以降（特に大正期）の歌壇による〈万葉集〉をめぐる言説の再構成である。この第二段階においては、〈国民〉という理念が包括しえなくなった雑多性に対して、共通の基盤としての〈民族〉が提起される。換言すれば、日本の〈民族〉という共通の立脚点に基づいて〈万葉集〉の持つ価値が定義されていくわけである。品田は、この第二段階を主導した存在として、歌壇の〈アララギ〉一派を位置づけている。

この品田の問題意識に示されるような近年の『万葉集』研究に関するメタ分析の動向を踏まえながら、保田『万葉集の精神』における思想と方法を同時代的な位相に置きなおして考察した場合、どのような問題が看取されるだろうか。以下、『万葉集の精神』中の「回想と自覚」の一節に関して、同時期の国文学研究の言説と比較して考察してみたい。

既に言及した通り、「回想と自覚」は大伴家持における「万葉集」をめぐる〈自覚〉の成立過程に関して検討した長大な節であるが、そこで保田が集中的に分析を展開している歌の一つが、『万葉集』巻十八・四〇九四の「大伴家持作賀陸奥国出金詔書歌一首」である。ここで保田は、この一首中の著名な「海行者　美都久屍　山行者　草牟須屍　大皇乃　敝爾許曾死米　可弊里見波勢自」の一節に関して、〈詔詞には「のどには死なじ」をひかれたに対し、家持が「かへりみはせじ」をひいて歌つたのはこの人の忠心の美しさである。しかし上代人はつねにかくの如く大君の御前に敬虔であつた。家持がのどに死なじと歌ふ代りに、かへりみはせじと歌つてゐるところは、心持と共にそれを示すことばの美に対しての関心を察すべきであるが、よるところはことばを大切にした古人の敬虔な信仰である。〉（「回想と自覚」）と評釈する。ここで〈家持が「かへりみはせじ」をひいて歌つたのはこの人の忠心の美しさである〉〈家持のあげた方の歌はたゞ大君の御傍で死ねばありがたい、他になにも思はない〉と論じる保田の解釈は、具体的表現に対する分析としては、それ自体は何ら新たな視点を付加するわけではない。実際に『万葉集の精神』において、保田はほとんどの場合、従来の解釈史に対して、新たな解釈や語釈を提出してはいない。保田は、多くの場合、契沖や鹿持雅澄の古註釈を追認するに過ぎないのである。

むしろ特徴的なのは、保田の解釈の背景にある思考であり、個別の表現の背後にある〈精神〉を抽出してその〈系譜〉を形作り、それを思想的な文脈へと転回させていく手続きのあり方である。保田は、この「大伴家持作賀陸奥国出金詔書歌」一首に関して、最終的にこう断言する。

〈我々は万葉集をよみ家持を思ふ日に、我が文芸の真義を感じ、古人が文芸の起原は神詠にありとし、歌は君臣の情を一つとし、天地神祇を泣かせるものと論じた点に思ひ至つて、その古心に耐へないものを味ふのである。この作あつて後彼の歌心の境涯も一変し、その詩心の美しさは、栄達を追ふ俗世の人を思はせぬ透明の唯美に入つたものである。〉〈かくの如き一篇雄大の規模に於て、精神の世界の葛藤と回想を写し出し、しかも神聖の高さにまで己を高めた作は、他に見なかつたところである。こゝには人と神が美しく相交り、しかも神のをしへに奉仕し、神に救はれる国の定めが描かれてゐる。（中略）この人のこの状態に於て、人麻呂の慟哭に初まる万葉集の精神は完成したのである。〉（「回想と自覚」）

保田は、家持がこの一首を契機として〈歌心の境涯も一変し、その詩心の美しさは、栄達を追ふ俗世の人を思はせぬ透明の唯美に入つた〉と位置づけた上で、この歌の内部に〈人と神が美しく相交り、しかも神のをしへに奉仕し、神に救はれる国の定め〉の状態を読み取る。ここで保田が、この歌の〈思想〉として、神人が融即しその区分が消滅して、〈君臣の情〉が〈一つ〉となるような〈理想〉的状態、そして〈万葉集の精神〉の〈完成〉した状態を、ほとんど明確な実証抜きに飛躍的に見出していることに注意を促しておく。

一方で当時の国文学研究の言説の一例として、当時京城帝国大学教授であった高木市之助による著名な上代文学論『吉野の鮎』（一九四一・九　岩波書店）における考察を参照してみたい。もちろん、高木による一論考における評価をもって当時の国文学アカデミズムにおける万葉研究を全面的に代表させることはできない。しかし、保田に際立っている方法との基本的差異は確認できるだろう。高木は『吉野の鮎』中の「海行かば」と題する論考において、先の「大伴家持作賀陸奥国出金詔書歌一首」中の「海行者　美都久屍　山行者　草牟須屍　大皇乃　敝爾許曾死米可弊里見波勢自」に関して、〈「大君のへにこそ死なめ」といふ句に就て考へてみるに、言立一篇をもし一つの思想として検べて行かうとするならば、考察の中心は多分この一句に置かなければならないと思はれる位であるが、さうでなく、現に本稿のやうに一篇を先づ以て文芸として理会しようとする立場からすれば、この句の表現的意味は単なる説明といふ以上にそれほど重要な役割を有つてはゐないやうである。〉と論じる。そして〈一篇の主題〉を、〈大伴氏が理想する死の或像、即ちみづく屍草むす屍の一聯であり、「大君のへにこそ死なめ」や「かへりみはせじ」は、かうした立場からすれば畢竟主題を、大君に対し奉る積極的な関聯に於て、或は肉親に対する消極的なそれに於て（中略）支持拡充してゐるに過ぎないのである。〉と整理している。

ここで高木は〈文芸として理会しようとする立場〉に方法を禁欲的に限定し、その結果として、〈大君のへにこそ死なめ〉の句に関して、〈この句の表現的意味は単なる説明といふ以上にそれほど重要な役割を有つてはゐない〉

あるいは〈畢竟主題を〉〈支持拡充してゐるに過ぎない〉と規定している。それとは対照的に、保田がこの句を含む一首から、〈思想〉と〈精神〉を積極的に抽出し、〈古人の敬虔な信仰〉のあり方と、先に言及した〈君臣の情〉が〈一つ〉となるような〈理想〉状態を汲み取る点に、両者の明白な差異が存在する。

四　〈想像＝創造〉される〈精神〉

『万葉集の精神』における保田の言説は、個別の表現に対する分析において新たな視点を付加する代わりに、表現の背後にある〈精神〉を、一種の飛躍をもって〈想像＝創造〉しようと試みる。それは、高木市之助の論述に示されるような同時代の国文学研究が、禁欲的に回避していたような手続きそのものである。繰り返すが、保田の個別の表現の水準での解釈は、従来の解釈史を組み替えるような新見や卓見にはきわめて乏しい。しかし、その〈思想〉と〈精神〉を再構成する戦略は、『万葉集の精神』全体を通して高度の一貫性を持っているように思われる。この保田の戦略に関して、さらに考察を進めたい。

保田は『万葉集の精神』「回想と自覚」中の防人歌に関する記述において、家持の防人歌をめぐる意図に関して、それらが〈家持の思想を反影してゐる点で、万葉集の精神の成立に関与するところがさらに多かつた〉と述べ、〈防人の心情の歌は、直接に当時の政局に面した家持の心をうつものが多かつた。さうしてそれにふれた家持は、非常に重大な国のみちと臣の志をそれによつて描いた〉として、以下のように論じている。[4]

> 〈防人の歌に於て彼の尊んだものは、あるいは教育の方針と云つてもよい、その教育は対手を教へるものでなく、己をまづ戒め律する精神の表現であるが、さういふものは、黙々として国を守る者に感動し、その心境に

神のものの啓示を導くことであつた。それは歌のみちの本質である。歌のみちの思想では、まだ近い近世までは、そのみちを修める者の心持ちの中に、天の神にふれ、地の神にあひ、我が心の神にふれるといふ、神聖な心地を云ふ思想が残されてゐた。歌が写生とか、芸術とか、人間とか、物の真とか、さういふ形で考へられることは、いはば入口の思想にすぎないのである。窮極はある神のものにふれることである。神ながらといふのは、現世利益の恩寵をいふのでなく、もつとも神聖な創造を云ふ思想である。〉（「回想と自覚」）

ここで保田は〈その心境に神のものの啓示を導くこと〉を〈歌のみちの本質〉として位置づけ、〈写生〉〈芸術〉〈人間〉〈物の真〉といった〈入口の思想〉に対して、〈ある神のものにふれること〉を〈窮極〉の理想として評価する。ここでの〈ある神のものにふれる〉状態が、先の「大伴家持作賀陸奥国出金詔書歌」から保田が抽出した、神人融即の〈君臣の情〉が〈一つ〉である理想状態と対応していることは明らかであろう。保田はさらに、「回想と自覚」において〈古人は歌は神詠であるとの思想により、和歌は君臣の間に情を通ずるみちと考へてこのことあつたのであらう。神詠といふ思想は、歌が神の詠に始まり、歌を歌ふときは、神のまゝの心となることを云ひ、偽巧のない創造の思想を云つたのである。言霊といふことは、この創造が、神のまにまに現れるものであることを云つたのである。〉〈詩の創造思想から云つて、歌の生れる場所が、神のものであるといふ意味に於て、歌は神にまします天皇と臣子の情をつなぐ言葉のみちである。〉と主張するのである。

ここでの保田の整理に従うならば、〈古人〉における〈神詠〉としての〈歌〉の機能は、〈歌〉を通して人を〈神のまゝの心〉とし、〈天皇と臣子の情〉をつなぐ働きを持つ。それこそが〈神詠といふ思想〉であるのだが、換言すれば、〈歌〉とは〈神〉への通路であり、〈神〉との一体化の契機をもたらすものである。先の「大伴家持作賀陸奥国出金詔書歌」解釈での神人の区分が消滅して〈君臣の情〉が一体化するという保田の論理をも考え合わせるならば、保田における〈万葉集の精神〉の〈完成〉状態とは、〈歌〉を媒介として、〈君臣〉の区別が消滅し、さらに〈主客〉の差異や〈自他〉の違和が停止して一体化するような状態であるといえるだろう。それは、〈歌〉の水準において、主体が、ある共同性の内部に完全に包摂されるような状態といってもよい[5]。そして、それこそが〈万葉集の精神〉の本質と連続するものであり、〈主客〉や〈自他〉の差異を空無化するような共同性の水準である。論者は、ここに保田の『万葉集の精神』における一つの言説戦略を見る。

ここで先の品田による明治期以降の〈万葉集〉の〈再発見〉という問題系を再び召喚しながら、一つの展望を提示するならば、保田の『万葉集の精神』において示される〈精神〉とは、一八九〇年前後の官学アカデミズム中心の〈万葉集〉評価における〈国民〉に関する共同性の水準とも、一九〇〇年代以降の歌壇による〈万葉集〉評価における〈民族〉に関する共同性の水準とも異なった、別種の共同性をめぐる〈想像＝創造〉の方法としてあったと論者は考える。ここで共同性とは、異なる人間同士（自己と他者など）を区分する認識的境界が意味を失うような現象（状態）として、便宜上ごく簡潔に定義しておく[6]。そのような共同性の提出は、多様な水準においてありえよう（例えば家族・地域共同体・民族・国家・人類など）。そして、「日本浪曼派」の運動における重要な問題系として、一九三〇年代から一九四〇年代にかけての日本とアジアの空間をめぐる共同性に相当する理念を、新たな水準においていかに構築するかという課題があった。この論点については、本書における各章においても、複数の視点から考察することになる。

それでは、保田が〈万葉集〉の〈精神〉を通して構築を目指す共同性とは、一八九〇年前後の〈国民〉概念の形成や一九〇〇年代以降の〈民族〉概念の生成とはいかなる点で異なっているのか。保田の『万葉集の精神』において顕在化している要素として、明治期以降の〈近代国文学〉における万葉研究並びに〈アララギ〉の万葉評価の方法に対する全面否定があることは、既に触れた通りである。一九三〇年代後半から一九四〇年代前半にかけての

〈帝国〉としての日本においては、国家の外延とかつての〈国民〉や〈民族〉の外延は一致しなくなり、〈帝国〉の構成員には、かつての〈国民〉概念や〈民族〉概念では既に包摂し得ないような多様性が発生していた。一八九〇年前後の官学アカデミズムによる〈万葉集〉をめぐる〈国民〉の均質性の理念や、〈アララギ〉による一九〇〇年代以降（特に大正期）の〈万葉集〉をめぐる〈民族〉という共通の理念基盤は、〈帝国〉日本の共同性をめぐる論理としてはその有効性を喪失しつつあった。保田による〈国文学研究〉と〈アララギ〉一派に対する批判は、この問題とも通底していただろう。

「民衆といふ概念」（『文芸世紀』一九四〇・三）という、後に評論集『詩人の生理』（一九四二・三　人文書院）に所収されたテキストの中で、保田は、〈近代の思想で私らは民衆といふ概念規定をさまざまに教へられた。（中略）私は民衆といふ言葉に、今は文明開化的な蒼然とした古色を感じることを告白する。少なくとも私の関心する文学に限られた立場に於てさへ、私は既存の民衆を思はない。（中略）私はもつとはつきり民衆といふ考え方に変革を感じ、その空白のところで新しい民衆を感じうるのである。〉と論じている。保田の認識においては、〈既存の民衆〉に象徴される旧来の共同性の理念は、既に同時代の状況に対応し得ないものであり、新しい共同性の水準の〈想像＝創造〉は不可欠なものであった。

しかし、保田が『万葉集の精神』を含む一連の〈文学史〉論を通して提出する共同性の核心にあるものは、どのような性格のものであるのか。〈歌〉を通して〈神のまゝの心〉となり〈天皇と臣子の情〉が一体化するという論理の背景には、どのような思想と方法が内在しているのか。保田は『万葉集の精神』中の冒頭に近い一章「万葉集と家持」において、〈私らは宮廷の文化を考へつゝ、それに対して最も直接的なものとしての民衆をみいだすやうになつた。しかしさうした民衆は文化と学問からは放棄され、彼らの創造の源としての国民意識は、欺瞞の修身と指導によつて発芽をつみとられてゐた。〉と論じる。この〈民衆〉概念を切り口としながら、保田の構想する新たな共同性の水準の〈想像＝創造〉の性格に関して、折口信夫の影響の問題と関連させながら、次節で検討する。

五　〈民族〉と〈文芸〉

保田の共同性の水準の〈想像＝創造〉に関連してここで論及したいのが、その批評活動における折口信夫とその民俗学に対する関心である。保田がその思想形成過程において、折口信夫を中心に民俗学の思考の強い影響を受けたことは、従来から認識されてきた。[7] 実際に保田自身も、折口並びにその民俗学に関して、戦前から戦後を通じて繰り返し言及を行っている。例えば、戦後の回想集『日本浪曼派の時代』（一九六九・一二　至文堂）において、保田は折口に関して以下のように回想している。[8]

〈私が高等学校の生徒の時代に、異常の興味を味つた本の一つに折口信夫博士の「古代研究」があつた。そのころの折口博士は、釈迢空といふ名の歌人の方で高名だつたが、その特異な文学観はまだ一般的でなかった。勿論文壇的でなかつた。一般の国文学界では、帝国大学系の教授たちは、専ら「文芸学」といふものに関心をよせてゐた。つまり維新前の「国学」は、文明開化に入つて「国文学」といふ形態をとり、それがさらに欧州風に進んで「文芸学」にあてはめようといふ状態にきてゐた。（中略）私は「日本浪曼派」のころに、「日本文芸学」が新しいものとして世間を風靡してゐることを間違ひだとし、それは少しも新時代でないことをいひ、対蹠的に折口博士の発想と方法の意義を強調した。この批評は、「民俗学」といふ観念で考へたのではない。今日折口博士の系統をうけ、民俗学的な方法をとつてゐるといふ人は多いが、その人々の殆どに折口博士の「文学」がないのである。〉

ここでの保田の折口への評価は、この戦後の回想集『日本浪曼派の時代』に現れる保田の交流を持った文学者に対する称賛の中でも、最も強い調子のものの一つである。それは、保田における折口からの影響の位相の重要性を物語っている。[9] 保田の古典文学評論は、多くの点で『古代研究』を始めとする折口の古典文学に関する諸論考に範を取っている。特に、保田の〈後鳥羽院以後隠遁詩人〉という〈文学史〉理解そのものが、後に『古代研究（国文学篇）』所収の論考「女房文学から隠者文学へ」（『隠岐本新古今和歌集』「巻首」一九二七・九）における論理を摂取したものであり、そこには折口からの明白な影響が存在することについては、既に先行する第一章においても言及したところである。

保田における折口民俗学の影響受容は多くの問題を内包しているが、その影響の一つの重要な側面として、歴史的に抑圧され疎外されてきた存在への積極的な注視という位相があると論者は考える。例えば、先に引用した『万葉集の精神』中の「万葉集と家持」において、保田は〈宮廷の文化〉に対して〈最も直接的な〉者でありながらもそこから〈放棄〉された者としての〈民衆〉に注目し、そこから〈万葉集〉の背景に存在する〈精神〉を構成する論理を見出そうとする。そのような被抑圧者や非特権者に注目する保田の批評は、歴史研究とは異なる視点から〈庶民〉や〈民衆〉に関わる事象を学的対象として〈発見〉する民俗学的思考と通底していただろう。そのような折口からの影響が窺われる保田のテキストの一つに『民族と文芸』（一九四一・九　ぐろりあ・そさえて）がある。[10] この評論集は、「尾張国熱田太神宮縁記のこと並びに日本武尊楊貴妃になり給ふ伝説の研究」（『コギト』一九三九・三）「天王寺未来記のこと」（『国民評論』一九四一・一）「蓬莱島のこと」（『コギト』一九三九・六）といった、いずれも〈伝承〉や〈伝説〉を主たる素材とした評論を中心に構成される。[11] 保田は、この評論集の冒頭で主張する。

〈今では寛大な人が、これらのものを文芸についての評論と考へてくれるだらうと思ふ。私は好事の人に喜ばれようといふのでも、又視界の広さを誇る人に少々の魅力を楽しんでもらはうと思ふのでもない。日本の民族の文芸の歴史から、もつとも根底的な批評を考へたかつたのである。同時に今まで得た批評といふ眼を通じて、我民族の最高叡智が、庶民の本能の中でうけつがれてきた国民的事実を云ひたかつたのである。〉〈彼らは実に突飛な空想力を以て、祖国の偉大なものの間に何かの関係と歴史を描かうとしたのである。さういふものが民族の文芸による草莽の表現であると、私は考へるのである。さうしたものを天才の偉大に通じさせないで、依然として田園の土臭さの中に土俗の智恵の一相として放棄してゐることは、私は今の文明の恥辱と思うたのである。〉（「はしがき」）

『民族と文芸』は、一貫して〈「文芸と民衆」といふ連絡するテーマ〉を取り扱っている著作である。保田にとって、〈田園の土臭さの中に土俗の智恵の一相〉として放棄されている〈庶民〉の思考は、〈民族の文芸の歴史〉の〈根底〉と関わり、〈我民族の最高英知〉を反映する。抑圧され続けて来た存在としての〈草莽の表現〉を積極的に救い上げ、そこから〈民族の文芸〉を構成するこの保田の方法の分析が、次節での論点となる。

六　保田與重郎と〈文学史〉の哲学

保田は『万葉集の精神』中の「回想と自覚」の一節において次のように論じる。〈草莽の微志より新しい「万葉集」の生れる状態、否生まれねばならぬ状態がきたのである。〉〈我々は、創造の文学の立場から万葉集を考へるべき状態を、数年来切実に味つてきたのである。それは万葉集とは何であつたか、如何にしてその精神は成立し、又如何にしてその文雅は創造されたかといふことを、生きてゐるその日の文学史の立場から云ふことであつた。文学史から云ひ、又我国の真乎たる国史の精神から考へ、今や「万葉集」の時代と思はれた。〉ここで保田が、『民族と文芸』における〈草莽の表現〉の再発見の主張と同様に、〈草莽の微志〉から〈新しい「万葉集」〉の〈創造〉を語ろうとしていることに注意を促したい。

　ここで結論を先言するならば、保田において『万葉集の精神』を通して提出される新たな共同性とは、〈国民〉の均質性の理念に基づくものでもなければ、通俗化された〈民族〉の理念に立脚するものでもない。それは、〈歴史〉の内部において相対的に抑圧された者、発するべき〈声〉を奪われた者、疎外された者を統合することを目指す共同性の理念である。それは、保田の折口民俗学への関心とも呼応するような、いわば〈草莽〉の〈声〉を救抜するような共同性の水準に形成される。換言すれば、〈万葉集〉の〈精神〉において構成される共同性とは、抑圧され疎外された存在が、超越的な媒介者（例えば〈大君〉に象徴されるもの）を経由することによって、一つの〈精神〉を共有することが可能になるような水準において提示される。保田は「回想と自覚」の一節において、そのような〈精神〉の共有を可能にするものを〈大君の思想〉と呼ぶ。

〈私はこの古代のものをかりに「忠」の思想といふよりも、もつと日本の根源のものとして、彼らの歌つたまゝに大君の思想と云ひたいと思ふ。忠といふ字がさういふ考へを系統づけるまへに、日本人の考へた大君といふ思想は、彼の心の中に生命の原理として厳存してゐたのである。（中略）万葉集の中に思想としてあらはれてゐる大君の観念を、家持を通じて了解することは、日本の固有の文明をひらく鍵ともなるであらう。万葉集のもつ高い文明をひらかうとすることが、大伴家持を考へる目的である。（中略）私が家持を通じての形で考へたいことは、高度な文明と国家を形成した人々の意識にあらはれた、国民精神の発生と血統のあり方についてである。〉

保田の認識においては、〈帝国〉日本の内部で、特に日中戦争開始後の一九三〇年代後半以後は、先の集団的アイデンティティは既に有効に機能し得ないものとなっていた。それらは、最終的に〈文明開化の論理〉＝〈近代〉国家の論理に帰属し、それに奉仕するものでしかない。その認識から、『万葉集の精神』を含む一連の〈文学史〉論における保田は、同時代の集団的アイデンティティとは異質な、新たな共同性の水準を模索することとなる。日本の〈文学史〉論を通してそのような水準が模索されたのは、〈帝国〉日本とアジアをめぐる状況の変容の中で、それらを通じてこそ、新たな共同性の創出が可能となるからである。そのような〈精神〉を通しての共同性の理念を、保田は〈国民〉や〈民族〉といった旧来の語彙で依然として表現してはいるが、保田自身も意識していたように、一般的なそれらの概念とは、保田における用語法は、既にかなり異質なものと化している。

保田の〈文学史〉をめぐる構想は、〈歴史〉の内部において相対的に抑圧された者、疎外され続けた者、発するべき〈声〉を奪われた者の立場を、徹底して代行しようとするものである。いわば保田は、その言説を通して、〈弱者〉や〈敗北〉者の側に一貫して身を置こうとする。先に言及した保田の折口民俗学に対する関心も、そのような抑圧された者としての〈民衆〉への関心を背景に持つものであった。そして、言うまでもなく、保田の〈文学史〉論としての〈後鳥羽院以後隠遁詩人〉の〈血統〉とは、第一章で確認した通り、そもそも〈敗北〉者の形成する〈歴史〉であった。しかし、その〈敗北〉者の形象ゆえに、抑圧された者の言葉を代弁する存在として、〈隠遁詩人〉は保田の〈文学史〉の中核に据えられることになる。抑圧され疎外された者の〈声〉を徹底して代行しようと試みる論理に、保田における〈文学史〉の哲学を見出すならば、保田の一連の〈文学史〉論は、いずれも抑圧された者の〈声〉の代行を試みるこの哲学に立脚しているといってよい。

そして、本書の各章の問題は、この保田の〈文学史〉の哲学と密接につながっている。第二章で触れた〈女性〉の位相、第Ⅱ部の第五章で論じる〈沖縄人〉の位置、第六章で言及する〈被差別部落民〉や〈朝鮮人労働者〉の位相、彼らの存在は、〈近代〉の世界と日本の構造内部において、いずれも抑圧と疎外の場所に置かれたものであり、彼らは、ある意味で〈声〉を奪われた存在であった（戦時下における日本の〈国民〉の表象もまた、近似した位置において形成されていたといってよいかもしれない）。保田は、彼らの位置に自らの〈文学史〉の立場を接続することを通して、抑圧された存在の〈声〉なき〈声〉を、主観的に代行しようと試みる。そして、そのような抑圧された存在の代行の戦略が、〈近代〉世界における日本の〈民族〉の位置の問題と直結することになる。なぜならば、第一章で言及したように、保田の認識内部では、〈近代〉世界における日本もまた、西洋によって抑圧され疎外されてきた存在であったからである。したがって、保田においては、日本の〈民族〉を再評価し浮上させる思考は、〈敗北〉者や抑圧された者全般を支える思考を背景に持つものである。

　保田の〈文学史〉の哲学は、そのように抑圧された存在の〈声〉を代行しようとする。しかし実際には、そのような保田の戦略は、疎外され抑圧された者の〈声〉を、いわば二重に奪う結果につながるだろう。既に世界内部で制度的に〈声〉を奪われた者が、別な形式で一方的に代行を受けることによって、再度その〈声〉の収奪を受けることになるからである。抑圧された存在の立場を担おうとする思考が、結果としてさらにその存在を疎外してしまうこと、そこに、保田の〈文学史〉の哲学の内包するアポリアがある。〈文学史〉の再構成を通しての新たな共同性の探求という保田の戦略は、本質的に倒錯を秘めていたと言える。しかし、保田の戦略を一方的に断罪することができないのは、保田の戦略が、少なくともその意図としては、歴史的に〈声〉を奪ってきた存在、〈弱者〉に対して優越的位置から抑圧を遂行してきた者に対する、一貫した〈抵抗〉として構想されているからである。保田は、戦時下における最後の著作であり私家版として配布された著書である『校注祝詞』（一九四四・四　私家版）の「凡例（刊行趣旨）」において、以下のように語っている。

〈我々は戦争の言挙に奔走してはならぬのである。さうしたことは、崩壊する国の文化人の、その日暮しの暮し方である。我らの道は万古の道である。我らの歴史は、わが君に仕へ奉つた祖々の代々の語りつぎに他ならぬのである。欧米の戦争指導者は、この世界戦争を、人為の結論として考へ、これを一掃する人為人工を考へることに狂乱し、しかもその一排の期間の約束によつて、必ず次々に欺瞞を暴露したのである。〉〈むなしい人為人工の力をこゝに思ふ時、わが国民の出で立つ兵士たちが、戦争の人為的一掃を考へず、そのための英雄心さへ口にせず、ひたすら皇御軍に仕へ奉ると出で発ちゆくことは、まことに驚くべきである。〉

このテキスト『校注祝詞』に現れた保田の切迫した口調は、きわめて印象的なものである。保田は〈戦争の言挙に奔走する〉者を批判し、その〈人為人工〉の政策立論の持つ〈欺瞞〉を指弾する。そこには、既に現実の死が不可避的なものとなっていた戦時下の日本の〈兵士〉を、美名の下に戦地へ送る当時の軍国主義的イデオロギーへの明確な批判がある。[12] 保田は〈わが国民の出で立つ兵士たちが、戦争の人為的一掃を考へず、そのための英雄心さへ口にせず、ひたすら皇御軍に仕へ奉ると出で発ちゆく〉ことを肯定するのだが、ここには〈言挙〉する者＝〈声〉を代行する者を批判しながら、同時に〈わが国民の出で立つ兵士たち〉の語らない〈声〉を、保田自身が代行して語ってしまうという、〈声〉をめぐるアポリアがあるだろう。このアポリアは、保田の〈文学史〉論のアポリアにも通じるものである。

本章の冒頭で雑誌『コギト』創刊号（一九三二・三）の「編輯後記」の文章〈私らはコギトを愛する。私らは最も深く古典を愛する。私らはこの国の省みられぬ古典を愛する。私らは古典を殻として愛する。それから私らは殻を破る意志を愛する。〉に触れた。そこで保田が言明していた通り、保田の〈文学史〉の哲学は、確かに〈この国の省みられぬ古典を愛する〉ものとして、また〈古典を殻として愛する〉ものとしてあったであろう。しかし、それは〈古典〉の〈殻を破る〉ものとしてもあっただろうか。そして〈古典を殻として愛する〉と同時に、そこから〈殻を破る〉ことは、いかにして可能になるのか。「日本浪曼派」の文学運動の軌跡を辿る時、この問いに対する解は、いまだに現在に、そして未来へと委ねられているように思われる。

注

1　保田與重郎『万葉集の精神――その成立と大伴家持――』（一九四二年六月一五日　筑摩書房　全五七一頁）の各章の初出は以下の通りである。「序」は初刊書き下ろし。「万葉集と家持」は初出「万葉集と大伴家持」（『現代』一九四一・五）。「慟哭の悲歌」は初出「慟哭の悲歌」（『現代』四一・五）。「嗚咽の哀歌」は初出「古典復興の真義」（『公論』四一・九）。「言霊の風雅」は初出「人麻呂と家持」（『コギト』四一・七）。「時代（一）」は初出「天平文化の頂点」（『コギト』四一・八）。「少年期」は初出「大伴家持」（『文芸世紀』四一・一）。「家庭と文化」は「一」が初出「家庭と文化」（『三田文学』四一・六）、「二」が初出「左大臣橘宿彌の家の宴遊について」（『文芸文化』四一・六）、「三」が初出「讃酒歌について」（『日本の風俗』四一・七）。「青年」は「一」が初出「家持の七夕の歌」（『文化維新』四一・一〇）、「二」が初出「政治と文芸」（『文学界』四一・一一）、「三」が初出「大伴家持論」（『文芸日本』四一・一〇）、「四」が初出「大伴家持と相聞歌」（『日本短歌』四一・一〇）。「時代（二）」が初出「天平文化の一段階」（『コギト』四一・一〇）。「回想と自覚」は、「四」「五」が初出「大伴氏の異立」（『文芸日本』四二・五）。「七」が初出「防人の歌」（『コギト』四一・一二）、他は書き下ろし。「運命」は書き下ろし。

2　この「回想と自覚」において、保田は〈家持の自覚〉に関して以下のように語りながら、自己を家持に重ね合わせて、その同時代状況を示唆する。〈当時の時局の中で、家持の自覚を考へるとき、彼のみちはもはや確定的な運命に臨んでゐたのである。その中で彼は家の血統の誇りを守るべきことを氏族に喩さうともしてゐる。しかもその家の血統の誇りとは、天孫の天降りに仕へ奉り、肇国の聖業を翼賛し奉つて以降代々の勤皇の歴史であつた。彼が天平勝宝より天平後期の藤原氏の陰惨な陰謀政治の中で、それと闘ふことは、つまり家の遠御祖のなした道に従つて真なる歴史を守ることであつた。〉〈藤原氏橘氏勢を振ひ、しかも時局は自らにして藤氏に帰す。やがて仲麻呂出でてここに政局一変し、仲麻呂の新制度運動として強行さる。この歴史（続日本紀・引用者注）の示す文化は、東大寺を中心とする国分寺文化であり、律令を中心とする文明開化文化である。これに対立する肇国固有の精神を、歴史として文化として示すものが、万葉集であつた。万葉集に於ては、あへて天皇信仰の思想を説かず、しかもその大君思想は末期に及んでいよいよ、皇国の草莽の、神の信仰の極致観に到達するのに対し、書紀続紀は政治思想を説く文化的指導理論を持しつゝ、末期に及んでいよいよ国体観を固定化する。万葉集の描いた大君思想は、つひに説明し難い深奥切実な永遠の生の原理となつたのである。〉

3　品田の二段階の区分は、ベネディクト・アンダーソンにおける「公定ナショナリズム」と「民衆的ナショナリズム」の区分に対応するものといえるだろう。アンダーソンは、この両者に関して〈「公定ナショナリズム」と呼ぶものは、一九世紀半ば頃から、ヨーロッパで発展した。公定ナショナリズムは、それに先立つ、主として自然発生的な民衆ナショナリズムのモデルを翻案した、たとえ反動的とは言わないにしても、保守的な政策〉であるとして、〈ただ言語だけが——とりわけ詩歌の形式において——示しうる特殊な同時存在的な共同性がある。（中略）たとえいかにその歌詞が陳腐で曲が凡庸であろうとも、この歌唱には同時性の経験がこめられている。〉（ベネディクト・アンダーソン『想像の共同体』一九八七・四　リブロポート）と述べている。

4　保田は、防人歌に関して〈防人の歌は万葉集の二十の巻の大部をなしてゐる。歌数も多く、注目すべき作が多い。しかしこれらは家持の思想を反影してゐる点で、万葉集の精神の成立に関与するところがさらに多かつたのである。防人の心情の歌は、直接に当時の政局に面した家持の心をうつものが多かつた。さうしてそれにふれた家持は、非常に重大な国のみちと臣の志をそれによつて描いたのである。〉（「回想と自覚」）と論じる。

5　ケヴィン・ドークは『日本浪曼派とナショナリズム』（一九九九・四　柏書房）「プロローグ」において〈詩が単に日本浪曼派の好んで使った文学的ジャンルであったのみならず、世界を別の方法で表象し、それによって新たな主体性を創造するために意図的に選ばれた戦略だったという点である。集団的アイデンティティを想像することが、全体性を創出しようとするこの詩的戦略のひとつの鍵となる要素であったとするならば、もうひとつの重要な要素は、主体と客体との区別を抹消する際に詩が果たし得る機能であった。〉と論じる。

6　ここでの共同性の定義は、小熊英二の一連の研究、特に『〈民主〉と〈愛国〉　戦後日本のナショナリズムと公共性』（二〇〇二・一〇　新曜社）中の公共性や共同性の概念の考察を参考とする（同書「結論」における考察など）。

7　保田と折口の関係に関して論じた論考の中で、比較的網羅的なものとしては、例えば栗原克丸『日本浪曼派・その周辺』「折口信夫と保田與重郎」（一九八五・三　高文研）などがある。また、折口を視座とした保田論として、阿部正路「保田與重郎論」（『国学院雑誌』一九八六・八）などがある。

8　保田與重郎『日本浪曼派の時代』（一九六九・一二　至文堂）における「日本的の論」。

9　また保田は、折口が一九五三年に亡くなった際に「その文学」（『短歌』一九五四・一）という折口への追悼文を著しているが、その中でも、〈折口先生の文学は〉私にとつて創造力の一つの源泉であり、対象的には一箇の世界でありました。（中略）少年から青年期に入るころの私が、はからずも先生の研究と銘じた文学をよんだことは、私にとつて絶対でした。（中略）私らの文学思想の運動、かのコギトと日本浪曼派の学芸の主張の一つの柱が、折口先生の文学であつたといふことを、私から申しておくことは、正しいと思ひます。〉〈折口先生の文学を、学問として体系づけて、その骨組をとり出し、ものの考へ方の手段方法と出来るやうな、論理と学問にくみ立てるといふことは、これは大変大切なことと思つてゐます。〉と折口の方法論をきわめて高く評価している。同様に、保田は、「古典復興の問題」（『いのち』一九三八・一）と題した批評の中で、折口の方法論を高く評価しながら、以下のように述べる。〈現在折口信夫博士が国学文芸の蒐集分類と系統づけた一つの方法論をたて――それは伝聞する範囲では世界的に立派な方法論であると、ただその方法論を語る時、博士は常に抽象の方法についての議論でなく、肉づけされた論文として、註釈として、語る――その方法による成果をあとづけてゐられることを、私は、国文学を職業とせぬ立場から、眺めて力強さを味ふのである。（中略）折口博士の研究は極めて新しいのである。（中略）一般古典文芸の研究方法に対し、折口博士は別の道である。〉一方、折口自身も、保田に親近感を抱いていたらしい。保田自身の回想によれば、折口は、自己の小説「死者の書」（『日本評論』一九三九・一－三）に関して、保田の批評「当麻曼陀羅」（『コギト』一九三三・一二）の「影響」を受けて執筆したと語ったという。また、栢木喜一によれば、折口は、〈保田さんの才能は惜しい。右翼の人らとの付き合ひを止めて、詩か小説にあの才能を活かしてほしい。右翼の人らによつて、あたら才能を鑢ですり減らされてゐるやうなものだ。〉という趣旨の言葉を、保田に対して間接的に反復して伝えていたという。また、岡野弘彦の回想からも、折口が保田に個人的において好意を抱いていたことが推測される（ともに『保田與重郎全集』月報第九巻）。ただし、折口の保田に対する言及は、山川弘至著『ふるくに』（一九四三・一　大日本百科全書刊行会　まほろば叢書）の「はしがき」に、〈保田さんの序文を内覧させて貰うたが、ほんたうに至り尽した指導の心を見た〉とあるのみである。

10　この『民族と文芸』に関しては、山本健吉による書評（『文学界』一九四二・五）が存在する。

11　保田は、いわゆる〈伝承〉文芸に対して高い関心を抱いていたようである。例えば、「国民文学について」（『文芸』一九四〇・一二）の中で、保田は、浅野晃の国民文学論を批評しながら、〈国民文学〉の出発点は、〈国民的英雄や伝説史話の民族的分析〉に存在すると述べ、民俗学的手法に親近を示しながら〈伝承〉研究の重要性を強調する。また、「国体と伝説」（『科学ペン』一九四一・一〇）の中でも、〈伝説〉研究に強い関心を呈示する。このような保田の関心について、竹内実は〈日本の庶民にひろく流動する輪郭をもった一つの思想があり、そこから重要な部分をとりだして、個性的な表現をあたえ、そのことによって、庶民の思想を定型化したイデオローグ〉として保田を評する（「使命感と屈辱感」『現代の発見』第三巻　一九六〇・二　春秋社）。

12　山城むつみは、「万葉集の「精神」について」（『批評空間』一九九五・一）において〈保田が家持に仮想しているのはひとつの「危険」である。史料的事実にない仮想、極端な場合にはそれに反するような仮想が、単なる想像として空転せず歴史の「精神」として事実以上に現実的な力をもつのは、それを照らしているのも、時局に面して保田が抱えた「危険」だからである。太平洋戦争開戦の前夜、近衛文麿内閣が倒れて東条英機が組閣する少し前、すなわち一九四一年九月頃、保田が水面下、東条の台頭に逆行するような動きをとった可能性についてはすでにふれた。クーデタとは言わないまでも、それに近い「危険」な行動を仮想してみるに足る状況証拠はあった。〉と論じる。保田『万葉集の精神』が、一種の〈軍部〉批判を行っているのは確かである。ただし論者は、山城の〈「危険」な行動〉を〈仮想〉する説には、必ずしも賛同しない。

第四章　日本浪曼派の〈戦後〉――「絶対平和論」と〈文学史〉の行方

はじめに

現代における〈戦争〉と〈平和〉をめぐる言説状況は複雑な錯綜を続けている。そのような現代の状況下において、近代日本における「日本浪曼派」の言説運動に対する再検討は、一体どのような水準において可能となるのだろうか。「日本浪曼派」の運動の歴史的位相を今改めて検討する価値があるとすれば、それは現在の私達の直面する課題といかなる関係にあるのか。本章「日本浪曼派の〈戦後〉――「絶対平和論」と〈文学史〉の行方」においては、この同時代的課題への応答という問題を意識しつつ、以下の考察を展開する。

一九四九年九月に、「まさき会祖国社」から創刊された雑誌『祖国』は、前年三月に公職追放下に置かれた保田與重郎の一九五〇年代以降にかけての主要な著述活動の舞台となった。[1]「『祖国』発刊の趣旨」（『祖国』一九四九・一二）は、その雑誌創刊の意図を、以下のように語っている。

> 〈我等は思考法と情勢観の曖昧状態を文化と呼ぶ者と、権力や利権の伝達様式や妥協のからくりを政治と称へるものを合せて否定し、我が生民の実態に於て、そのあるべき本質を貫道するものを解明せんとする。更に一切の観念宗教と一切の権力と支配の政治思想を廃止し、幽霊におびえる知識を自由にし、虚妄にいどむ青年を解放するために、我等は政治と文化の幽霊を摘発し、国民感情を実体ある言葉に見出さねばならぬ。（中略）我等は昭和初年の地政学的亜細亜観念とその方法の再現を防止するために、その根柢を批判し、真の亜細亜の道

義を卓抜の世界観に体系づけ、その祈念を将来の光輝ある原理として形成せねばならない。亜細亜の近代の悲劇の終焉を思ふ者は、その悲劇の実体を了知せねばならぬ。〉

保田の手になると推測されるこの「趣旨」は、〈真の亜細亜の道義〉や〈亜細亜の近代の悲劇の終焉〉に言及して、後の「絶対平和論」の掲載を予告するものとも言える。本章における「絶対平和論」とは、保田が、この『祖国』誌上に無署名で断続的に発表した〈平和〉論に関する一連のテキスト群を指す。具体的には、最初に、一九五〇年三月に『祖国』誌上に「絶対平和論」が掲載され、同年九月に「続絶対平和論」、十月に「続々絶対平和論」、十一月に「絶対平和論拾遺」が発表されている。その後、初出への大幅な加筆訂正を経て、同年一二月に祖国社から、単行本『絶対平和論』が刊行された。

この「絶対平和論」は、その無署名による発表形式の問題も伴い、多くの同時代的な問題を内包しているにも関わらず、従来、その著者である保田の言説の体系内部において明確に評価されてきたとは言いがたい[2]。以下の本章においては、この戦後のテキスト「絶対平和論」中の〈戦争〉と〈平和〉に関する保田の言説に関して、保田の一九四〇年代から一九五〇年代にかけての〈近代〉批判を一つの論点としながら考察を行う。保田における〈戦後〉の位相を検証することで、そこから「日本浪曼派」の言説運動に対する評価の再構成を目指すことが、本章の目的である。

一　保田與重郎と「絶対平和論」

「『絶対平和論』刊行趣旨」（『絶対平和論』一九五〇・一二　祖国社）において、保田は、自著『絶対平和論』の性格に関して以下のように論じている。

〈わが「絶対平和論」は、日本とアジアが、今日の思想上の一切の依存を排し、己に伝る道の恢弘によつて、戦争と滅亡の危機から、自主的に脱出する方法を提案するものである。また今日に於て、ヨーロッパの消滅を既定とし、その絶望と虚無の心理を確認し、進んで近代の文明を、東洋の人倫道義の見地から、その根柢に於て批判し、その終焉を論ずる。さらに近代の文明を以て、人類の唯一最高の文明と考へきたつた我国知識人の狭と迷と蒙を啓くものである。平和生活の原理は、近代の機構とその文明の中に存在しない。わが「絶対平和生活」の樹立は、日本に典型的に伝はる、アジアの道義的生活の恢弘によるのみである。〉

この「『絶対平和論』刊行趣旨」が示す通り、「絶対平和論」における保田の基本的主張は、〈アジアの道義的生活の恢弘〉にこそ〈平和の生活的基礎〉が存在するというものである。そして、その視点から、〈近代の繁栄持続を目的〉とする同時代の〈平和〉運動は、弥縫的性格の〈情勢論〉に過ぎないとして厳しく批判されることになる。そのような〈情勢論〉的思考に対する保田の強い批判意識は、「みやらびあはれ」(『大和文学』一九四七・一二)と題した戦後最初期のテキストにおいても、〈情勢時務論〉や〈政策的論策〉に対する批判として既に顕在化していた[3]。また、同時期の「亀井勝一郎に答ふ——伝統と個性」(『新潮』一九五〇・四)と題するテキストにおいても、〈戦争か平和かといふ考え方〉は〈情勢論的既決にすぎない〉という形式で反復されている[4]。このような〈情勢論〉に対する批判の論理は、戦中から終戦を挟んで戦後に至るまでの、保田の言説における一貫した傾向の一つと言える。

ここで、そのような保田による批判の対象とされた一九五〇年前後の国内の言説状況を確認しておきたい。「絶対平和論」が雑誌『祖国』誌上に掲載された一九五〇年当時、アメリカ軍統治下の日本において、新憲法と講和問題に関する論議と並行して、〈戦争〉と〈平和〉をめぐる多様な運動と言説が存在していたことは周知の通りである。例えば、一九五〇年のマッカーサー最高司令官による元旦恒例の「一九五〇年年頭の辞」（『朝日新聞』一九五〇・一・二）が、二つの〈重要な未解決の問題〉として、世界的イデオロギー闘争と対日講和会議の遅延を挙げ、同時に日本の〈自己防衛〉の権利に言及したことはよく知られている。

このような政治情勢下において、〈平和〉と〈戦争〉をめぐる言説の日本国内での流通は、多様な展開を続けていた。一連の〈平和〉運動の高まりは、一九四九年四月の東京での「平和擁護日本大会」（一九四九・四・二五）の開催にも象徴されている。そこでの「決議」において、〈この運動が世界の平和擁護者たち、とくに今度パリに集つたひとびと〉〈世界幾億の平和愛好者たちによつて成功的に支持されることを信じ〉ると語られている通り、当時の〈平和〉運動の高まりは、米ソの冷戦状況の緊迫化と、それに対する国際的な〈平和〉運動の高揚とに歩調を合わせていた。

しかし同時に、日本国内における〈戦争〉と〈平和〉そして〈講和〉をめぐる言説が、現実には複雑な政治的背景に対応していた事実も看過できない。例えば、「平和問題談話会」（『世界』一九五〇・三）による著名な「声明」は、全面講和の達成と日本の中立不可侵並びに国際連合への加入を主張して、当時広く注目された言説の一つである。[5]しかし、この「声明」に象徴される「全面講和」と「中立不可侵」の主張は、冷戦状況下においては、各政党の戦略に従属した固有の政治的文脈も潜在させていたと言えるだろう。そのような政治的文脈は、同年六月における朝鮮戦争の勃発によって、より顕在化することになる。当時首相であった吉田茂は、「第八回国会における施政方針演説」（一九五〇・七・一四）において、「全面講和」と「中立不可侵」の議論を、〈みずから共産党の謀略に陥らんとする危険千万な思想〉として厳しく非難している。

吉田の演説がそれ自体露骨な政治的主張であった事実はともかく、同時代の多様な講和運動の内部における〈平和〉の外延には多様な権力関係が存在しており、それらが必ずしも自ら称するような〈中立〉的な運動ではなかったという点は、当時の〈平和〉運動の動向を検討する上で無視できないだろう。例えば、当時の日本共産党系の全面講和運動愛国協議会による「ダレス特使への公開状」（全面講和運動愛国協議会　一九五一・一）における全面講和の要求や[6]、日本社会党系の日本平和推進国民会議による「声明」（日本平和推進国民会議結成大会　一九五一・七・二八）の唱える非暴力非武装の主張[7]は、それ自体が朝鮮戦争勃発による国際的な冷戦対立の深刻化を背景とした、各政党の政治的実践としての性格が濃厚な〈平和〉運動であったとも言える。

　当時の〈平和〉運動の持っていたその種の党派的な側面に対する懐疑は、同時代の言説においても既に提出されている。例えば、「平和運動について」と題する一九五〇年五月の『中央公論』の「巻頭言」（「巻頭言」『中央公論』一九五〇・五）は、〈われわれの出発点は、講和ではなくして平和でなければならぬ〉と述べた上で、〈政治運動の力に絶大な信頼をおいてゐる人々に反問したいのは、彼等の現在展開してゐる形の政治的講和運動はかならず所期の効果を生んで、世界平和の確立をはたしうると彼等みづから断言しうるかいなかといふことである。〉と述べる。そして、〈われわれは現在の状態を放置したままで全面講和の即時締結を要求する政治運動を展開することには疑いなきをえない。〉として、同時代の〈政治的講和運動〉に対して異議を提出している。

　また、同じ号に掲載された「知識層の思想的ディレンマ」と題する論説においても、知識人の平和論が〈平和を求めるという崇高な善意から出発して〉〈実は「平和のための戦争」を求め〉ることになりかねないという、批判的視点が提出されている[8]。このような視座からの〈平和〉運動批判は、他にも散見されるものである。

　いかなる言説の主張も、それに固有の政治的文脈から逃れられないことは言うまでもない。また当時、宗教的な立場に立脚した平和運動も活発に行われていたことも周知の通りである。しかし、一九五〇年前後の多様な〈平和〉運動が、それぞれ独自の政治的背景を保持していたこと、その意味で「全面講和」や「非武装中立」の主張が素朴な〈平和〉運動では決してなかったという事実は、留意する必要があろう。そのような〈平和〉運動に対する違和感は、後の福田恆存による「平和論の進め方についての疑問」（『中央公論』一九五四・一二）に始まる一連の〈平和論〉批判において、より具体化されていくことになる。従って、保田の「絶対平和論」の検討に際しては、〈絶対平和〉に関する保田の主張が、同時代の〈平和〉をめぐる言説に対して、いかなる差異を内包していたかをその論理構造に沿って改めて検討する必要があるだろう。このような一九五〇年前後の国内の〈平和〉運動をめぐる言説の状況を踏まえた上で、以下において「絶対平和論」における基本的な論理構成を確認する。

二　「絶対平和論」の論理

先に参照した単行本「『絶対平和論』刊行趣旨」からも確認される通り、「絶対平和論」において顕在化しているのは、〈戦争〉批判の主張以上に保田の認識する〈近代〉世界に対する批判の論理である。保田の「絶対平和論」は、〈平和〉論である以上に保田による〈近代〉世界論であり、〈アジア〉文化論であるという性格を内在させている。以下、「絶対平和論」の内容から、保田の基本的主張を辿っていきたい。保田は、この対話形式のテキストの中で、最初に「絶対平和論」が世上の〈平和論や永世中立論と異〉なった、〈その生活からは戦争の実体も心もちも生れない平和しかないといふ生活、さういふ生活の計画を先とする平和論〉であると定義した上で、以下に示したような〈二つの命題〉を提出している。

〈問　絶対平和論が普通に云はれている平和論や、永世中立論と異る点をまづ説明して欲しいと思ひます。答　一言につゞめて申しますと、その生活からは戦争の実体も心もちも生れない、平和しかないといふ生活、さういふ生活の計画を先とする平和論といふ意味です。その生活からは戦争する余力も、必要も、さういふ考へも起つてこないやうな、さういふ生活をまづ作らうといふ考へ方です。これをもう少し説明するために、我々は二つの命題を立てることが出来ます。一つは近代とその生活の不正を知り近代生活を羨望せぬこと。次に（第一の命題の確立のために）近代文明以上に高次な精神と道徳の文明の理想を自覚すること。この第二の命題を別の言葉で申しますと、アジアの自覚とアジアの理想の恢弘といふことです。〉

〈二つの命題〉の中の一つは〈近代とその生活の不正を知り近代生活を羨望せぬこと〉であり、もう一つは〈近代文明以上に高次な精神と道徳の文明の理想を自覚する〉ための具体的実践として〈アジアの自覚とアジアの理想〉を〈恢弘〉することであるとされる。ここで保田が〈「近代」といふものに対する根本的な批判から出発する〉と言明し、そのような批判的視座を〈近代に対するアジアの立場〉として定位している点に注意を促しておきたい。〈平和の本質論〉という保田の「絶対平和論」における第一の特徴は、このような〈近代〉批判と〈アジア〉の密接な関係性に存在している。この〈近代〉と〈アジア〉の関係性に関して、保田は、引き続いて〈西洋〉と〈東洋〉をめぐる〈三つの類型〉として、〈西洋が東洋を支配するといふ状態即ち今日の関係〉〈東洋が「近代」を奪取して西洋を支配する関係〉〈東洋と西洋が対等である関係〉の三者を列挙するが、この第三の関係は〈「近代」にもとづいてはその内部に於て不可能〉とする。ここでは〈近代〉的な世界とは、〈デモクラシー世界〉のみならず〈共産主義〉世界をも包含しており、それらが共に〈物質にもとづく世界〉として否定されることになる。「絶対平和論」における保田の一連の問答においては、同様の立場から〈共産主義〉に対する批判が反復強調されており、注意を引くものである。[9]

そして、そのような〈近代〉の現状に対抗する原理として提出されるのが、〈アジアの理想〉とその〈絶対平和生活〉の観念である。この観念は〈現在の二つの世界〉に対抗する〈超越するアジア〉というテキスト中の表現に象徴されるものであり、「絶対平和論」の第二の特徴を構成している。

〈問　当面の平和問題の究極は、物と物質の相反する立場によつて分れるといふわけでせうか。　答　近代生活を停止し得るのは、我々がアジアの理想をもつからです。倫理と美と道義を以て、近代の物の文化を否定することが出来るからです。だから、絶対平和生活と近代生活の対立は、アジアの精神文化と、近代の物質文明の対立といふことになるわけです。これを現在の二つの世界の現実と、その観念に対して云ふなら、反対原理といふより、超越概念といふのがふさはしいのです。つまり超越するアジアは、今やアジアの内部においても超越する原理です。〉

このように、保田においては〈超越するアジア〉の理念こそが〈現在の二つの世界〉の対立と行き詰まりを解消する唯一の原理として確認され、〈アジアの理想〉は、〈西洋〉による搾取と支配の原理とは本質的に異なるものとして評価される。ここで保田は、マハトマ・ガンディーによる英国からのインド独立運動に言及する。そこで〈絶対平和論はガンヂーの無抵抗主義と関係があるのですか。〉という〈問〉に対して、〈ガンヂーの無抵抗主義は、近代生活をボイコットする生活に立脚せねばならないのです。本来は確立した生産生活に立たねばならないのです。無抵抗主義は政治的ゼスチユアではなく、一箇の最も道徳的な生活様式です。〉として、〈ガンヂーの無抵抗主義〉は高く評価されている。保田は、理念としての〈アジア〉に立脚した「絶対平和論」の構築において、〈ガンヂーの無抵抗主義〉の言説を重要な参照枠としている。一九四七年八月のインド独立とそれに先行するマハトマ・ガンディーの非暴力不服従の運動が、保田の言説にも影を落としていると言えよう。ただし、保田は、〈ガンヂーの無抵抗主義〉が〈印度独立を目的〉とした〈政治結論〉であるのに対して、〈日本人の場合は、本居宣長以来の近世思想史がアジア本有の精神と倫理を、根本的生活として説いてきてゐる〉として、自らの「絶対平和論」の思想的優位を主張している点が注意される。

保田は〈アジア本有の精神と倫理〉の再発見を〈アジア的転回〉あるいは〈第二のアジアの発見〉として称揚する。[10] そしてそこから、〈アジア本有の精神と倫理〉を最も体現しているのが〈日本〉であるという、「絶対平和論」に顕在化した第三の主張が提出されることになる。〈アジアの理想〉を最も純粋に表現し代表するものが〈日本の古制〉であるという保田の認識は、〈アジア的農耕の生活の中にある、道義、倫理、一言に云ふと勤労観、永遠などの恢弘〉としての〈アジアの恢弘〉の主張と関連して提出される。

〈問　その発見はどういふ形で実現されるのでせうか。答　旧来の反動として、新しい支配として、それを行ふことは不可能ですし、又さういふものではないのです。我々は絶対的平和生活の建設に於て、それを完遂し得ると考へるのです。（中略）アジア的農耕の生活の中にある、道義、倫理、一言に云ふと勤労観、永遠などの恢弘を云ふのです。それには生産生活の恢弘が先行せねばなりません。この実体は日本の古制を研究せねばわかりません。日本が最も完全にこのアジアを伝へたのです。この道義の中には、近代観の所有権、政治、主権といふものはありません。（それらはすべて支配を現してゐます）しかし合議と分業はあります。〉

ここで問題は、〈最も完全にこのアジアを伝へた〉とされる〈日本の古制〉が、〈近代観の所有権、政治、主権といふもの〉を持たない世界として認知されている点である。保田は〈今日の問題のすべての根本は所有権〉にあると論じる。そして、所有権の概念を放棄しないと指定される〈マルクス主義〉に対して、〈わが古制に於ては、この所有権といふ考へ方がなかつた〉として、〈にひなめ〉〈あひなめ〉の上代語彙に触れ、その背景としての〈古代〉の〈米作り〉の思想に言及している。この〈日本の古制〉に基づく稲作の復興が日本の〈平和〉生活の基盤であるとする農本的主張が、保田の「絶対平和論」における四番目の論点を構成している[11]。それらの論理展開に立脚しながら、「絶対平和論」においては、〈我々の云ふ絶対平和生活は、平和を守らうといふ必要から考へた思想ではなく、日本の神々の時代から、日本の道として伝へてきた道〉であるという主張が行われ、最終的に〈平和の理想を実現すること〉〈日本を守ること〉〈日本の伝への道を実現すること〉の三位一体の可能性が言明されることになるのである。

〈答　近代の悲劇的巡歴者だつた日本が、この地球上に、絶対平和生活をきづいて、平和の理想を実現するといふことは、それが出現した暁には、どんな近代の文物より偉大な事実です。（中略）我々の云ふ絶対平和生活は、平和を守らうといふ必要から考へた思想ではなく、日本の神々の時代から、日本の道として伝へてきた道なのです。即ち、我々はこゝに三つの理念をもつてゐるのです。平和の理想を実現すること、日本を守ること、日本の伝への道を実現すること。この三つは同時に実現し、同時にでなければ実現しないのです。〉

このように「絶対平和論」においては、保田の唱える〈アジア本有の精神と倫理〉は〈日本の道〉と特権的な関係を持つことになる。ここでの〈日本〉の特権化は、保田の戦中期の主張と明白に通底しているが、この戦中から戦後への言説の連続性に関しては後述することとする。

三　「絶対平和論」と同時代状況

「絶対平和論」における〈平和の理想を実現すること〉〈日本を守ること〉〈日本の伝への道を実現すること〉の三位一体の論理は、同時代の政治状況において次のような形式で実践的に定式化されていく。まず〈絶対平和生活〉に向けての安全保障の問題に関しては、〈安全保障の問題は第二義〉であり、〈むしろ安全保障といつた事項に対する不安定感といふか、不信が絶対平和論を形成する〉とされる。保田は、講和問題における単独講和か全面講和かの二者択一の論議を否定し、同時に〈国連加入〉をも拒否して、以下のように主張している。

〈問　絶対平和生活への過程の場合には、なほ安全保障の問題は残りませんか。答　安全保障の問題は、第二義です。むしろ安全保障といつた事項に対する不安定感といふか、不信が絶対平和論を形成するわけです。（中略）国連加入も同じ意味で不可でせう。頼みとするためには、頼むべきか頼まざるべきかを判定せねばなりません。さういふ判定は不安定です。我々は自立で自衛を講ずることが最も確実なわけです。しかも我々は武器（十分な兵力）をもたぬとすれば、この自衛の方法は、戦争に介入する気持が起らぬ生活、介入する必要ない生活、さういふ国民生活の計画をまづ立てることが第一です。〉

また、新憲法に関しても、〈近代の繁栄と幸福の維持拡大といふ考へ方〉に立脚した〈「近代」といふものに対して何らの懐疑も表明しなかつた十九世紀的観念〉に依拠するものとして否定される。ここで問題となるのが日本国憲法の第九条に対する保田の見解であるが、〈この憲法の中で最も重いのは、衆人の見るところ、戦争放棄と無軍備といふ点〉としながらも、〈我々の第一義の目的から云ふと、憲法第九条を守ることは、むしろ副産物的、第二義的〉であり、〈我々は「平和」を守るといふ近代の人文思想を、第一義としてゐるわけでもない〉と述べている。ただし、保田は憲法第九条の理念を全面的に否定するわけではない。[12] しかし、その理想の実現のためには〈本質論〉＝価値観の転換が不可欠であるとする。その思考は〈憲法第九条を守ることは現象問題で、我々は本質論を立ててゐる〉といった主張に顕在化しており、一九五〇年七月の警察予備隊の設置に対する保田の一貫した批判からも窺われる。

〈問　日本人は神の生活の基本型をもつてゐるのですか。　答　今日日本人の選ぶべき道は現実の判断として三つあります。一つはアメリカの陣営に属するゆき方、二つはソ連に属するゆき方、この二つは情勢論です。三つめは、大方に云うて憲法第九条を守るといふゆき方、ところがこれを守るには、たゞ近代の観念では守れません。その理想の生れる生活に考へ及ばねばなりません。この三つを否定した時の第四番めのみちがさきに云うた精神のみちで、これだけが日本人の生きてゆく道です。さうしてその生活が、わが民族神話の伝へる、神々の生活の基本型に即するのです。〉

ここでは、〈今日日本人の選ぶべき道〉として〈アメリカの陣営に属するゆき方〉〈ソ連に属するゆき方〉〈憲法第九条を守るといふゆき方〉の三者を列挙しながら、〈憲法第九条を守るといふゆき方〉の実現のための方法として、〈神々の生活の基本型〉が唱導されることになる。この〈第四番目のみち〉の主張は、「絶対平和論」全体の一つの結論ともなっている。

一方ここで、「絶対平和論」に関する同時代の反応の一部を参照したい。まず、谷川徹三は「平和の哲学」（『中央公論』一九五〇・九）において、「絶対平和論」に関して、〈日本をふたたび原始的農業国として初めて中立と平和とをかち得るものとし、それを改めて日本人に説いてゐるものさへ出てゐる今日である。雑誌『祖国』にあらはれてゐるこの謂はば新鎖国論は今日の日本においては一個の空論である。〉として、全面的に否定している。また、安倍能成は、「世界平和に寄する一日本人の願ひ」（『文芸春秋』一九五〇・七）の中で、〈雑誌「祖国」の記者は徹底的平和の精神を特にアジヤもしくは日本人の魂に生得のやうに論じて居るが（「祖国」三月号社説）、私は西洋的精神を以つて直ちに徹底的平和の方向にかなふものと信じない如く、それをアジヤもしくは日本の歴史的事実だとは受け取りがたい。〉として、やはり『祖国』誌上の〈アジアの恢弘〉の主張の空想性を厳しく批評している。

　これらの批判を受けて、保田は雑誌『祖国』誌上で、「続絶対平和論」（『祖国』一九五〇・九）と題して反論を展開している。そこでの反論の主要な論点は、自らの主張は、〈政治的――時務情勢論的――講和問題〉から離れて、〈根本的平和の見地とその可能〉を論じるものであるのに対して、一連の批判者は現実的な展望を何ら示さないというものである。

〈安倍君が、「日本人には政治的講和問題以上に根本的平和問題の厳粛な自覚が要求せられる」と云ふところまでは賛成ですが、その解決を「道徳的宗教的な価値転換、内面的革命を必要とする」と云うてゐる限りでは、安倍君はたゞ最後の大目的を漠然としたことばで云ひかへただけで、何らの現実的意味も示してゐません。（中略）我々の見地では「内面的革命」を近代の否定――近代生活の廃棄と云ひます。これは極めて具体的です。（中略）我々の言論は、近代的な署名さへ必要としないのです。我々は職業的評論家ではありません。この言論は国民抵抗線の声です。〉

両者の論点は十分に噛み合っているとは言いがたいが、ともあれ、この「続絶対平和論」中の反論は〈近代的な署名さへ必要としない〉〈国民抵抗線の声〉として表象されている点に一つの特徴があろう。匿名のテキストとしての「絶対平和論」を、〈国民〉の〈声〉として同時代の言説に対置させるスタイルは、戦時下の保田が〈草莽〉の〈声〉を代行してその評論活動を展開したことと共通の基盤に立脚している。一方、この中で、保田は〈我々の浪曼主義を表象する、東洋平和のための行為〉が〈「文明開化」派のために破れた〉と論じているが[13]、ここでの論理も、その戦時中の主張と共通している。この〈「文明開化」派〉批判の主張に関連して、戦中から戦後にかけての保田の言説の連続性に関して検証する。

四　〈戦中〉から〈戦後〉へ

戦中期の保田における近代批判の基本的論理は、よく知られた「文明開化の論理の終焉について」（『コギト』一九三九・二）と題するテクストにおいて象徴されている。そこで保田は、〈文明開化〉以来の〈日本文化〉が、近代ヨーロッパの文化的コロニアリズムの下で形成されてきた歴史を、〈文明開化の論理〉の発展という観点から批判する。そこでの発想は、「絶対平和論」における〈西洋〉中心の思考に対する批判の論理と共通する要素を持っている。また、先に確認した〈近代〉への対抗原理としての〈アジアの恢弘〉の提出であるが、ここでは戦時下においては〈日本〉に適用されていた論理が、ほぼ同心円的に〈アジア〉に拡大されていることが確認可能である。保田は、一九三八年一二月に刊行された単行本『蒙疆』の巻頭に置かれている「昭和の精神——序に代へて」（『新潮』一九三八・四）と題するテキストにおいて、日中戦争下の日本の位相に関連して、同時代言説を構成する〈システム〉に関する批判的言及を反復するが、『蒙疆』中の各論での世界的な〈システム〉の〈変革〉という視点は、「絶対平和論」中の〈現在の二つの世界〉に対抗する〈超越するアジア〉という構想とも共通点を持っている。[14]

「絶対平和論」（『祖国』一九五〇・三）において、保田は〈十九世紀的観念〉に関して以下のように主張する。

〈問　わが憲法の基本精神が「近代」の理想に対して何らの懐疑ももたなかつたところの――十九世紀的観念に立脚してゐるとの御話でしたが、マルクス主義も亦十九世紀的観念だと云はれました。この場合両様に使はれてゐる「十九世紀的観念」について説明をしてもらひたいと思ひます。　答　マルクス主義も決して「近代」の繁栄と幸福を否定したり、拒否したりするものではありません。（中略）我々はかういふ十九世紀的観念――「近代」を絶対とする観念をあくまで否定します。（中略）マルクス主義も日本国憲法も、いづれも「近代」を絶対信仰した十九世紀観念の産物です。〉

ここでの〈マルクス主義も日本国憲法も、いづれも「近代」を絶対信仰した十九世紀観念の産物〉とする批判意識は、「蒙疆」（『新日本』一九三八・九－一二）における〈十九世紀的文化理念〉や〈十九世紀的理論体系〉への批判や、「北寧鉄路」（『コギト』一九三八・一〇）における近代の〈理論と百科全書〉を〈白人専制とアジアの植民地化を理論づけた論理〉として規定する言説の延長線上に存在するものであると言えるだろう。

さらに「絶対平和論」に頻出する一連の〈歴史〉認識に対する言及も、戦中期から保田の言説の特徴を成していたものである。「続々絶対平和論」（『祖国』一九五〇・一〇）において、保田は〈「進歩」が「歴史」だと考へ、そのために「弁証法」を重んじる近代＝ヨーロッパ〉に対して、〈アジアに於ては回想と伝統と歴史は一体〉であり、〈アジアの道徳は「進歩」の「歴史観」を否定する〉〈伝統の道義を守る志の系譜〉であると主張している。

〈問　その「伝統」はアジアに於てはどういふ「歴史」をもつのでせうか。／答　しばしば申しましたアジアの原有の道、道義の現す文化です。それはだから、つねに永遠に向つて流れてゐる一つのもの（連続したもの）です。むしろアジアに於ては、近代の所謂「歴史」は無くて、「伝統」があるといふべきでせう。伝統が同時に歴史です。「進歩」が「歴史」だと考へ、そのために「弁証法」を重んじる近代＝ヨーロッパと全く反対の考へ方です。つまりアジアに於ては回想と伝統と歴史は一体です。アジアの道徳は、「進歩」の「歴史観」を否定するわけです。もしアジアに於て、「歴史」といふものを規定するなら、さういふ伝統の道義を守る志の系譜を「歴史」と呼びうるだけです。「歴史」とは志のうけつぎ方だといふこととなります。〉

そのような保田の近代的な〈歴史〉認識に対する批判は、一九四一年六月に刊行された戦中期の評論集『民族的優越感』に収められた諸テキストにおいて、早くから提示されていたものである。この評論集の巻頭に置かれている「日本歴史学の建設」（『公論』一九四一・三）において、保田は、近代日本の〈国史〉における〈歴史観〉の喪失を批判し、新たな〈日本歴史学の建設〉のために歴史に関する〈理論の国際概念〉の解体が必要である点を強調している。同様の認識は、同時期の「新しい国史の建設」（『国民新聞』一九四一・三・二二－二四）と題するテキストにおける、〈正しい歴史観〉の必要性の主張にも示されている。保田の唱える〈正しい歴史観〉の論理構造を一層明確に提出しているのが、「新時代の歴史観」（『セルパン』一九四一・三）と題するテキストであり、この中で保田は、近代西洋の歴史観が〈アジア人を圧殺し、搾取する、もろもろの事業と企画の、ある段階の変化進行に応じてつけられた区画〉であるとして批判し、その反措定として〈日本浪曼派〉の〈歴史〉認識を提出している。

保田における〈歴史〉認識の戦中期から戦後期への連続性に関連して注目されるのが、「絶対平和論拾遺」（『祖国』一九五〇・一二）における〈隠遁者の系譜〉の主張である。

〈問　さういふ見地から云へば、人間社会の表向きの栄華を――例へば今日に於ては「近代社会」の優勢といつたものを、全然無視した生成の法、たとへば隠遁といつたものが重んじられることとなると思ひます。
答　東洋に於ては時に於ては、隠遁者の系列（精神的系譜）が歴史でした。我国に於ても、武家が京都に侵入して以来、文化が主として隠遁者によつて守り伝へられてゐたのは、顕著な事実です。所謂「後鳥羽院以後隠遁詩人」といふ命名は、「歴史」を云ふ上で非常に適切です。〉

このいわゆる〈後鳥羽院以後隠遁詩人〉の認識は、戦中期の保田の日本文学史をめぐる論理の中核を構成するものであり、その「日本浪曼派」の運動の言説戦略の核心をなしている。「新浪曼主義について」（『解釈と鑑賞』一九三九・三）や「我国に於ける浪曼主義の概観」（『現代文章講座』六　一九四〇・九）等の多くのテキストにおいて展開された〈日本の血統〉の論理が、そのまま戦後の「絶対平和論」の構想においても継承されていることになる。この「日本浪曼派」の言説戦略としての〈日本の血統〉の創出という問題に関しては、既に先行する章でも論及した通りである。[15]

ここまで確認した通り、戦中期における保田の言説と戦後の「絶対平和論」の言説は、その論理構造において基本的に通底していると言えよう。従って、保田の「絶対平和論」の論理は時代状況さえ変化すれば、即座に〈絶対戦争論〉へと転化する危険性を秘めていたことになるだろう。「絶対平和論」における〈アジアの恢弘〉や〈第二のアジアの発見〉の理念は、そのまま「大東亜共栄圏」における〈民族協和〉の理念への転換の余地を抱懐している。また、そこでの〈西洋〉に対する〈東洋〉、あるいは〈近代〉に対抗する〈アジア〉という、保田が戦中から依拠していた戦略的な二分法は、〈西洋〉や〈近代〉に対するいわば裏返しのオリエンタリズムとしての性格を潜在させており、最終的にそれらの〈東洋〉や〈アジア〉の理念を体現するのが、同時代の〈日本〉であるという論理構造は、現実の〈アジア〉に対して、戦中期の言説にも一面で匹敵するような高度な抑圧性を内包していたと言えよう。また、先に確認したような保田の理想化する〈日本の古制〉と〈米作り〉の主張も、国学的な農本思想の問題と関連して、戦中期の保田の言説との連続性を多く含んでいる。

五　〈平和〉と〈戦争〉の間

このように、「絶対平和論」は、一面ではその戦時下における〈戦争論〉と、表裏一体の言説としての一面を持っている。しかし、別の一面においては、保田の〈戦中〉から〈戦後〉へかけての微妙な転換を窺わせる要素も介在しているように思われる。例えば、「絶対平和論」（『祖国』一九五〇・三）や「祖国正論」（『祖国』一九五〇・三）における〈植民地所有〉へと再び転回していく日本の可能性への一貫した批判は、その一つであろう。

〈今日の日本の平和を万世にかけてうち立てるためには、日本人が近代的な消費生活をすて、、貧乏に耐へて、自主独立する計画をもつことが、第一歩だと考へるからである。つまり貧乏に耐へることは、日本の平和計画と不可分な問題なのである。今日の普通の文化人の考へるやうな近代生活を維持するためには、日本は進攻貿易を始め植民地をもつか、その分け前にあづからねばならない。それはおしつめたところで、必ず平和と反対なことをひき起こす。〉

「絶対平和論」における保田の一連の認識は、この「祖国正論」中の「第五回終戦記念日を迎へて」（『祖国』一九五〇・九）に示されるような、かつての大日本帝国による〈植民地〉所有の歴史を〈最も不当な罪悪的行為〉として批判する視点を背景としている。保田は同じテキストの中で次のように述べている。

〈近代史に於て何故東洋は不幸であり、アジアは悲劇であつたか。日本の文明開化期以後の「近代文明」の指導者らは（中略）日本をヨーロッパなみの「近代国家」とし、それによつて国の統一と独立を実現しようとしたのである。（中略）「文明開化」の方針のさすまゝに、日本は、「列強」に伍すことを目標とし、それを達成した時、「列強」なみにアジアに於ける「植民地」を必要とした。思うにこれはアジアに於て我がアジアの唯一なるが故に、最も不当な罪悪的行為であつた。〉

この視点は戦中期の保田の主張との差異を示唆するものとして看過できない。〈近代生活を維持するためには日本は進攻貿易を始め植民地をもつか、その分け前にあづからねばならない〉とする危機感が、保田の非現実的に響く自給自足経済の主張を招来していたことを考慮するならば、その認識に立脚する保田の〈絶対平和生活〉の主張は、論理構造において戦中期の論理と連続性を持ちつつ、その根底においては〈平和〉から〈戦争〉への転換を拒否する志向に明確に媒介されていたことも否定できないだろう。〈近代的生活〉の断念を通じて〈平和〉の達成を果たそうとする主張は、「平和問題談話会の第三次声明を批判す」（『祖国』一九五一・一）や「再軍備論批判」（『祖国』一九五一・三）、また「近代の終焉」（『祖国』一九五二・八）といった「絶対平和論」以後のテキストにも一貫している。〈「強大な軍備」を養ふ生活体制（産業）とその強大な軍備は、相伴つて、交互に外に向ふ〉とする保田の近代批判の認識には、かつての日本の「帝国」主義的拡張と植民地保有に対する批判と反省の意識が込められていることは明らかである。〈近代軍備を必要とする近代生活の体系を否定する〉という保田の「絶対平和論」の主張は、そのような〈戦争論〉と〈平和論〉の間を常に揺れ動く言説として存在しているだろう。そこに、保田が辿り着いた

〈戦後〉の場所があると言えるかもしれない。

「絶対平和論」における保田の一連の主張が、その戦中期の「日本浪曼派」運動の論理との強固な連続性を保持した、偏向に満ちたイデオロギー的言説であることは決して否定しえない。しかし、同時代の一九五〇年前後における多様な〈平和〉運動の論理が、現実には個々の政党戦略に従属した政治的実践に過ぎず、その後も世界的な〈平和〉を実現するための有効な方略を生産し得なかったことも、また事実であるだろう。その事実を考慮する時、〈根本的平和〉を志向する〈価値観〉の転換なしには、〈平和〉は決して達成されないという保田の主張は、その多くの思考の偏向にも関わらず、否定できない批評性を持つのではないか。繰り返して言うが、保田の論理は多くの点で偏向と倒錯に満ちている。しかし、保田が使用する意味での〈情勢論〉に留まらない根本的な転換が求められるのは、現在も同様であるように思われる。

保田の戦後のテキスト「絶対平和論」はきわめて多くの問題を内包するテキストであり、本章で検証したのはそれらのごく一部に過ぎない。この「絶対平和論」は、〈絶対戦争論〉へと転化する危険性を常に潜在化させながら、一九五〇年代の日本内部の〈平和〉と〈戦争〉に関する言説の空間を横断し続けていたといえる。一見〈平和〉を標榜する主張が、現実には〈戦争論〉と表裏一体の構造に立脚するという事態は、決して過去の問題としてあるのではないだろう。その意味で、一連の〈戦後〉の保田の「絶対平和論」を含む言説は、その内在的な構造において検討される価値があるのではないか。真の〈平和〉をめぐる構想が、保田の一連の言説を一つの「鏡」とすることで、新たに構築される可能性があると考えるからである。

注

1　単行本『絶対平和論』（一九五〇・一二　祖国社）の奥付に従えば、「まさき会祖国社」は代表が奥西保であり、雑誌『祖国』同人は、奥西保・栢木喜一・玉井一郎・奥西幸・高鳥賢司の全五名である。保田は、一九四九年三月に追放令G項の該当者となり、一九五一年に追放解除されるまで公職追放下にあった。

2 「絶対平和論」も含む保田の〈戦後〉に関する近年の主要な論考としては、ケヴィン・M・ドーク『日本浪曼派とナショナリズム』（一九九九・四　柏書房）所収の「ロマン主義の復権」における一連の考察が多くの示唆に富む。

3 「みやらびあはれ」（『大和文学』一九四七・一二）中に〈我々の云うてきたことと、今も云ふことは、さうした二つの情勢論の考へ方のいづれにも属さぬ別箇の発想である。即ち発想を異にするから、政策的論策に於てそれらに対立する以前に、本質上の対決が前提としてある。〉とする。

4 「亀井勝一郎に答ふ――伝統と個性」（『新潮』一九五〇・四）中に〈戦争か平和か、といふ考へ方は、小生の思想に於ては、つねに第二義的、第三義的で、且つ情勢論的帰決にすぎない。（中略）「近代生活的欲望」の放棄のみが、危機を自力で越える道だとの考へだ。平和のための情勢論として云ふのでない。〉とする。

5 「平和問題談話会」（『世界』一九五〇・三）「声明」では〈講和が真実の意義を有し得るには、形式内容共に完全なものであることを要し、然らざる限り、仮令名目は講和であつても、実質は却つて新たに戦争の危機を増大するものとなろう。この意味に於いて、講和は必然的に全面講和たるべきものである。〉として「全面講和」を主張する。

6 「ダレス特使への公開状」（全面講和運動愛国協議会　一九五一・一）は〈日本の独立と平和と自由の諸問題ならびにアジア及び全世界の永続的平和の確保について詳細な討議を行ったが、その結論は、アメリカとだけ、もしくはソ連あるいは中国をのぞく諸国とだけの講和を結ぶことではなく、一日も早く中国およびソ連を含む全連合国との間に全面講和を結ぶことこそが最も正しい唯一の途〉とする。

7 日本平和推進国民会議「声明」（日本平和推進国民会議結成大会　一九五一・七・二八）に〈われわれは相対立する

二大陣営の何れにも与することなく、如何なる国とも軍事協定を結ばず、更に一部の国と敵対関係に陥るような一方的講和条約を絶対に却け、すべての交戦国と等しく和解の講和を締結しあくまで日本の非武装を厳守すべき〉とある。

8　石上良平「知識層の思想的デイレンマ」（『中央公論』一九五〇・五）は〈真に平和を求める庶民は平和を求める叫び方を知らず、平和を叫ぶところの知識人は、実は「平和のための戦争」を求めるという実に矛盾した結果になる。〉と論じる。また、「民族・独立・平和について」（『中央公論』一九五〇・六　参加者　木村健康・土屋清・森戸辰男・笠信太郎・蝋山政道）と題する座談会の話題からも、当時の〈平和〉運動の内包する問題が〈民族主義の問題と共産主義の問題〉であると認知されていたことが確認できる。

9　「絶対平和論」中の〈共産主義〉に関する言及として、例えば〈誰でも権力をもちうる社会か、誰でも金持になりうる社会かを作ることが、近代の動きの二つの方向でした。今日の二つの世界の分れ目です。いづれも、物質にもとづく世界です。富を万人に解放し、権力を万人に解放するといふ二つのみちです。一方が共産主義にはしり、一方がデモクラシーを形成したのです。〉とある。

10　「絶対平和論」中の問答に〈問　その第二とは何を意味するのですか。答　第一のアジアの発見は、実に近代史の端初でした。近代の支配の歴史は、アジアの発見から始つたのです。アジアを一つの人口地域として、市場として、下級労働地帯として、植民地として発見したことを云ひます。これはヨーロツパ人がしたのです。今度は当然精神の発見と恢弘がなければならない、これを第二のアジアの発見と呼ぶわけです。〉とある。

11　ここでの保田の〈にひなめ〉〈あひなめ〉を含む〈日本の古制〉に関する言及は「絶対平和論」と同時期の「にひなめとしごひの祭」（『不二』一九四九・四）や「農村記」（『祖国』一九四九・九－一二）等の一連の〈農〉の問題を扱ったテキストと密接な関連を持つ。保田における〈農〉の問題に関しては、従来から〈農本主義〉の視角から考察されており多くの論点を含むが、この問題に関しては改めて別論を期したい。

12 保田は「絶対平和論」中で憲法第九条をめぐって、〈重さから云へば、この憲法の中で最も重いのは、衆人の見るところ、戦争放棄と無軍備といふ点です。これは疑ひありません。〉と主張する。

13 「続絶対平和論」（『祖国』一九五〇・九）に〈「武器によつて平和はこない、勝つたものに於ても、敗れたものに於ても」これは天の声です。真理です。我々の浪曼主義を表象する、東洋平和のための行為は、一度は敗れました。我々は誰に破れたとも考へてゐません。「文明開化」派のために破れたのです。〉として〈「文明開化」派〉への批判的言及が反復されている。

14 単行本『蒙疆』における、保田による日中戦争下の日本の位相に関する認識については、第Ⅱ部第七章において再論する。

15 保田の〈文学史〉論の持つ諸問題に関しては、第Ⅰ部における各章、特に〈日本の血統〉の創出の問題に関しては、第Ⅰ部第一章で論及した。

第Ⅱ部　日本浪曼派とその思想的背景

第五章　日本浪曼派と〈民芸〉運動――〈沖縄〉というトポス

はじめに

橋川文三の古典的労作『日本浪曼派批判序説』における定式化以来、従来の保田與重郎研究においては、その思想的源泉を〈マルキシズム、国学、ドイツ・ロマン派〉の三者に焦点化して考察する論考が主流であった[1]。橋川の一連の分析は現在に至るまで様々な形式で発展深化され続けてきたが、保田の言説には、このいわば「橋川図式」のみでは十分に措定し得ない要素が依然として多く混在していることも事実である。そのような要素の一つとして、柳宗悦の民芸運動の影響という問題がある。

柳と保田の思想的関係に関して具体的に考察した論考は、従来乏しい状況であった[2]。しかし、保田は、その複数のテキストにおいて反復して柳に言及しており、自己の思想形成過程において柳の民芸の思想運動から多大な影響を受容した事実を強調している。従って、保田における柳の民芸思想の評価は、いわゆる「日本浪曼派」の思考原理を重層的に理解する上で、重要な意味を持つ。また、柳と保田の両者の具体的な交流過程においては、沖縄という象徴的なトポスが媒介項として存在しており、この固有のトポスは、両者の民芸に対する認識の偏差を明快な形式で浮上させると同時に、一九三〇年代から四〇年代にかけての「本土」の知識人における沖縄に対する認識の諸相を、典型的に開示する。

保田における柳の民芸運動に対する関心と評価の内実は、一体どのようなものであったのか。また、柳と保田の交流のトポスとしての沖縄は、いかに両者の思考を照射しているのか。そして、保田の民芸運動に対する認識は、

「日本浪曼派」の言説運動とどのように連関していたのか。本章「日本浪曼派と〈民芸〉運動――〈沖縄〉というトポス」においては、これらの問題意識に基づきながら、柳と保田の両者の民芸をめぐる言説、特に沖縄に関連した言説を具体的に比較検討しながら、「日本浪曼派」の言説構造における民芸思想の評価を試みる。

一　柳宗悦と保田與重郎

保田は、「現代日本文化と民芸」（『月刊民芸』一九四〇・一）と題する日本民芸協会の機関誌に寄せた評論において、柳とその民芸運動に関して以下のような回想を行っている。

〈私が柳宗悦氏の「工芸の道」や「信と美」といふやうな本をよんだのはもう十年以前のことである。高等学校の文科生であつた私は、「工芸の道」に大さう感激して、その読後感のやうなものを誌して、学校の校友会雑誌に載せやうとしたが、雑誌の遅刊のため発表をためらつた。私の書いた文芸評論のやうなもののそもそもの始めが、小説家の批評ではなく、活動写真の評判でなく、さういふものであつたといふことを私は何か自分で大へん妙としてゐるのである。（中略）柳氏の運動がどういふ展開をされるかも知らない日に、年少の学生であつて私は、その精神美学に感嘆したのである。これは伝統の中枢に即して、しかも発剌の意欲をもつた斬新の変革的方法論であつた。〉

ここでは、第一に保田の執筆した〈文芸評論のやうなもののそもそもの始め〉が、柳宗悦の『工芸の道』（一九二八・一二）に対する批評であったこと、第二に当時の保田における〈柳氏の運動〉に対する評価がその〈精神美学〉

の様式に存在しており、〈美学〉上の〈変革的方法論〉として民芸運動が認識されていたこと、の二点に注意を促しておきたい。

柳に対する同様の評価は、戦後の回想集『日本浪曼派の時代』（一九六九・一二　至文堂）所収の「『コギト』の周辺」と題する一章でも展開されている。この回想においては、雑誌『コギト』の諸同人が、エトムント・フッサールやマルティン・ハイデッガーといったドイツ哲学の受容と並行して、〈折口博士の古代研究〉と〈柳宗悦氏の民芸〉の思想を積極的に吸収していた事実が強調されている。同時に、当時の保田の民芸運動に対する認識が、青野季吉らの〈労農派〉による民芸理解と根本的に対立しており、その対立が両者の〈民衆〉概念の理解の相違に起因していたという論点が提出されている。これらのテキスト以外にも、保田は戦前戦後を通じて、柳らの運動の重要性とその自己における影響の甚大さに関して、反復して言及している(3)。

前出の引用文からも確認されるように、保田の柳への関心は、古く保田の大阪高等学校在学中にまで遡る。しかし、この両者に個人的なレベルで直接の交流が生じたのは、一九三九年一二月三一日から翌一九四〇年一月一四日にかけて、保田が、柳らの日本民芸協会が主催した沖縄旅行に同行した前後の時期からである(4)。この柳ら『月間民芸』同人との沖縄旅行での保田の見聞ならびにそれをめぐる思索は、「琉球紀行」（『公論』一九四〇・六）というテキストに、詳細に記録されている。また、この旅行の道中における逐次的記録は、「正月十四日から十六日まで」（『コギト』一九四〇・二）や「沖縄の印象」（単行本『詩人の生理』所収　四二・三　人文書院）といった諸テキストにも記されている。これらの一連の記述に基づくならば、保田は、一九三九年一二月三一日に神戸を出発し、翌年一月二日に奄美大島の名瀬を経由して、三日に那覇に到着している。帰路は、同月一二日に那覇を出発して一四日に神戸に帰還している。従って、実際に沖縄に滞在していたのは、到着日並びに出発日を除けば十日にも満たないかなりの短期間であったことになる。

しかし、このきわめて短期間の滞在にも関わらず、保田にとっては、この〈琉球紀行〉が個人的に非常に印象深い体験であったことが、他の一連のテキストから確認可能である。例えば、保田は、「みやらびあはれ」（『大和文学』一九四七・一二）と題する、戦後の最初の評論集『日本に祈る』（一九五〇・一一　祖国社）に収録された随筆の中で、一九四五年中国に出征中病臥していたとき、この沖縄旅行の経験を、〈みやらびあはれ〉という歌と関連させながら、反復して追想していたことを記している。この戦後最も早い文章の一つである「みやらびあはれ」は、その内容の特異性によって、従来から注目されてきた。[5]〈みやらびあはれは、私の個人の何かの挽歌であったにちがひない〉というテキスト中の印象的な言辞が示唆する通り、このテキストは、保田の思想遍歴におけるある〈切断〉を呈示するものであり、戦後の保田の言説を理解する上で重要な要素を多く内包する。

しかし、ここでは同時に、保田にとってのその〈切断〉を媒介していたのが、柳らと同行した一九四〇年のこの〈渡球〉経験であったという事実に対して、改めて十分な注意が喚起されるべきであると思われる。従来必ずしも認識されていない問題だが、戦中から戦後にかけてのある時期の保田における沖縄の位相は、それが彼の大和地方に対する持続的な郷土ショービニズムの対極にありながら、恐らく独特な性格を帯びていたと推測されるからである。ひとまずここでは、戦中期から戦後期にかけての保田の言説における沖縄という空間の持つ固有の位相に注意を促しておく。

二　トポスとしての〈沖縄〉

保田が同行した柳らの日本民芸協会琉球観光団の〈渡球〉の主要な目的は、当時の沖縄における工芸の鑑賞に存在していた。柳の民芸論において沖縄文化が占める位相の重要性に関しては、ここで再言を要しないであろう。柳の民芸に対する認識は、沖縄文化との遭遇を通じてより堅牢なものとなったと述べても過言ではない。

柳による沖縄文化に関する著作は、きわめて多数に上る。その代表的なテキストである「琉球の富」（『工芸』一九三九・一〇）において、柳は、経済的な側面における〈沖縄の貧しさ〉に対して、文化的な面での沖縄の持つ〈富〉の豊かさを反復して強調する。〈沖縄〉は、その経済的貧窮にも関わらず、〈人文的に見るならば驚くべき財産を有つ国〉なのであり、この文化的な〈琉球の富〉の認識を通じてのみ〈沖縄の運命〉は開かれる、と柳は主張する。同様の認識は、「琉球での仕事」（『月刊民芸』一九三九・一二）といった同時期の他のテキストにおいても反復して呈示されている。「琉球での仕事」において、柳は、〈伝統的な琉球を活かすこと〉が、〈琉球の貧困を救ふ道〉であり、〈日本の存在を明かならしめる所以〉であることを強調する。その上で、〈琉球の繁栄〉が、〈本土の人々の琉球に対する敬念〉と、〈琉球の人達〉自身の〈琉球の伝統的文化に対〉する〈自信〉の両者の結合の上に立脚すべきであると結論付ける。

これらの一連の〈琉球の伝統的文化〉に対する柳の姿勢は、知識人による沖縄文化の独自性に関する先駆的な認識として、先行する柳田國男や折口信夫の言説と並列されながら、従来から高く評価されてきた。[6] しかしその一方で、沖縄文化に関する柳の言説に対しては、早くから批判的な評価も少なからず存在する。[7] そのような柳に対する評価上の分岐点の一つとなっている著名な事件が、保田が同行したこの一九四〇年一月の〈渡球〉時に発生している。それは、柳らの日本民芸協会グループと沖縄県学務部との間に発生した沖縄の「標準語」施策をめぐる論争、いわゆる「沖縄方言論争」である。[8]

柳は、この論争の渦中で発表された「国語問題に関し沖縄県学務部に答ふるの書」（『琉球新報』ほか　一九四〇・一・一四）と題する著名なテキストにおいて、〈沖縄語〉の価値を強調し、その廃絶運動の迷妄を厳しく断罪する。柳によれば、〈地方人は地方語を用いる時始めて真に自由〉なのであり、その上で、柳は、〈沖縄に生れて標準語より使へないやうな沖縄県人を私達は尊重しない〉と主張する。同様の主張は、後に発表された「琉球文化の再認識」（『科学ペン』一九四〇・九）といったテキストにおいても反復されている。柳によれば、〈沖縄の如く崇高なる散文と詩歌〉とを持ち合わせている地域は、日本のどこにもないのであり、この〈沖縄の独自性〉を活かさないかぎり、沖縄は〈特色を喪失した死人の如き沖縄〉となるのである。

この「沖縄方言論争」における柳の一連の主張に関しては、従来から様々な評価が行われてきた[9]。柳による〈沖縄語〉の価値の強調と〈崇高なる散文と詩歌〉保存の主張が、前出の〈琉球の富〉や〈琉球の伝統的文化〉の保存の主張と対応していることは言うまでもない。しかし、民芸運動家としての柳のそれらの主張は、先行研究が指摘する通り、〈琉球〉の現実に対する理解を欠落させた審美的な水準での〈伝統的文化〉保存の主張という側面を秘めている[10]。それゆえに、柳の主張する〈琉球に対する敬念〉の主張は、その一面において、現実の〈琉球の人達〉に対してむしろ抑圧的な形式で機能することになる。

例えば、「沖縄人に訴ふるの書」（『月刊民芸』一九四〇・三）というテキストにおける〈壺屋〉の陶器の評価をめぐる柳の論理は、その意味で象徴的である。このテキストで柳は、〈壺屋〉の価値に〈振り向かない〉〈沖縄人〉を批判しながら、その〈壺屋〉の〈美しさ〉を生み出す〈社会的な本能的な力〉を強調する。柳によれば、〈貧しい沖縄人〉、〈特に田舎の人達〉が使用する〈壺屋〉の〈美しさ〉は、彼らの〈背後の暮しや心の持方、村の気風や、伝わる習慣〉などの〈凡てのものが総合されて湧き出る〉という。つまり、〈沖縄人〉はその生活環境ゆえに〈壺屋〉の〈美しさ〉を創造し得るのであり、最終的に〈壺屋に於て沖縄は沖縄の存在を誇ることが出来る〉と結論付けられる。

ここでの柳の論理は明快なようであるが、当の〈沖縄人〉にとってはきわめてパラドキシカルなものであろう。なぜならば、柳の論理を敷衍するならば、〈沖縄人〉が〈壺屋〉の〈美しさ〉を生み出し続け〈沖縄の存在を誇〉

り続けるためには、現状の〈貧しい〉環境に甘んじて留まるしか道はなくなり、生活向上や経済的発展の方向性は基本的に否定されてしまうからである。つまり、柳においては、〈琉球の伝統〉保存の主張が、様式としての民芸の保護のために提出されていることを否定出来ない。一連の柳による〈琉球に対する敬念〉の主張は、現実の〈琉球の人達〉に対する認識を欠落させたままに、一方的にその〈伝統的文化〉保存の主張を展開していく点で、きわめて抑圧的な性格を帯びている。それらの言説は、一貫して審美的な認識の水準に留まるものであり、現実の〈他者〉への理解が欠落した一種のオリエンタリズムに陥っている。[11] それらは、一見〈他者〉としての〈沖縄人〉への尊重という「善意」を装っているだけに、一層抑圧的なものとなる。

三 〈伝統〉と〈近代〉の間で

ここまで検討してきた通り、トポスとしての沖縄は、柳の民芸思想の持つ必ずしも肯定的に評価し得ない側面をも照射している。一方、保田の〈琉球の伝統〉を巡る認識には、柳のそれに対してどのような偏差が存在していたのか。

保田においては、〈琉球の伝統的文化〉保存の問題に関する認識は、柳と比較してかなり微妙である。例えば、前出の「琉球紀行」というテキストにおいて、保田は、琉球の歴史の特殊性に対する認識の重要性を確認した上で、「標準語」問題に言及している。保田は、沖縄での「標準語」使用の強制の問題に関して、柳と異なって曖昧な両義的姿勢を示す。このテキストにおいて保田は、一方で「標準語」運動に反対する柳らの立場に一定の共感を示しているが、他方で沖縄の現状を考慮するならば「標準語」の励行も止むを得ないという認識をも同時に呈示し、同時代の知識人による沖縄に対する認識の持つ〈脆弱性〉並びに〈感傷性〉を厳しく批判している。

ここでの保田の沖縄の「標準語」問題に対する基本的姿勢が、保田の「植民地」文化政策に対する認識、特に中国や朝鮮での日本語教育の問題に対する意識を反映していることは明白である。それは、同テキスト中の〈内鮮一体〉運動への言及や、〈日本が一躍して世界の民族に対して、その文化に介口せねばならぬ日は目前にある〉といった表現に典型的に現れている。保田の沖縄の「標準語」問題に対する同様の認識は、同時期に執筆された「偶感と希望」（『月刊民芸』一九四〇・三）といったテキストにおける〈東亜の問題〉といった表現からも確認できる。しかしその一方で、保田の一連の言説は、一貫して断定不可能な曖昧さに終始している。結局、保田が沖縄の「標準語」励行運動に対して、具体的に賛成しているのか、あるいは反対しているのか、「琉球紀行」でも「偶感と希望」でも実は不分明である。保田は、その曖昧な表現を通じて、結局この問題を〈沖縄人〉の自己決定に委ねる以外ないと主張しているように思われる。

　そのような保田の沖縄に対する微妙な姿勢は、保田が沖縄の近代化の問題を論じる際に一層顕在化する。前出の「琉球紀行」を改めて参照する。

〈南島の詩情は、色々の人に語られた。（中略）しかし柳氏が昨年民芸協会の人々をつれて、この島を訪れたのち、島の紹介はもうある段階に達した観さへあつた。私は民俗学会の人々と、柳氏の考え方を、批評の体系の上からも尊敬してゐたから、この島の風物にふれたいと願つたのである。（中略）しかし「おもろ」と古典劇で現はされる島の紹介の傍で、島の若い青年が東京あたりから故郷の土地に呼びかけてゐる、もつと実生活をどうとかしようとする声も、私の耳には残つてゐる。流行雑誌にまで紅型などが珍重され、琉球の流行が現出する昨今、土地の若い人々が、新しい文化的運動を始めるといふ話もきく。この島でも、どちらも島を愛する人々の間で、二つの離れてゆくみちが選ばれねばならぬのである。〉

保田がここで、〈「おもろ」と古典劇〉で象徴される〈琉球の流行〉に対してある違和感を呈示し、逆に〈島の若い青年〉による〈もつと実生活をどうとかしようとする声〉に耳を傾けていることに注意しておきたい。保田は、〈柳氏〉によって紹介され続ける〈琉球の伝統的文化〉に対して一抹の疑問を付しながら、〈島を愛する人々の間で、二つの離れてゆくみちが選ばれねばならぬ〉と述べる。これは、〈島を愛する人々〉即ち沖縄人自身による〈島〉の未来の方向性への自己決定に対する、保田による支持として受け取ることも可能な一節である。

同様に、〈琉球の伝統的文化〉の近代化の問題に関しても、保田は、柳に関連して先述した〈壺屋〉の問題にも言及しながら、以下のような微妙な認識を呈示している。

〈那覇の紅房は、輪出向の清楚な漆器類を作つてゐる。その作風は琉球の民俗を全然加味せぬ近代風な瀟洒なデザインが多いので、他県から来遊する芸術家には酷評されてゐるのである。しかし紅房の作品が、思ひきつて琉球塗の伝統観念からとび出してゐる点が私には大へん面白かつたし、その組織も生産技術者を組合員としてゐる点など、一寸興味があつた。それ以上にかういふしやれた清潔さは、ぜひ土地の人に知つて欲しい位の近代味だと私は思ふのだ。(中略)だから紅房を否定するのは、琉球の人がすればよい。それに較べると、固有の陶器焼場であるつぼやの仕事の仕方など、例へ本質的と云つても眼と心ある一部の人に愛される類のものである。私は紅房のやうな仕事の進む中で、近代の清潔で衛生の生活の工夫もきつと生れる可能性があらうと思ふ。だから私は沖縄の青年が辻で酒をのむ代りに、東京のやうな喫茶室風なものの出来るのもよいと思ふのだ。古い琉球の芝居よりも、近代の活動写真が若い人々に愛好されてゐるといふのもまづさうだらうと思ふ。さういふ過程を通つても、古い琉球のもつた文物の中を流れるよいものは、それが真に生命をもつものなら、きつと生き残る。〉

これらの文章において、保田が、〈琉球の伝統的文化〉の単純な保存よりもむしろ〈近代味〉の導入の方に関心を抱き、〈壺屋〉に対して〈紅房〉の方を明確に肯定していることは注目に値する。ここでの保田の認識の固有性は、一連の〈紅房〉や〈壺屋〉に関する記述を、前出の柳のそれと対比した際に一層明瞭となる。この「琉球紀行」での保田の言説は、事実上柳ら日本民芸協会グループへの批判とさえも読める。保田がここで〈琉球〉の近代化を否定していない事実は、先の「標準語」問題に対する微妙な姿勢と共に、注意を喚起されるべきであろう。保田が、形式的な〈伝統的文化〉の保存よりも、現実の〈沖縄人〉の利便を優先させようとしている事実は明白である。〈紅房を否定するのは、琉球の人がすればよい〉という認識は、〈琉球の伝統的文化〉に対する〈沖縄人〉自身の自己決定への保田の支持を呈示するものである。一連の保田の言説は、同時期の保田の中国や朝鮮をめぐる言説とはやや異質に映る。〈さういふ過程を通つても、古い琉球のもつた文物の中を流れるよいものは、それが真に生命をもつものなら、きつと生き残る〉という一節などは、どこか坂口安吾の「日本文化私観」(『現代文学』一九四二・三)さえ彷彿させよう。

勿論、一連の保田の言説が、実際には、前出の「東亜共同体」的な植民地文化政策の発想を背景に持っている事実は否定出来ない。しかし、〈琉球の伝統的文化〉の独自性に対する〈敬念〉から出発した筈の柳が、一方で現実の沖縄に対する審美的水準での抑圧的な認識に帰結しているのに対して、他方で〈東亜の問題〉といった植民地文化政策の思考を近傍に持つ筈の保田が、現実の沖縄に対しては、その文化的な自己決定権を認容する柔軟な姿勢に到達している点が興味深い。保田における沖縄とその文化政策に対する認識は、同時期の中国や朝鮮に対する認識とは明らかに偏差が存在している。そこに、保田にとってのトポスとしての沖縄の持つ固有性が存在することは、既に言及した通りである。[12]

ここまで確認してきた通り、沖縄をめぐり〈近代味〉の導入を肯定する保田の認識は、〈琉球の伝統的文化〉の独自性保存のために、沖縄の近代化を否定する柳の姿勢と正面から対立するものであった。この沖縄をめぐる柳と保田の認識の対立は、両者の民芸を巡る基本的な発想の差異を反映しているように思われる。民芸運動に対して早くから関心を抱いていた保田における柳の思考との偏差とは、一体どのようなものであったのか。

四　〈民芸〉の美的根拠

保田が柳による民芸の思想に強く共感しながらも、同時にその実践形態としての民芸運動に対しては常に一定の距離を設定していたことが、保田が柳に言及した複数のテキストから確認可能である。例えば、「工芸について」（『都新聞』一九三九・六・二二－二四）と題するテキストの中で、保田は、柳らの民芸運動が、その具体的実践において〈民衆の美の発見〉と〈民衆の職人〉の形成という当初の意図から遊離してしまい、〈工芸のみち〉の追求それ自体が自己目的化してしまっている現状を批判する。保田に従えば、仮に〈工芸のみち〉の達成が〈民衆の職人〉から離れた〈個人作家〉の形成であるならば、民芸運動は、結局〈近代の様相の一あらはれ〉に過ぎないのである。[13]

このような現実の民芸運動の実践に対する保田の批判意識の背景には、いかなる認識が存在していたのか。保田は、既に言及した「現代日本文化と民芸」と題するテキスト中に収められた「B　青野季吉氏に」と題する一文において、青野による「民芸の感傷と観察」（『月間民芸』一九三九・一二）という批評に反論して、以下のように主張する。

〈私は民芸の歴史的成因を考へ、あなたは民衆といふ方へ感能されたかと思ひます。（中略）それはあなたの考への民衆の側からのゆゑと思ひます。私も民芸愛好者にある反感をもつ時があります。しかしそれは柳氏の精神と関りありません。（中略）私は柳氏の発想が皮肉な運命にあつたことを云ひ、それがあなたが感傷的に「民衆のもの」と云ふ云ひ方に嬉ばれた、その方へはゆかなかつたことを云ひました。〉

　このテキストにおいて、保田は民芸と〈民衆〉の関係を論じながら、青野らの民芸運動に対する認識を厳しく批判する。保田によれば、柳の民芸論は、青野が主張するような〈マルクス主義的な感情を持つ〉理論ではなく、その運動も〈無産者芸術論の民衆を土台にしたもの〉とは無縁であるという。保田は〈柳氏の場合に私は、国際的無産芸術論の気質も考へ方も考へつきません〉と述べるが、一連の記述から、保田の民芸運動への認識が、青野と異なる〈民衆〉理解に立脚していることが推測可能となる。青野による階級芸術としての民芸理解に対して、保田は、〈民芸の美的根拠〉に関して以下のように主張する。

〈民芸の美的根拠は日本民族の古典的な唯美生活が、土となり血となつたものから再生し、それが当代の芸術の頽廃を自己治療するものにあらざるや、日本の伝統にはさういふ作用があります。（中略）私は民芸運動を日本人の自覚の一例と考へ、さういふ形では最も大きい規模の美学運動の一つと、その始祖の精神に考へたのです。もし利休や芭蕉が芸術に飽満してゐなければ、あの閑美運動は考へません。〉

　保田がこのテキストにおいて、民芸思想を〈美学〉上の〈変革的方法論〉として認識していた点に関しては、既に確認した通りである。保田はここで、柳の民芸の思想の〈美的根拠〉を〈日本民族の古典的な唯美生活〉の〈再生〉という観点から措定し、民芸運動を〈日本人の自覚の一例〉として評価する。即ち、青野の〈無産者芸術論の民衆を土台にした〉民芸認識に対して、保田の民芸理解は、〈民族〉としての〈民衆〉理念に立脚しており、いわば〈民族〉の理念を探究する〈美学運動〉として柳の民芸運動が評価されているのである。このような「日本浪曼派」の言説構造における〈民衆〉概念の〈民族〉概念への分岐に関しては、本書の他の章においても言及を行っているが、民芸運動に関する認識においても、同種の論理機制が看取されるのである(14)。

保田は、柳の『工芸の道』に関して、同テキスト中で以下のように評価している。

〈工芸の道はつつましく働いてゐた工芸家の燈となつたかもしれない。しかしその著述の精神を客観した私は、そこに日本の古くからあつた伝統の美学の姿、あの枯淡とか、さびとかわびしさなどいふ、やさしくなつかしい言葉で組織されて、隠者の世界に近いといふ体系の底に燃えてゐる烈々の美観を樹立する者の燈を感じたのである。〉

保田が柳の『工芸の道』に見出す〈日本の古くからあつた伝統の美学の姿〉や〈隠者の世界に近いといふ体系の底に燃えてゐる烈々の美観〉という意識は、青野の民芸理解からは言うまでもなく、恐らく柳自身の工芸や民芸に対する価値観の体系からも、当時既に距離が生じていたと思われる。保田にとっての思想としての民芸の価値は、様式としての工芸の追求それ自体に存在するのではなく、一貫してその背景にある〈民族〉としての〈日本人の自覚〉の問題に存在しているからである。保田においては、〈日本人の自覚〉の契機となる〈精神美学〉としてこそ、民芸思想の価値は発生する。従って、仮に民芸思想が〈日本人の自覚〉の問題を閑却して近代的な〈個人作家〉の形成に終始するならば、それは〈近代の様相の一あらはれ〉として否定されなければならない。同時代の民芸運動の具体的実践に対する保田の距離感は、基本的にこの〈精神美学〉の問題に胚胎していると思われる。

また、保田における沖縄の伝統文化に対する姿勢も、そのような〈日本人の自覚〉の問題と通底していたと推測される。保田にとって重要であるのは、〈沖縄人〉自身の文化的自覚と自己決定の問題であり、「様式」としての工芸の保存の問題ではないからである。このように、保田は、同時代の民芸運動の思想を換骨奪胎しながら、民族運動としての「日本浪曼派」の言説構造の内部に回収していく。保田においては、民芸の思想が、〈民族〉の〈伝統〉の問題へと限りなく接続された上で再評価されるのである。

五　〈民族の造型〉という思考

民芸を通じての〈民族〉としての〈日本人の自覚〉の形成という問題に関連して、戦後の保田は、興味深い概念を提出している。それは〈民族の造型〉という概念である。保田は、この〈民族の造型〉という印象的な表現を、民芸運動の問題に言及する際に、反復して使用している。例えば、「民族の造型」(『新論』一九五五・七－一九五六・一)や「民族の造型といふこと」(『天魚』一九五八・三)といったテキストにおいて、この〈民族の造型〉という概念は頻繁に使用されている。[15] 例えば、保田は、「民芸運動について」(『淡交』一九六五・一二)と題する戦後のテキストの中で、戦前期の〈民芸運動〉の歴史性を回想しながら、以下のように主張する。

〈民芸運動の始めに、民芸の「民」を「民衆」の意味だといつた時は、その主張の本質と、実物を伝統や歴史から考へるよりも、当時震災後の日本の社会思想に無意識に追従するものの方が多かつた。(中略)「民芸」の本義を「民族の造型」といふ固有感で考へようといふ、精密な科学的態度は、河井寛次郎先生の長い歳月の思ひだつた。私の考へでは、柳先生の思想とは、この点で本質的といつてもよいほどの異同を見た。(中略)「民族の造型」といふ新しい形の考へ方は、「民芸運動」といふものと全く別の大切なものと私は思ふのである。

（中略）民族の造型の純なもの、剛健素朴にあらはれたもの、そのあらはれ方は、どんなに多種多様でもよいし、優雅とか典麗といふやうな姿をとることもあらう、さういふ民族の造型がはつきりしたものでなければ、今も将来も国際性はないと思はれる。それはどこの国どの民族にも当る原理である。〉

保田の主張は明快である。〈「民芸」の本義〉は、いわゆる〈「民芸運動」〉の具体的実践に存在するのではなく、〈国の本有伝統〉に立脚した〈民族の造型〉の探究に存在する。〈さういふ民族の造型がはつきりしたもの〉こそが民芸の本質なのである。ここでも強調されている通り、保田の民芸認識における〈民〉とは、階級的な〈民衆〉認識ではなく、むしろ近代的な意味での〈民族〉の概念に近接している。このような思考の背景には、「日本浪曼派」運動における〈民衆〉概念の〈民族〉概念への操作的な分岐の問題がある。

改めて整理すれば、保田における柳の民芸思想の価値は、それが保田にとって、〈民族〉としての〈日本人の自覚〉の契機となる〈精神美学〉を提供したという点に存在している。保田が柳の民芸思想を通じて見出す〈日本民族の古典的な唯美生活〉の〈再生〉という観念が、実は保田による方法的虚構であることは言うまでもない。それらの表象は〈再生〉されたのではなく、保田の言説構造において、柳の民芸思想を一つの媒介としながら、いわば「創出」されたのである。それらはむしろ、保田の近代的な意識の産物である。

同様に、保田が『工芸の道』を通じて看取したと主張する〈日本の古くからあつた伝統の美学の姿〉や〈隠者の世界に近いといふ体系の底に燃えてゐる烈々の美観〉という認識も又、虚構に過ぎないだろう。これらの認識が、保田のいわゆる後鳥羽院以後の「隠遁詩人の系譜」という固有の〈文学史〉観と明確に対応していることは言うまでもない。保田は、柳の言説を援用しながら、〈日本人の自覚〉という〈民族〉の言説を民芸という造形芸術の水準において意識的に再構成していく。仮に保田の言説において、「隠遁詩人の系譜」が〈文学史〉の水準における

〈日本〉の表象を形成する原理であるとするならば、前出の民芸をめぐっての〈民族の造型〉という発想は、〈工芸史〉の水準において〈日本〉の表象を成立させる契機として機能したと言ってもよいであろう。しかしそれらは、虚構としての〈日本〉の表象を創出する過程において、自己と異質な存在に対する抑圧と排除を次々に生み出したのである。それは恐らく、保田の沖縄というトポスに対する姿勢においても、既に顕在化しているように思われる。

注

1　橋川文三『増補日本浪曼派批判序説』（一九六五・四　未来社）所収「四　イロニイと文体」。

2　保田と民芸運動との関連に関する数少ない先行言及の一つに、熊倉功夫によるそれがある（「保田與重郎氏と民芸」『保田與重郎全集』第三三巻月報）。

3　例えば、「民芸運動について」（増刊『淡交』一九六五・一二）などがある。

4　柳は、一九三九年の一年間だけで、沖縄に既に二回渡航しており、保田が同行したのはその三回目の渡航である。保田がこの一行に参加した経緯に関して、簡単に確認しておく。保田は、一九三九年に入ってから、蔵原伸二郎の紹介で棟方志功と面識を得たらしい。この事実は、戦後の「蔵原さんの思い出」（『詩季』一九六五・三）等の回想から確認可能である。この交遊の結果、雑誌『工芸』一〇一号に棟方の特集が組まれた際に、保田は「棟方志功氏のこと」（『工芸』一九三九・一〇）という文章を寄稿した（熊倉功夫は、これは蔵原伸二郎の慫慂に基づいていたと推測している）。恐らく、この文章の寄稿が契機となって、保田と雑誌『工芸』同人との交流が生じたらしい。柳は、同時期の一九三九年一二月一四日付の外村吉之介宛書簡において、雑誌『月間民芸』同人の〈渡球〉決定と〈日下観光団人選中〉である旨を注記しており、これらの経緯を経て保田は柳らの〈渡球〉に同行することとなった。

5　例えば、近藤洋太は、「反近代のトポス――保田與重郎と敗戦」（『反近代のトポス』一九九一・五　葦書房）の中で、

「みやらびあはれ」における保田の回想に言及している。なお、保田によって〈佐藤惣之助の歌〉とされる〈みやらびあはれ〉の歌は、実際は、芥川龍之介の歌「空みつ大和扇をかざしつつ来よとつげけむミヤラビあはれ」を指す。この問題に関しては、既に谷崎昭男による指摘がある（『ポリタイア』一九七二・六）。

6　柳の民芸思想に関する肯定的な評価の一例としては、例えば水尾比呂志氏の『評伝柳宗悦』（一九九二・五　筑摩書房）などがある。

7　柳の民芸思想の問題点に関して網羅的な再検討を行った著作としては、出川直樹の『民芸――理論の崩壊と様式の誕生』（一九八八・一一　新潮社）などがある。

8　この論争の遠因は、既に柳の第二回の沖縄旅行（四月）まで遡る。しかし、直接の発端は、第三回の沖縄旅行の最中の一月七日に柳らが行った座談会における沖縄県側の「標準語」普及運動に対する批判である。沖縄県学務部は、これに対して、一月一一日の沖縄日刊紙三誌に声明書「敢て県民に訴ふ民芸運動に迷ふな」を発表し、柳らを反批判する。一方、柳は一月一四日に「国語問題に関し沖縄県学務部に答ふるの書」を同じく沖縄日刊紙三誌に掲載してこれに応対し、論争は拡大を見せることとなった。この「沖縄方言論争」に関する先行研究としては、早く谷川健一の編集になる『わが沖縄　方言論争』（一九七〇・三　木耳社）がある。また、近年の批判的な再検討として、花田俊典の「沖縄方言論争三考」（『日本近代文学』一九九五・五）などがある。

9　「沖縄方言論争」の評価においては、水尾比呂志（前出『評伝柳宗悦』）が柳の姿勢を肯定的に評価するのに対し、一方花田俊典は、柳を批判しつつ沖縄県学務部の立場にも一定の理解を与えている（前出「沖縄方言論争三考」）。

10　出川直樹の論考（前出）や花田俊典の論考（前出）などがある。

11　これら一連の柳の沖縄文化を巡る姿勢を、村井紀の命名に倣って、「南島イデオロギー」の一種として措定することも可能であろう（『増補・改訂南島イデオロギーの発生――柳田国男と植民地主義』一九九六・一　太田出版）。

12　保田の沖縄に関する言説における興味深い問題の一つに、保田が沖縄出身の詩人山之口貘をきわめて高く評価しているということがある。保田は、前出の「琉球紀行」の中で、〈おもろや八重山の歌〉に対して山之口を取り上げ、〈今でも山之口貘氏のやうな珍しい詩人は、誰よりも巧みな国語詩を描きつつ、充分に沖縄のことばや風俗のもつ気分のカオスを、その詩脈に止めてゐるのだ。〉と評価する。山之口に関する肯定的な言及は、「沖縄方言論争」を論じたテキスト「偶感と希望」（前出）にも登場する。

13　保田も指摘するように、民芸運動の最大のアイロニーは、本来日常工芸に〈民衆の美〉を〈発見〉した筈のその理論が、次第にそれ自体として様式化し、最終的には〈民衆〉の使用する日常工芸よりも、民芸を体現していると措定される特定の〈個人作家〉の作品を志向する傾向が生じることである。出川直樹は、民芸運動が次第に様式化していく過程に関して、詳細に検討している（前掲書）。

14　この問題に関しては、第Ⅱ部第七章「日本浪曼派批判の再構成――〈民衆〉という虚構」において言及する。

15　この〈民族の造型〉という概念は、『日本の美術史』（一九六八・一二　新潮社）所収の諸テキストでも、重要な概念として繰り返し登場している。

第六章　日本浪曼派と〈差異〉――幻想としての〈郷土〉

はじめに

批評家保田與重郎のテキストに関して従来から反復して指摘されてきた特性の一つに、その自己の生地である大和地方に対する強力な賛美と愛着という問題がある。橋川文三によってかつて〈郷土ショービニズム〉として命名されたこの傾向は、一九三〇年代から四〇年代に至る保田の批評テキストに一貫した要素である。[1] 例えば「日本の橋」（『文学界』一九三六・一〇）において、保田は、〈自分の生国〉である畿内大和地方とその〈風土〉の〈ときめくやうな日本の血統〉に対する愛着を、以下のように語っている。

> 〈畿内でも大和河内あたりの、眼のとどく限り耕された土地ばかり、眼をさへぎる木立や林さへない風景、その中の美しい白壁と、農家の特殊な切妻形の藁葺屋根に瓦葺の飾りつけたりした家々も、他で見られぬ日本の田舎といつた感じで、まことに古畿内の古い文化のやうに美しい眺めである。さういふ風土に僕は少年の日の思ひ出とともに、ときめくやうな日本の血統を感じた。しかしこれはこの日本の故郷を自分の生国とする僕だけの思ひであらう。〉

同様に、評論集『戴冠詩人の御一人者』（一九三八・九　東京堂）の著名な「緒言」においても、〈生を日本の故国に享けた私は、その年少の日々の見聞と遊戯に、国の宮址を知り、歌枕を憶え、古社寺を聞いた〉として、自己の生地としての大和桜井が占める文化上の特権的位相を強調している。また、代表的著作として知られる『万葉集の精神』（一九四二・六　筑摩書房）の「序」の中でも、〈著者は万葉集の詩人たちの故郷を、わが少年の日の郷土として成長したものであつた。世界文明に於ける最も古い根源の風景の中に育くまれた著者〉として自ら賛美しながら、〈郷土〉としての大和地方に対する深い愛着を示している。いわば、保田による日本文化に関する批評の多くは、いずれも何らかの形式において〈日本の故国〉である大和地方に対する愛着に立脚していると言っても過言ではないのである。

本章「保田與重郎と〈差異〉——幻想としての〈郷土〉」では、このような保田における〈郷土ショービニズム〉の基本的構造を再検討しながら、その背後に隠蔽された、一九三〇年代の日本における〈差別〉と〈差異〉をめぐる問題系を照射したい[2]。〈郷土〉としての大和桜井への賛美を媒介として〈日本の血統〉を構築するという、保田が唱導した「日本浪曼派」の言説運動の背景には、現実における〈差異〉に直面し、それを思弁的に還元し解消しようとする、独自の戦略が存在していたと考えられるからである。

一　〈郷土〉としての〈大和〉

保田は、一九一〇年四月一五日に奈良県磯城郡桜井町（現在の奈良県桜井市）に出生し、同地の桜井尋常小学校から奈良県立畝傍中学校を経て、一九二八年に旧制大阪高等学校に入学し卒業するまで、この磯城郡桜井町の自宅に居住している。この大和地方桜井の地に対する保田の賛美感情の構造を明快に示すのが、『楽志』第弐集（一九三二・八　楽志会）中に収録された「郷土といふこと」と題する初期のテキストである。『楽志』は、桜井尋常小学校の同窓生有志によって組織された楽志会の発行誌であるが、この中で東京帝国大学在学中の保田は、大和桜井を念頭に置きつつ〈郷土〉を以下のように定義している。

〈われわれが郷土を考へる場合二つの意味でそれを考ねばならない。即ち個人の郷土と民族としてもつ郷土。郷土といふ概念を文化の点から個人的な成果の全体の基礎として考へると共に、民族のもつ文化史の上の「郷土」を考察することを忘れられない。（中略）この二つの郷土が個人にとつて同一であることは最もめぐまれた環境に於て初めて可能である。そしてかうしためぐまれた位置にわれわれはゐるのだ。〉

保田が、〈個人の郷土〉と〈民族としてもつ郷土〉という二種の〈郷土〉概念を提出し両者を明確に区別している点に注意したい。ここでの〈郷土〉概念の弁別は、同テキスト中に言及されるフリードリヒ・ヘルダーリンの例からも窺われる通り、同時代のドイツ系の哲学思潮の受容が明白である。保田は、〈ヒペリオンをかいたヘルデルリーン〉にとって、〈郷土〉とは、単なる〈生家の地〉ではなく〈文化の発生の地〉としての〈ギリシア〉を意味していたと指摘する。[3] しかし〈ヘルデルリーン〉と〈ヘルデルリーンに於けるギリシア〉の間の憧憬的な関係に対して、保田は、自己が〈二つの郷土が個人にとつて同一である〉という〈最もめぐまれた環境〉に存在していることの優位性を強調する。そこから、自己の生育した大和地方の持つ文化的特権性が執拗に語られていく。

〈大和は日本民族の独自の文化の最も大きい郷土なのだ。芸術もこゝが揺籃だつた。万葉集・古事記・日本書紀等皆こゝで生れた。推古・白鳳・天平・弘仁といつたわが芸術史上の黄金期の作品はすべてこゝにのみ残つてゐるといつて過言でない。又貞観・王朝・鎌倉のものも多くの傑作を残してゐる。その他の精神文化の源泉もこの地に萌芽をもつてゐる。即ち大和は日本文化の郷土なのだ。そしてわれわれが郷土を考へることは、個

人の郷土と共に民族文化の郷土を考へること、なる。そしてかゝる郷土観こそ特にわれわれにとつて切実な問題なのだ。〉

保田にとっての〈郷土〉としての〈大和〉は、同時に、記紀万葉の時代から奈良平安の〈わが芸術史上の黄金期〉を経て中世に至るまでの〈日本文化の郷土〉として示される。保田の論理においては〈個人の郷土〉を語ることが即ち〈民族文化の郷土〉を語ることであり、両者は不可分のものである。このような保田の〈郷土〉認識と、例えば同時期の小林秀雄「故郷を失つた文学」（『文芸春秋』一九三三・五）において語られた「故郷喪失」の意識との距離は明白であろう。[4] ここには、保田にとっての現実の〈郷土〉としての大和地方が、理念上の〈郷土〉としての〈大和〉へと融合・重層化され、それら両者に関する語りが恣意的に接続されていく、「日本の橋」以降の保田の日本文化論における発想の基本構造が既に顕在化している。保田の〈郷土ショービニズム〉は、そのような〈個人の郷土〉と〈民族文化の郷土〉をめぐる方法的同一化の操作に立脚するのである。

先に言及した『戴冠詩人の御一人者』から『万葉集の精神』に至る一連の代表的評論集において、この〈郷土〉に関する方法的操作は一貫している。そこで保田が唱える〈日本の血統〉とは、いわばこの二重化された〈大和〉の〈血統〉であると言ってよい。さらに、評論集『風景と歴史』（一九四二・九　天理時報社）に収められた多くのテキストの時期に至ると、同様の〈郷土〉に対する操作を背景としながら、〈歴史〉や〈文学〉と一体化した〈風景〉をのみ是認するという、独自の〈風景〉認識が集中的に語られていく。そこでは、長大な〈歴史〉の連なりの上に立つ保田の〈郷土〉である大和地方が、最高の〈風景〉として称賛を受けることとなる。保田は、同評論集中の「風景と歴史」（『現代』一九四二・四）と題するテキストの中で、同時代の〈文化哲学的な風景の解釈〉や〈山岳観〉を批判しながら、〈風景〉と〈歴史〉の関係をめぐって以下のように主張している。

〈文化や思想の上で、風景を考へるなら、故郷といふ思想がさうであるやうに、風景は文化文芸思想の創造の母胎である。わが古典人が、山川の相を眺めて、神ながら大君のしろしめさる丶山川と歌つた思想に源する風景観は、家持の自覚や藤田東湖の決意から見るときは、所謂単なる思想を離れて、極めて重大な歴史の実践の根柢のものとなるのである。（中略）我々の国土の風景は、つねにわが心の中にある歴史である。〉

保田にとっての〈風景〉は、単なる物質的空間の問題として留まるものではなく、〈文化文芸思想の創造の母胎〉となり〈歴史の実践の根柢のもの〉となってこそ、初めて意味を持つものである。空間としての大和地方の持つ価値は、そのような〈創造の母胎〉としての優秀性に依拠するのである。保田は、さらに〈故郷としての風景は、すでに歴史であり思想である。しかもわが国土は、かつて神々の住はれた遺跡ではなく、神の継承を伝へた歴史の土地である。それは我が歴史そのものであつた。詩人にとつて故郷が、創造の源泉となる如く、民族の風景観の確立は、民族の創造力の確保の上で不可欠のものである。〉と結論付けるが、ここでの〈故郷としての風景〉をめぐる思考は、先の「郷土といふこと」における〈郷土〉をめぐる論理の明確な延長線上に存在すると言える。また、ここでの〈神の継承を伝へた歴史の土地〉が、事実上限りなく大和地方と照応していることは、同評論集に収録された「鳥見霊時」（『コギト』一九四〇・一二）や「高佐士野考」（『文化集団』一九四〇・六）といった、大和桜井の記紀神話を考証した一連の文章からも、明らかである。保田にとっての〈郷土〉としての大和地方は、最終的に、〈民族の創造力の確保〉のために決定的な重要性を持つ神話的トポスとして示されることになるのである。

二　保田の回想における〈二つの事件〉

確認してきた通り、保田の代表的なテキストの多くが、いずれも何らかの形式において畿内大和地方をめぐる〈郷土ショービニズム〉、特にその生地である大和桜井に対する自尊と賛美の意識によって横溢している。保田によって、〈大和〉は、〈日本の血統〉に直結した、それ自体が一種の〈思想〉として戦略的に構築されるのである。しかし、一方で、保田のテキストには、そのような〈郷土〉をめぐる思考の背後にあるものが露呈する瞬間があるように思われる。それは、いわば、〈個人の郷土〉と〈民族文化の郷土〉が一体化した神話的トポスとしての〈大和〉という保田の方法的操作に裂け目が入り、隠蔽されていた〈大和〉が内包する〈差異〉が露出する瞬間であると言えるだろう。

保田は、戦後の回想集『日本浪曼派の時代』（一九六九・一二　至文堂）所収の「二つの文学時代」と題する冒頭の一章において、〈少年期のものとして印象的な記憶となつた〉経験に関する興味深い回想を行っている。それは、保田の〈少年期〉に生地の大和桜井の周辺で発生した〈二つの事件〉をめぐるものである。最初に、第一の〈事件〉に関する回想から参照することとする。

〈この大正後期に、私の近所で二つの事件があつた。一つは水平社と国粋会の争闘事件といはれてゐる、磯城郡の川東村の方で起つたものだつた。国粋会といふよりも実は、川東村附近の村々と、水平社の間の争ひだつた。水平社が出来てから何年もたつてゐない、大正十二年早春の出来事と思ふ。私の町から五十町も離れてゐたが、夜中にどこからか出てくる水平社の仲間が、歌をうたつて騒々しく通つてゆくのが、この争ひ事の印象となつた。どこかのおくへ滅入するやうな気分だつた。この時私の町内からも、何人かの者が、村方の応援に、身ごしらへしてでむいた。（中略）この騒動は、結局国粋会の会員が、川を渡つて相手側陣地へ斬込んだ時が、クライマックスでまた終焉だつたといつてゐた。〉

ここで保田の回想する〈水平社と国粋会の争闘事件〉とは、全国水平社が創立された翌年にあたる一九二三年三月に、奈良県磯城郡で発生した、いわゆる「水国争闘事件」と呼ばれる全国水平社と大日本国粋会との間の衝突事件を指すものと思われる。この「水国争闘事件」は、奈良県磯城郡都村の地元民による被差別部落住民への侮辱行為に端を発して、最終的には、地元青年団や在郷軍人を含む大日本国粋会側約千人と、奈良県内外の水平社同人約千人とによる武力衝突にまで至った、かなり大規模な〈差別〉争闘であった。

畿内大和地域が、歴史的に多くの被差別部落を抱え込んだ地域であったことは、よく知られている。大和地方における被差別部落の問題の根深さは、部落解放運動における転換点となった一九二二年三月の全国水平社創立の契機が、そもそも奈良県南葛城郡における解放組織「燕会」の阪本清一郎・西光万吉・駒井喜作らの熱心な一連の活動にあることからも推定できるだろう。過去の統計調査でも、奈良県内での旧被差別部落人口の県人口に対する比率は、全国でも最高水準にあった時期があり、その問題の根深さをうかがわせている[5]。奈良県内の被差別部落発生の歴史的経緯は不明の部分が多く残されているが、福塚一史による整理に従えば、第一に〈かつて寺社領に隷属した賤民が、中世後期から近世初期にかけて権利抗争を繰り返したり、脱賤化をはかるなかで支配関係が固定化された〉もの、第二に〈新旧勢力の抗争のなかから、あるいは時の権力に敗北していった一部の者が権力によって穢多身分等にされていった〉もの、第三に〈近世中期頃、この両者の部落から〈賦役〉のため分村、移転させられていった〉もの、等の複数の背景が考えられるという[6]。

明治以降において、先の阪本、西光や駒井の活動等も含めて、大和地方は解放運動がきわめて活発な地域の一つとして知られていた。水平社創立以前にも、被差別部落の向上を目指す融和運動は、同地の地域社会と複雑に交錯しながら、様々に展開されていたのである。大和桜井の在地富裕層に出生し、そこで生まれ育った保田が、そのような地域の複雑な状況を意識せざるを得ない状況に置かれていたことは、容易に想像できる。それは、保田の自己の半生記とでも言うべき『日本浪曼派の時代』の冒頭の章において、〈少年期のものとして印象的な記憶〉として、あえて、この「水国争闘事件」を回想していることにも現れているだろう。この〈事件〉に対する保田の〈川東村附近の村々と、水平社の間の争ひ〉という認識は、現在確認可能な事実と対照する場合、きわめて不正確なものであると言えるだろう。[7] しかし、この〈事件〉については後述することとして、引き続いて、〈少年期〉における保田の第二の〈事件〉の方を確認してみることとする。

〈この水平社の事件につゞいて起つて、未発にすんだ朝鮮人の問題が、わが町の近所であつた。そのころ土木の工事のために多数の朝鮮人が家族ぐるみの集団として移つてきた。しかし彼らは農村の秩序を無視し、農作物をあらすのが目にあまるものがあつたので、周辺の村々が寄合ひ、今度朝鮮人が不法を働いた時は、直ちに各村で鐘を合図に、一挙に彼らを手いたくこらしめようととりきめた。ところがさういふとりきめをした直後のある日、異様な風俗が鮮人村で展開したのだ。どこからとり出したのか、子供や婦人たちは特に美麗な衣服をつけて供物を山ともり、終日祭典を行つて、思ふ存分に飲食して遊び、それが少しも礼を紊してゐない。村の人々はそれを見て驚いた。きのふの乞食がけふは王様の風采だつた。それは先祖を祭る日であつたさうである。村人たちは、自分らのなすよりも一層丁重さうに見えるこの先祖祭りに感動したのが動機で、おのづから心の通ひが出来上つて了つた。〉

この一九二三年前後の桜井における〈未発にすんだ朝鮮人の問題〉をめぐる保田の回想に関しては、その真偽も含めて多くの点で留保を要するだろう。一九一〇年の日本による韓国併合以後、保田の回想の対象である一九二〇年代前半の時期にかけて、朝鮮半島から日本に渡航した人々の実態に関しては、多方面で精力的な検討が続けられているものの、現在も必ずしも明らかになっていない面がある。しかし、奈良と近接する同時代の大阪の当時の記録を参照すると、[8] 一九二九年刊行の大阪市社会部調査課による統計に従えば、大阪市内の〈朝鮮人〉労働者の数は、男性が二六五六八人、女性が五二九七人の合計三一八六五人であり、その職業は、男性は「土方」が最も多く、以下「硝子工」「雑役」「下宿業」に続き、女性は「紡績工」が目立っている（大阪市社会部調査課「本市に於ける朝鮮人の生活概況」一九二九）。一方、その平均賃金は、例えば大阪市の「土木建築業」の場合、日本人賃金の約七割強に留まっており、きわめて劣悪な労働条件に置かれていることがわかる（大阪市社会部調査課「本市に於ける朝鮮人工場労働者」一九三二）。これらの統計から、一九二三年の時期に、大阪に比較的近い奈良桜井の近辺に、〈土木の工事〉のために〈家族ぐるみの集団として移つてきた〉とされる人々に関しても、その移住の経緯や生活がおかれた環境に関しては、ある程度推測できるだろう。

ここで、それらの〈多数の朝鮮人〉に関して、〈彼らは農村の秩序を無視し、農作物をあらすのが目にあまるものがあつた〉とする一節も含む保田の回想全体に、地域富裕層の子弟としてのバイアスが強く存在する可能性が高いように思われる。そもそも、〈今度朝鮮人が不法を働いた時〉に〈彼らを手いたくこらしめよう〉と企図していた地域住民が、〈先祖祭りに感動したのが動機〉で〈心の通ひ〉が成立したという、この〈事件〉の経緯自体の信憑性がきわめて疑わしい。ここでの保田による語りの視点に従うなら、この〈事件〉は一種の「美談」となってしまうのである。しかし、当時の在日朝鮮人労働者が置かれていた状況を考える際、保田の回想は、その少年期の見聞に従っていることを差し引いても、余りに表層的に過ぎるとしか言いようがない。

ともあれ、保田は、これら一連の回想に続けて、〈この二つの事件は、ともに少年期のものとして印象的な記憶となつた。〉とし、さらに〈子供のころの特殊な印象は案外後々まで影響した。〉として、この〈二つの事件〉が自己の少年期において残した意味を強調している。保田の少年期の原点とも呼ぶべき経験が、一九二〇年代に桜井の近辺で発生した、被差別部落と在日朝鮮人部落をめぐる〈二つの事件〉であったことは、同じ桜井への〈郷土ショービニズム〉の思想と照らし合わせる時、きわめて興味深い事実であるように思われる。〈日本の血統〉に直結する筈の保田の生地桜井が、実際は複雑な社会的階層対立の渦中にあり、保田自身がそれを少年期から強く意識していたことを、いわば自ら〈告白〉しているに等しいからである。従って、〈個人の郷土〉と〈民族文化の郷土〉が重層化したトポスとしての保田の〈大和〉を検討する際には、この〈二つの事件〉が保田の思考において占めた位置が測定される必要がある。保田の言説運動の持つある側面が、この〈二つの事件〉に関連する回想を一つの裂け目として、露出しているように思われるからである。

三　〈他者〉とその〈包摂〉の構造

保田の〈大和〉に対する崇高化は、〈少年期のものとして印象的な記憶となつた〉経験と、どのような関係にあるのだろうか。被差別部落の存在にせよ、在日朝鮮人労働者の移入にせよ、そこから派生する地域的対立が、〈特殊な印象〉として〈少年期〉の保田にも認知される程度にまで、当時の大和桜井においては顕在化していたわけである。被差別部落も在日朝鮮人労働者も、いずれも後の保田が主張するような〈伝統〉に支えられた〈日本の故国〉としての〈大和〉に対して、明らかに〈差異〉を示す筈である。いわば、〈郷土〉にとっての〈他者〉としての被差別部落や在日朝鮮人労働者の存在は、ある意味で、その〈郷土ショービニズム〉を一挙に突き崩しかねないであろう。自ら賞賛してやまない〈大和〉が内包する〈差異〉に対して、保田は自己の論理をどのように定立させたのか。

　ここで、保田の〈郷土〉をめぐる思考の展開を検討する上で示唆を与えるのが、先に言及した評論集『風景と歴史』に収録された一連の評論である。その中でも、「鳥見霊時」（『コギト』一九四〇・一二）や「高佐士野考」（『文化集団』一九四〇・六）は、桜井周辺に関連する記紀神話を考証した一連の文章として、保田の〈大和〉の構造を照射している。このテキスト「鳥見霊時」において、保田は、同時代の神武天皇即位後二千六百年奉祝事業に伴う聖蹟調査委員会による「鳥見霊時」の決定に触れながら、〈国の肇国の根本を云ふものは、橿原の宮と共に、さらに鳥見霊時を考へるべきである。（中略）さうして肇国の理想の中に描かれた、遠御祖の文明の理想を思ふものは、高佐士野を回想せねばならぬのである。〉と述べて、鳥見山と天香具山という桜井近傍の地の持つ神話的価値を強調している。同様に、天香具山をめぐる『古事記』中の〈高佐士野〉神話の重要性を語って興味深い評論が、「高佐士野考」である。この評論において保田は、〈天孫系と三輪系の融和〉の象徴として〈民族融和〉の文脈において理解される傾向がある〈高佐士野〉神話に関して、それが〈単に民族融和の如き問題〉を示すものではなく、その〈和楽を表現した精神〉と〈さういふ形で表現されたもの、形式〉が重要であるとして以下のように強く主張する。

〈東征平定の御物語の最後を飾る高佐士野を、肇国完成挿話としてよりもむしろ将来の教則としての一つの表現として、ないしは必然の結局として日本国の理想として考へたいと思ふ。二族の混和といふごとき、やゝ政策に傾く意味で考へるなら、たとへさういふ現代の立場による合理主義が一般に有力としても、さういふ点に於てすべて記の表現を合点し終るとするならば、深遠にして直截な古事記のもろもろの表現は無生命に終る。八紘を掩ひて宇とせむ——との詔は、さらば何に於て紀は表現してゐるか。その窮極の理想形式は、記の表現した高佐士野以外にないのである。しかもこれは大倭朝廷より王朝時代を通ずる、わが宮廷の文明観のイデーの原始であり、武家顛落を叡慮遊ばされた中世の二人の君の、結局の文明状態も、やはり高佐士野的世界であつた。〉

ここで保田が、〈高佐士野〉神話を〈民族融和〉や〈二族の混和〉を象徴するものと見る〈現代の立場による合理主義〉的理解を否定し、〈わが宮廷の文明観のイデーの原始〉状態として評価している点が注目される[9]。いわゆる「八紘一宇」思想の〈理想形式〉を示すものは、〈高佐士野以外にない〉とまで断言するのだが、ここで語られる〈高佐士野的世界〉とは一体どのような〈世界〉観を指しているのか。保田によれば、それは〈融和〉や〈混和〉の論理などではない。それは、いわば〈融和〉とは異なる形式での〈差異〉解消が可能な空間を指示している。それは、保田が結論部分で、〈高佐士野〉神話の意味を、〈異系の差別〉を終了させ、〈君臣新旧一如〉の状態を現出させるものとして象徴化させていることからも推測可能だろう。そこでこそ、〈文士〉は〈民族大衆〉との一体化が可能となると保田は語る。

〈高佐士野は異系の差別を治しめし終り、君臣新旧一如であるさまを示してゐる。こゝに我が国の文士は民族大衆と共に生きるものである。民族は本能の形態と感覚を精神の糧としてゐるのである。そもそも八紘を一つの宇とした時の形態とは何か。〉

〈異系の差別〉を終了させる、〈融和〉とは異なる形式での〈差異〉解消の様式を、比喩的に〈包摂〉という言葉で呼ぶなら、〈高佐士野的世界〉とは、いわばそのような〈包摂〉の空間である。そこにおいては、〈他者〉の自己呈示と抵抗が可能な〈融和〉や〈混和〉の様式とすら異なり、〈差異〉は屹立することもないままにただ抹消されてしまうことになる。この保田の理解による〈高佐士野〉的世界の展開された天香具山を包むのが、神話的空間としての〈大和〉地方である。保田の認識においては、〈大和〉を象徴するものは、まさにこの〈高佐士野〉的世界の論理である。そして、それこそが、保田の唱える「八紘一宇」の核心にある論理に連なるものである。

つまり、保田が象徴的に構築する〈高佐士野〉の世界においては、〈大和〉に対して明らかに〈差異〉を示す筈の被差別部落も在日朝鮮人労働者も、〈大和〉の空間にそのまま〈包摂〉されてしまい、何の反響も引き起こさない。そこにおいては、〈他者〉としての被差別部落や在日朝鮮人労働者が、その〈他者〉性を示す余地さえ与えられないのである。それらは、〈融和〉や〈混和〉といった操作を経るまでもなく、保田にとっての〈風景と歴史〉の一要素と化してしまう。保田の〈高佐士野〉の解釈は、そのような〈差異〉を回収する装置という性格を内包している。空間としての〈大和〉は、その構造において〈他者〉を消去するものとして機能しつつ、雑多な存在があるがままに〈包摂〉される空間へと転化していく。ここでの〈大和〉は、実は、いわば異種混交的な形式を持っており、保田が「郷土といふこと」で述べるような〈日本文化の郷土〉の純一性は、幻想かつ虚構に過ぎない。

即ち、保田の〈郷土〉をめぐる論理は、その一面において、既に確認してきたような少年期の被差別部落と在日朝鮮人部落をめぐる経験とも微妙に交錯しながら、それらの〈事件〉の背後にある〈差別〉や〈差異〉を主観的に解消し、神話的空間としての〈大和〉の内部に回収するという性格を帯びていたと想像される。〈高佐士野〉に象徴される〈包摂〉の構造は、単に保田の〈郷土ショービニズム〉に内在する問題としてのみならず、〈差異〉性全般に対する、保田の言説戦略の考察においても示唆的である。この保田の戦略は、その唱導した「日本浪曼派」の言説運動における、〈差異〉に対する回収のあり方の一つの典型を示しているように思われるからである。

四　〈日本の血統〉という観念

それでは、保田において、〈差異〉を回収するために体系化された表象とは何か。それは、保田における〈日本の血統〉の観念の体系、即ち、その具体的展開としての一連の〈文学史〉の論理であったと論者は考える。[10] 例えば、先の『戴冠詩人の御一人者』「緒言」中の一節に、〈現代の文芸批評家の当面の任務〉は、〈今世界史的時期を経験せねばならない日本の、その「日本」の体系を文芸によつて闡明し、より高き「日本」のために、その「日本」の血統を文芸史によつて系譜づけること〉であると語る部分がある。保田は、〈一つの「日本」の体系を文芸によつて描くことは、文芸批評家としての私のつゝましい野望であつた〉と言明する。ここで保田の主張する〈「日本」の体系〉は〈文学史〉の構築という水準で提示されるものだが、それは〈高佐士野〉の論理と同じ様式において、国内の様々な水準における〈差別〉と〈差異〉を、一挙に回収する暴力的理念として機能するものである。保田の言説においては、構成的なイデオロギーとしての〈「日本」の体系〉の下に、同時代の日本内部の階級や民族や性をめぐる多様な偏差が全て還元され、同一の〈血統〉を共有する存在として理念上は均質化されることになる。[11]

ここで、保田の唱える〈血統〉が、しばしば単純化されて理解されるのとは異なり、純粋性や単一性を志向するより、むしろ〈高佐士野〉神話に象徴されるように、雑多な存在を融通無碍に〈包摂〉するような、一種の異種混交的な体系として捉えられることに改めて注意を促しておきたい。「新浪曼主義について」（『解釈と鑑賞』一九三九・三）と題するテキストにおいて、保田は「日本浪曼派」の文学運動に関して回顧しながら、〈日本浪曼派の功績の最大なものの一つは、日本のインテリゲンチヤ気取りが、すべて一様に放棄してゐた、あの日本の血統を人々の注意に迄呼び起こしたことにあつた〉と述べる。しかし、この理念としての〈日本の血統〉は、その恣意的な包括性を通じて多様な〈差異〉を包み込むがゆえに、その本質は、比喩的に言えば、むしろ〈混血〉的なものなのである。

しかし、保田の唱える〈日本の血統〉におけるこの異種混交的な〈混血〉性こそが、保田の言説の持つ最大の危険の一つとなる筈である。なぜならば、そこでは〈包摂〉の戦略を通じた保田による〈差異〉の解消が、あくまで理念的なものに止まり、逆にその戦略ゆえに、〈差別〉が〈差別〉のままで温存されていくという構造が存在するからである。そこにおいては、〈他者〉が屹立する契機さえ、予め排除されてしまっていると言える。

本章では、〈郷土〉をめぐる保田の思考が、最終的に、国内における〈差異〉を回収する装置として機能したという問題を指摘した。保田は、〈大和〉をその基盤に持つ〈日本の血統〉という水準の提出を通じて、自己の経験した根本的な〈差異〉であった筈の被差別部落や在日朝鮮人労働者の〈事件〉を、観念的に消去してしまうことになる。先の〈差別〉をめぐる〈二つの事件〉への言及を考慮する際、後の〈文学史〉を媒介とした〈日本の血統〉の再構成へと至る保田の言説戦略は、このような経験的とでも言うべき個人的契機の数々と、微妙に交差している可能性がある点に、注意を促しておきたい。

一方、〈差異〉の回収をめぐる保田の言説戦略には、表象としての〈日本の血統〉がいわば融通無碍に拡大して、〈アジア〉における様々な〈差異〉を回収していくという別の水準も存在していたように思われる。この問題に関しても、以下に言及しておきたい。本書の先行する章においても検討を行ったが、一九三〇年代の保田の言説においては、近代世界内部における〈アジア〉の植民地状況に抵抗して、〈日本〉が〈アジア〉の精神文化を防衛するという認識が反復して出現する。そこでは、日本の侵略戦争が、世界的視点における〈アジア〉解放運動として一貫して評価され続けることになる。それと並行して、〈アジア〉の文化における多様な〈差異〉は、〈日本の血統〉の内部を把捉されていくことになる。例えば、評論集『蒙疆』（一九三八・一二　生活社）に収録された「朝鮮の印象」（『コギト』一九三八・一二）と題するテキストの中で、保田は、朝鮮半島旅行時に見聞した芸術に関連して、〈朝鮮の雑器に高い芸術を発見し、精神化を与へたのは日本の古い創成期の市民精神である。それは堺の市民たちの風流と詩人によつて発見せられた。〉と述べた上で、〈「日本」という血〉をめぐって、以下のように断定している。

> 〈日本人はどこかにある既存の形にさへ精神と生命を与へることのできる人種であつた。その生命を与へた芸術には一貫して縦横に「日本」という血が流れてゐる。その生命を与へる対象は、自然のものでも人工のものでもよい。堺の十七世紀の詩人たちは、その構想した茶室の中にもちこむことによつて、朝鮮の雑器に、さはやかな神韻を賦与した。〉

朝鮮半島であれ中国大陸であれ、〈アジア〉各地の文化文物の内部に〈「日本」という血〉が〈発見〉されていく。保田の論理においては、〈朝鮮の雑器〉を〈発見〉した〈日本の古い創成期の市民精神〉は、そこに〈生命〉を注入したことになる。この論理には、文化間の〈差異〉を抹消し、〈日本の血統〉が暴力的に拡大していく構造が象徴的に示されている。保田は〈日本の失つた日本を朝鮮に発見することもあつた。私は京城の李王家秘苑を拝観して、その感じをうけた。こゝにある自然主義は、すべての芸術と人工をなくしてゐた、それは日本の風土そのまゝだつた。〉とも述べるが、〈李王家秘苑〉に〈日本の失つた日本〉を発見する保田の視線は、朝鮮半島と日本の文化的〈差異〉を抹消し、文化的〈他者〉である筈の朝鮮文化を、〈日本の風土そのまゝ〉という地点にまで還元してしまう。それは、いわば文化的水準での〈内鮮一体〉化である。このような過程で、〈アジア〉の多様な〈差異〉は、〈日本の血統〉の歴史性の内部で消滅していく。そして保田自身の論理においては、このような〈差異〉の回収の運動自体が、一種の〈変革〉として肯定されることになる。この〈アジア〉に対する文化的〈包摂〉の問題に関しては、保田の〈文学史〉を通じての言説戦略の問題の一部として検討される必要があるだろう。

保田の唱導した「日本浪曼派」の言説運動は、現実に存在する多様な〈差異〉を、〈日本〉という体系の内部へと暴力的に回収していく構造を内包していた。そこにおいては、〈他者〉が声を発する契機そのものが、収奪されることになる。このような〈他者〉の声の抹消という状況は、決して過去の問題ではないだろう。むしろ、きわめて現在的な課題として、今も、我々の前に持続しているように思われる。

注

1　橋川文三『増補日本浪曼派批判序説』所収「七　美意識と政治」（一九六五・四　未来社）。また、小高根太郎の回想によれば、保田は大阪高等学校時代から、常々〈大和は上国である〉と自慢していたという（「思い出」『保田與重郎全集』第二巻月報）。

2　〈郷土ショービニズム〉と対照した際に興味深い問題の一つに、保田における〈沖縄〉というトポスの問題がある。この問題に関しては第Ⅱ部第五章において既に言及したとおりである。これら二つの対照的なトポスは、保田の思考と論理の重要な側面を照射しているように思われる。

3　ここでの保田の理解は「清らかな詩人」（『文学界』一九三四・二　後に『英雄と詩人』（一九三六・一一　人文書院）に収録）における保田のヘルダーリン評価と対応する部分がある。

4　保田は、小林の「故郷を失つた文学」に対して、「土地を失つた文学」と題するテキスト（『文芸』一九三四・二）において、作家が〈地盤をもつことは、土地をもつこと〉と論じている。

5　一九七五年の総理府実態調査によれば、奈良県内のいわゆる「被差別部落」は、地区数が八二、世帯数は一八三五三、人口は六二一七五であり、県人口に対する比率は五・七％で、これは全国最高であるという（部落解放研究所編『部落問題事典』一九八六・九　解放出版社「奈良県」の解説を参照）。

6　同前「奈良県」解説中の「前近代」の項を参照。

7　いわゆる「水国争闘事件」の発生の経緯と、それがその後の部落解放運動に与えた影響に関しては、前出の部落解放研究所編『部落問題事典』中の「水国争闘事件」の項に詳しい。

8　一連の資料は朴慶植編『在日朝鮮人関係資料集成』第二巻（一九七五　三一書房）に従う。同書収録の東京府学務部社会課編『在京朝鮮人労働者の現状』（一九二九）も、当時の在日朝鮮人労働者が置かれていた過酷な労働条件を伝える統治者側の手になる同時代資料として貴重である。

9　同じ文章の中で、保田は〈高佐士野は素朴な表現であるが、この一事実は、わが民族の、和やかにおほらかな文明意識を充分に表現したもの〉と論じている。

10　保田における〈文学史〉の位相に関しては、第Ⅰ部における各章を通して考察している。特に第Ⅰ部第一章における検討がここでの問題と関連する。

11　保田の〈「日本」の体系〉は、同時代の「一君万民主義」的な論理と〈天皇〉を結節点とする点で共通しつつ、同時に異質な要素を多く内包するように思われる。〈差別〉問題をめぐるこの「一君万民主義」的な論理の矛盾と限界に関しては、金靜美『水平運動史研究――民族差別批判』（一九九四・三　現代企画室）や渡部直己『日本近代文学と〈差別〉』（一九九四・七　太田出版）での考察がある。

第七章　日本浪曼派批判の再構成――〈民衆〉という虚構

はじめに

一九三四年十一月発行の雑誌『コギト』における「『日本浪曼派』広告」（保田與重郎による執筆と推定される）の掲載を発端として、旧プロレタリア文学陣営側の複数の文学者と雑誌『日本浪曼派』（一九三五年三月発刊〜一九三八年八月終刊）の主要同人との間で展開されたいわゆる「日本浪曼派」論争は、昭和十年前後の文学界の「国粋」化の状況を象徴的に呈示する文学的事件として、従来から様々に注目されてきた。一九三七年六月の『報知新聞』紙上における雑誌『人民文庫』同人（高見順・新田潤・平林彪吾）と『日本浪曼派』同人（保田與重郎・亀井勝一郎・中谷孝雄）との共同討議（一九三七年六月三日〜十一日「人民文庫・日本浪曼派討論会」）において一つの頂点を迎えたこの論争に関しては、一九三〇年代から一九四〇年代にかけての状況に関する旧来の文学史研究の内部で、批評家によっても研究者によっても既に様々な評価が与えられてきている。[1]

一連の「日本浪曼派」論争を巡る評価の基底を構成しているのは、戦後間もない時期に平野謙によって提出された、〈一見対蹠的な性格をもつ『人民文庫』と『日本浪曼派』とは、ナルプ解散、転向文学の氾濫という文学的地盤から芽ばえた異母兄弟〉であったという認識である。[2] 雑誌『人民文庫』と雑誌『日本浪曼派』の両者の性質に一種の歴史的相同性を見出す平野のいわゆる〈成熟した文学的肉眼〉は、この認識が終戦直後に提出されているという事実を勘案すれば、現在から見ても確かに相対的に優れたものであり、評価に値する。しかし、この平野の認識は、一九五〇年代後半における橋川文三による一連の「日本浪曼派」に関する研究の提出を通じて、その論理構造の根底的な変容と分析視点の大幅な拡大を被ることとなった。

現在の「日本浪曼派」研究史において、既に一種の古典的著作となっている『日本浪曼派批判序説』の中で、橋川は、いわゆる「日本浪曼派」の原理的な位相に関して以下のように主張した[3]。

〈私は、日本ロマン派は、前期共産主義の理論と運動に初めから随伴したある革命的なレゾナンツであり、結果として一種の倒錯的な革命方式に収斂したものにすぎないのではないかと考えている。（中略）少なくとも、現実的に見て、福本イズムに象徴される共産主義運動が政治的に無効であったことと、日本ロマン派が同じく政治的に無効であったこととは、正に等価であるというほかはないのではないか？〉

橋川は、同様の認識について、以下のように換言して強調している。

〈日本ロマン派は、現実の「革命運動」につねに随伴しながら、その挫折の内面的必然性を非政治的形象に媒介・移行させることによって、同じく過激なある種の反帝国主義に結晶したものと私は思う。（中略）「心情の合言葉」としてのマルクス主義という奇怪な倒錯的表現は、それが非政治化され、情緒化された形での革命思想であったという解釈に私をみちびく。いわば政治から疎外された革命感情の「美」に向って後退・噴出であり、デスパレートな飛躍であったと考える。〉

改めて整理するならば、ここで橋川は、前出の平野による認識を更に敷衍拡大させて、〈日本ロマン派〉の言説運動とそれに先行する〈前期共産主義〉の思想運動が共有する〈革命〉思想としての同質性に関して主張しているわけである。即ち、橋川の理解に基づくならば、いわゆる〈日本ロマン派〉の思想運動は、実は、〈前期共産主義〉の思想運動と原理的かつ歴史的にパラレルな側面を持つ〈反帝国主義〉運動であったということになる。

一九三〇年代以後の「日本浪曼派」に代表される民族運動の言説が、それに先行する〈前期共産主義〉に集約される当時の社会運動の思考と本質的に並行性を持つという橋川の実感から来る認識は、重大かつ根底的な指摘であるにも関わらず、従来理論的にはその内包が十分に解明されてこなかった。それは、多くの場合、橋川自身の言葉を借りれば、〈奇矯な解釈〉として、その指摘の秀抜さは認められながらも、実際の研究史においては長く看過されてきたのである。

一　社会運動と民族運動

この橋川の認識とそれに関連する一連の問題系に関して、最初に、一本の補助線の導入を媒介にして、包括的な検討の方向性を提案したい。ここで、その媒介となる補助線とは、イマニュエル・ウォーラーステインの世界システム論における反システム運動の概念である[4]。この反システム運動という概念の導入を通じて、理念的水準における社会運動と民族運動の歴史的共軛性の問題が、改めて理論的に認識可能となると考えるのである。

ウォーラーステインの世界システム分析における反システム運動の理論カテゴリーにおいては、その主要な形態として、一九世紀中葉にほとんど同時的に発生した二つの運動様式である社会運動と民族運動とが認知されている。これらの二つの運動様式は、両者の課題や定義における差異にも関わらず、世界システム分析の統一的パースペクティヴの内部では、十六世紀以降の資本主義世界経済に立脚しながら拡大発展してきた近代世界システムの産出する諸矛盾に対する、特定の被抑圧集団による運動として、並列的に考察され得ると位置づけられる[5]。

ウォーラーステイン並びにG・アリギとT・K・ホプキンスは、彼らの一九八九年刊行の共著『反システム運動』において、反システム運動という理論的カテゴリーを展開するに際して、最初に、世界システム分析における階級概念と身分集団概念の関係構造の徹底的な再検討からその具体的分析を開始している。[6] ウォーラーステインらは、（一）アダム・スミス『諸国民の富』における三階級社会秩序論、（二）マルクス『資本論』における階級分析、（三）マックス・ウェーバーの集団形成過程に関する研究、の三者を検討し総括した上で、近代世界システムにおける階級の形成過程と身分集団の形成過程の理解は、それら一連の古典的研究に立脚しては既に不可能であると主張する。

彼らによれば、政治的共同体の内部における（一）階級による権力配分の構造化と（二）身分集団による構造化の両者の区分は、世界システム分析の水準においては、先の旧来のモデルによる定式化と異なり、曖昧で流動的なものに留まるという。そこでは、近代世界システム内部において創出された（一）階級（二）民族（三）エスニック集団という三種類の集団は、（一）大量の軍事力と経済的権益を自由に処分可能な国家諸構造との関係、（二）税収入の直接の配分あるいは市場への優先的接近の可能性の創出、（三）諸構造（世界システム全体の中心）並びに相互関係にある競合的諸集団の影響、のそれぞれによって三方向から形成されることになる。しかし、いずれの形成集団も永続的なものではなく、きわめて混淆的な可変性の高い集団としての存在に終始すると分析される。

このような階級概念と身分集団概念の理解に関して、ウォーラーステインらは、色彩スペクトルの輪が、輪の回転数に応じて色変化するというアナロジーを使用して比喩した上で、以下のように結論づけている。[7]

〈形成された階級とあらゆる種類の身分集団の間の分岐線全体は、階級と身分集団の対立という古典的推定が示すよりもずっと流動的でぼんやりしたものである。（中略）これが社会運動と民族運動の間の区別がますます不分明になり、おそらく区別することが重要性をもたなくなる理由の一つである。（中略）階級、民族、エスニック集団の形成（再形成、再鋳造、破壊）の歴史は、この集団を創り出す「外部の」集団の圧力と自分を創り出す当該集団の「内部の」圧力の双方を含めて、文化的装いをまとった政治的要求の絶えざる高揚と低迷の歴史である。〉

ここで本章の文脈に沿って、論者の視点から整理したい。即ち、階級・民族・エスニック集団という三集団は、近代世界システム内部において、近代国家の諸構造と相互規定的にかつ並立的に形成されてきた、可塑的な集団であり、歴史的にも新しい集団に過ぎない。従って、いずれの集団概念も、他の集団概念に対してより基底的あるいは正統的ではあり得ないことになる。特定の集団概念の歴史的な浮上は、当該集団に対する「内部」的な圧力あるいは「外部」的な圧力を基盤とする〈文化的装いをまとった政治的要求〉に立脚して生じるに過ぎない。

この前提を踏まえて、世界システム分析における反システム運動というカテゴリーを確認することが可能となる。既に言及した通り、反システム運動の主要な歴史的形式としては、社会運動と民族運動という二様式が存在する。この両者の性格と差異に関して、ウォーラーステインらは、以下のように簡潔に定義している。

〈両者の間の主な違いは課題の定義にある。社会運動では、抑圧とは賃金生活者に対する雇主の抑圧、すなわちプロレタリアートに対するブルジョアジーの抑圧であると定義される。自由、平等、博愛というフランス革命の理想は、資本主義を社会主義で代えることによって実現されうると考えられた。他方、民族運動では、抑圧とはあるエスニック・民族集団の他の集団に対する抑圧であると定義される。その理想は、並列的（通常は分離的）構造をつくることで、非抑圧集団に抑圧集団と対等な法的地位を与えることで実現しうる。〉

この社会運動と民族運動という二様式は、旧来のタイプの分析においては、原理的に相反すると同時に直接の競合関係にあると認識される傾向があった。しかし、ここまで確認してきた通り、階級概念と身分集団概念の区分は、固定的ではなくむしろ流動的であり、近代世界システム内部での両集団の形成過程は、〈文化的装いをまとった政治的要求〉内部で相互に可変的に顕在化するものである。従って、特定の社会集団による権力要求の運動は、そのような〈政治的要求〉を背景としつつ、社会運動という形式の下で出現する場合もあれば、民族運動という意匠を通じて現前する場合もある。即ち、社会運動と民族運動という二つの反システム運動の様式は、常に相互に可塑的なものとして出現する。

このような世界システム分析の視点を導入するならば、旧来の社会運動（例えば共産主義運動）と民族運動（例えば国粋主義運動）との間の原理的で本質的な対立といった単純化された図式は、ある意味で有効性を喪失するだろう。代わりに、この両運動の様式を、世界システム内部の諸圧力と矛盾への抵抗という共通の構造を持つ反システム運動として共軛的に評価すると同時に、その分化した二様式として分析することが可能となる。

この反システム運動の概念を通じて、前出の橋川の〈奇矯な解釈〉、即ち「日本浪曼派」に代表される戦前期の民族運動の言説が、それに先行する〈前期共産主義〉という形式の社会運動の思考と本質的に並行性を持っていたという実感が、一面では解釈されるのではないか。しかし、この橋川の〈実感〉の内実に関する具体的検証の前提として、一九三〇年代から一九四〇年代前半にかけての保田與重郎による言説の構造に関する分析が必要となる。

二　言説としての〈システム〉

一九三〇年代後半の保田與重郎の諸言説においては、近代世界内部におけるヨーロッパによるアジアに対する一方的な蹂躙の歴史と、それに抵抗してアジアの〈精神〉と〈文化〉を死守する日本という構図が、反復して出現する。そして、近代西洋のアジアへの支配と搾取に抵抗する日本というその類型的な構図は、西洋中心の政治的・経済的・文化的ヘゲモニーの世界的変革を意志して行動する日本という認識と重層化しながら、いわゆる「日本浪曼派」の主張の政治的側面の根幹を形成している。

一連の保田の言説が、同時代に広汎に流通していた「大東亜共栄圏」的な通俗的発想をほとんど無批判に受容しているように映るものであることは言うまでもない。そして、その〈世界史〉をめぐる認識は、いわゆる京都学派による同時期の「世界史的立場」の主張と近接しつつ、同時にそれらに対して微妙な距離を保っている。[8]

そのような保田の言説の基本構造を最も典型的に示しているのが、評論集『蒙疆』（一九三八・一二　生活社）所収の諸テキストである。保田は、一九三八年の五月から六月にかけて、佐藤春夫らとともに、朝鮮半島を経由して中国各地を旅行している。『蒙疆』は、この旅行時の見聞と思索をまとめた著作である。『蒙疆』所収の一連のテキストには、保田による同時代の世界と日本の関係性をめぐる認識が、集中的に提示されている。

例えば、保田は、同書巻頭の「昭和の精神――序に代へて」（『新潮』一九三八・四）と題するテキストにおいて、事変下の日本の位相に関して以下のように主張する。

〈日本の独立が、今や、アジアの独立へとその一歩の前進が画せられつゝあるのである。そのことは文化史的には、世界文化の再建である。旧世界文化から締め出されてゐたアジアの文化と精神と叡智を主張することは、新日本の使命である。（中略）今日の精神はしかし曖昧で漠然で未形で、さうしてそのため力強いのである。それらは普通の分析的統計的批評に耐へないであらう。（中略）普通の分析的批評の方法、一般理論による分析の方法は、それのよつて立つシステムの中に、この新しく、若く、生まれつゝある、雄々しい、形定まらぬ精神の状態を定め得ないからである。彼らは己らのシステムの言葉を、この新しい世界と精神の相の部分にあてはめ、その古き言葉を古きシステムの中で否定しうるに過ぎない。〉

この「昭和の精神」という巻頭テキストは、「序に代へて」という副題が示す通り、評論集『蒙疆』全体の論調の基盤をなしている。この巻頭テキストにおいて、保田が、同時代言説を構成する〈システム〉に関して批判的言及を反復している点に、ひとまず注意を促しておきたい。保田は、同時代の〈システム〉への批判を更に展開する。

〈両洋文化の交流は二十世紀文化のイデーであつた。そしてこのイデーの唯一の実現者は、東方の日本である。何となればアジアに於て、日本はアジアの歴史的な唯一の防衛者であり、同時にヨーロッパの侵略に対するアジアの防衛者として開国文化の精神史を血で彩つたのも日本と日本人だけである。（中略）霍乱をおそれてシステムの旧きを守る精神はこの時代に排斥される。批評は分析でなくして、霍乱者の注入といふことがその役目となつた。この時代のこの気風はしかも国の精神史をすでに超越して、わが神話的な世界史への唯一の意志として、しかもそれがまさに行為されつつあるのである。一切の旧来の倫理学的システムや国際法的システムは、この行為のまへに無力と化した。この行為の事実は現状の世界と秩序と論理の変革に他ならないのである。〉

ここにはきわめて暴力的な、当時の日本の帝国主義に追随するレトリックが一方的に展開されている。このテキストが日本の中国への侵略が進行しつつあった一九三八年に執筆された事実を考慮するならば、前出の〈アジアの独立〉や〈日本はアジアの歴史的な唯一の防衛者〉〈ヨーロッパの侵略に対するアジアの防衛者〉といった一連の表現は、その虚偽性とアイロニーを一層増大させる。しかし、それらの保田の言説の持つ一種デマゴーグ的な暴力性を批判的に認識した上で、そのような言説を招来した保田の世界認識と論理構造それ自体に対する解明と考察が、ここで何よりも必要不可欠となる筈である。

三　〈変革〉としての日本主義

「昭和の精神」というテキストに象徴される『蒙疆』での保田の言説において特徴的なのは、第一に、日本のアジア〈進出〉が同時代の世界秩序＝〈システム〉に対する〈意志〉として認識されている点である。第二に、そこで批判的対象として認知される〈古きシステム〉〈システムの旧きを守る精神〉が、特に〈旧来の倫理学的システムや国際法的システム〉といった言説上の問題として焦点化されている点である。即ち、保田の「日本主義」は、世界の言説秩序の〈変革〉として提示されるのである。[9]

一連の保田の言説に存在する論理構造は、以下のように整理することが可能であろう。日本を含むアジアは、近代のヨーロッパ主導の〈一九世紀的〉な世界秩序＝〈システム〉において、政治的かつ文化的に〈植民地〉化され〈圧迫〉されてきた。従って、同時代の日本による〈独立〉と〈前進〉（＝アジア侵略）は、あくまでも〈世界文化の再建〉であり、〈旧世界文化から締め出されてゐたアジアの文化と精神と叡智〉の主張である。即ち、同時代の世界の〈システム〉に対する言説上の批判も又、〈現状の世界と秩序と論理の変革〉の一部に他ならず、全面的に肯定されるべきである。

保田の飛躍の多い論理展開の中で一貫しているのは、日本による〈民族〉の〈意志〉の主張とその結果としてのアジアへの〈侵略〉が、世界的視点において日本とアジアの〈解放〉の主張として肯定され続ける事である。即ち、保田の言説において民族運動の主張は、あくまでも〈世界史〉的水準での富と権力の偏在に対する日本による〈解放〉要求の運動として評価される。換言すれば、「大東亜共栄圏」の発想と明白に通底する面を持つ保田の論理構造は、〈日本主義〉という民族運動の主張を、その帝国主義的な側面を完全に隠蔽しつつ、〈解放〉思想という形式を通じてのみ論理化し正当化する。

帝国主義的な〈侵略〉としての日中戦争を、〈解放〉として評価する保田の言説の虚偽性と暴力性は、現在の時点から見る場合には明らかである。しかし、この種の保田の論理が、一九三〇年代後半から一九四〇年代前半にかけての言説空間において、一定の動員力を持ったことも事実である。なぜ、保田において民族運動の主張が〈解放〉思想として措定され得たのか。また、そのような暴力的な〈解放〉思想が、なぜ一定の説得力を持ち得たのか。一連の問題の検証の為に、「日本浪曼派」における〈民衆〉概念の〈民族〉概念への分岐という問題が確認されなければならない。

四　分岐する〈民衆〉概念

本章の冒頭で言及した「人民文庫・日本浪曼派討論会」における一連の論議の中で特に目を引くのは、『人民文庫』同人と『日本浪曼派』同人とが、〈民衆〉という概念の理解をめぐって激しく対立している部分である。例えば、亀井勝一郎は議論の中で〈民衆〉の語への言及を反復し、『日本浪曼派』が〈民衆を信用してゐる〉のに対し、『人民文庫』が〈民衆を軽蔑してゐる〉として厳しく論難する。亀井の一連の発言は、新田潤や平林彪吾から激しい反発を呼ぶが、亀井は〈自分の理想において民衆を見るのだから、見方の相違だらう。平林君には平林君の民衆がある訳だ〉と再反論する。この対立において、『人民文庫』側の同人が想定する〈民衆〉概念は、明白に〈人民〉＝「労働者階級あるいは無産階級」という階級の視座に立脚して提出されている。

一方で、ここで問題となるのは、対立する『日本浪曼派』同人によって認識されていた〈民衆〉概念の内実である。亀井は、高見順らに反論する形式で、〈民衆〉概念をめぐって以下のように発言している。

〈民衆を信頼してゐるといふことは、民衆が一番高度の文化を受入れるといふことだ。だから自分等は文化の伝統をきづかなければならぬ。高度の民衆を自分の観念にきづかなけば、現実の民衆にさへ入ることが出来ない。〉

〈民衆の価値といふものは無限だからね。君達の問題にしてゐる民衆だけが民衆だとは限らぬ。民衆といへども一個の思想だよ。〉

亀井は、「浪曼派の将来」（『日本浪曼派』一九三七・八）と題する同時期の座談会においても、〈大衆〉における〈血統の樹立〉の重要性を強調している。それら一連の亀井の発言を確認することで、『日本浪曼派』側の〈民衆〉認識は明らかとなるだろう。即ち、亀井にとって、〈民衆〉概念とは、それ自体が〈一個の思想〉であり、〈自分の観念〉を通じて〈文化の伝統〉＝〈血統の樹立〉に立脚して再構成されるべき存在、いわば〈民族〉的な概念として認識されているのである。旧来のプロレタリア運動の言説内部で、階級的問題と関連して認知されることが多かった〈民衆〉概念が、『日本浪曼派』同人においては、日本の〈血統の樹立〉の問題を媒介として、むしろ〈民族〉的概念へと意味が分岐されてしまっている。ここでの〈民衆〉認識の〈民族〉認識への分岐は、「日本浪曼派」の言説の論理構造にとって、決定的な重要性を持つものであると考える。

この〈民衆〉概念の〈民族〉概念への分岐という問題に関連して、保田は、「民衆といふ概念」（『文藝世紀』一九四〇・三）という、後に評論集『詩人の生理』（一九四二・三　人文書院）に所収されたテキストの中で、以下のような主張を行っている。

〈近代の思想で私らは民衆といふ概念規定をさまざまに教へられた。（中略）私は民衆といふ言葉に、今は文明開化的な蒼然とした古色を感じることを告白する。少なくとも私の関心する文学に限られた立場に於てさへ、私は既存の民衆を思はない。（中略）私はもつとはつきり民衆といふ考え方に変革を感じ、その空白のところで新しい民衆を感じうるのである。〉

〈さういふ考え方を押しすゝめて、たとへば国家、民族、主権、人民などいふ昨日までのスケールの考え方とちがふやうなシステムの考え方が漠然とするのである。これは世界観の変遷かもしれない。又システムの変革かもしれない。（中略）私は旧来の常識でけふを考えるまへに、けふが生んだシステムの一端を考えてゐたのである。〉

このテキストにおいて、保田が、伝統的な〈民衆〉概念を分岐して〈新しい民衆〉概念を創出する経路が示されているように思われる。保田にとって、概念としての〈新しい民衆〉は、それ自体が〈世界観の変遷〉であり、又〈システムの変革〉を意味するものである。保田のいう〈新しい民衆〉概念とは、このテキストの後半部分において提出される〈国史の理念〉に立脚した〈国民〉という概念である。保田の論理においては、〈民衆〉概念は、〈世界観の変遷〉という発想と並行して、一九四〇年の段階においては〈国家〉に対する〈国民〉という概念にまで分岐されている。

ここまで確認してきた通り、『日本浪曼派』側諸同人の言説構造においては、本来多義的で可変的な〈民衆〉という概念が、〈民族〉や〈国民〉といった認識へと方法的に収斂していくことになる。しかし、ここで注意しなければならないのは、旧来の階級的な水準での批判意識を含意していた〈民衆〉認識に対して、保田の論理内部で〈民衆〉概念から新たに分岐した〈民族〉認識もまた、世界的な水準における一種の批判的な意識を背景としている点であろう。

保田の論理において、〈民族〉や〈国民〉という概念は、常に同時代の世界の言説秩序＝〈システム〉に対する〈変革〉の契機として方法化されている。例えば、保田にとっての〈民族〉意識並びに〈民族的優越感〉は、何よりも〈白人の世界政策のイデオロギー〉に対抗する概念として提出されているのである（『民族的優越感』「自序」一九四一・六　道統社）。「日本浪曼派」の言説構造における〈民衆〉概念の〈民族〉概念への分岐が、矛盾を孕みながらも、唱導する側の主観においては、同時代世界への批判の方法として措定されていた点には注意する必要があるだろう。

五　未完の〈革命〉としての「日本浪曼派」

ここまでの一連の検討を踏まえた上で、保田與重郎における民族運動の主張と〈前期共産主義〉の社会運動の思考の両者の並行性という橋川の認識は、改めてどのように論理的に解釈出来るだろうか。以下、主要な論点のみを簡潔に整理することとする。

最初に可変的に定義可能な集団としての〈民衆〉（この集団は内外の圧力に応じて様々に「定義」可能なものとしてある）が存在し、その集団に対する抑圧が内部で認識されているとする。その際に、近代国家としての日本の内外における〈文化的装いをまとった政治的要求〉に応じて、本来可塑的な存在としての集団が、社会運動の言説においては労働者階級（プロレタリアート）あるいは無産階級としての〈民衆〉概念に方法的に分岐したのに対して、保田與重郎らの民族運動の言説においては、一貫して〈民族〉あるいは〈国民〉としての〈民衆〉概念に操作的に分岐された。その結果、前期共産主義の言説運動においては、〈民衆〉への抑圧が階級的な抑圧として構造的に認識されたのに対し、保田に代表される「日本浪曼派」の運動の主張においては、それが近代ヨーロッパ世界による日本への民族的抑圧として理論化されることとなった。このように、〈前期共産主義〉の言説運動と「日本浪曼派」の言説運動の課題の定義の差異は、両者の〈民衆〉概念の方法的構成と密接な関連を持つように思われる。

従って、社会運動としての〈前期共産主義〉における言説が、原則的に階級的認識としての〈民衆〉（労働者階級・無産階級）の〈解放〉の要求として流通したのに対し、一方、保田による「日本浪曼派」の主張は、一般的に民族的認識としての〈民衆〉または〈国民〉の〈解放〉要求として出現することとなった。先に検討した反システム運動という問題系を導入するならば、ここでの二つの運動は、近代世界における多様な〈抑圧〉からの〈解放〉要求という構造においては、課題の定義の差異を越えて、一面では類似する布置を持つ。その意味で、橋川の指摘するように、「日本浪曼派」の民族運動の論理と〈前期共産主義〉の社会運動の思考は、限定的な側面においては、その言説の構造において対称性を持つと言ってもよい。

もちろん、保田の唱導した「日本浪曼派」運動と〈前期共産主義〉の社会運動は、歴史的現実への出現様式においては異なるものであり、両者を同一視して検討することは不可能であろう。論者もまた、ここでそのような同一化の主張を行おうとしているのではない。しかし、保田による「日本浪曼派」の主張が、様々な矛盾を孕みながら理念上は〈民衆〉への〈抑圧〉に対する〈解放〉の言説として提出され、先行する〈前期共産主義〉の社会運動と同様に一定の動員力を持った歴史的事実を理解する上で、このような対比に基づく批判的検討は無益ではないと考える。そのような対比を通じて、保田による「日本浪曼派」の運動に対する根底的な批判が可能となると思われるからである。

一連の保田のテキストの言説に顕在化している世界認識は、橋川の指摘する通り、正に〈倒錯〉的なものである。保田の諸言説が〈民族〉の〈解放〉の主張に立脚して近代ヨーロッパの抑圧に対する抵抗を標榜する限りで、ヨーロッパ列強諸国の〈帝国主義〉的拡張に対しては、一種の〈反帝国主義〉的な主張と評価し得る。しかし、それらは、現実には、〈帝国〉としての日本によるアジアへの侵略戦争というもう一つの〈帝国主義〉戦争を追認し支持することで、アジア諸民族への抑圧を強化する〈帝国主義〉的方向に機能してしまう。結果として、保田による一連の言説は、〈民衆〉概念の〈民族〉概念への分岐を加速する、〈帝国〉日本の国家的な言説装置として機能したことになる。

保田によって唱導された「日本浪曼派」の運動は、確かにその一側面において、橋川が指摘する通り〈革命思想〉であり〈革命感情〉の発露であったと言ってよい。しかし、それは本質的に〈倒錯〉した、いわば未完の〈革命〉として終始したのである。

注

1　「日本浪曼派」総体に関する評価上の論点は多岐に亙る。それらに関する網羅的かつ包括的な記述としては、例えば早く白石喜彦「日本浪曼派批評史——その問題点」（『国文学解釈と鑑賞』一九七九・一）などがある。

2　『現代日本文学辞典』（一九四九・七　河出書房）における平野謙による評価である。ちなみにこの平野の評価に対して、かつての『人民文庫』同人であった高見順は当初憤激するが、後には同意して、この二つのグループは〈転向という一本の木から出た二つの枝〉であると認めるようになったことはよく知られている（『昭和文学盛衰史』一九五八・一一　文藝春秋新社）。

3　橋川文三『増補　日本浪曼派批判序説』所収「三　日本浪曼派の背景」（一九六五・四　未来社）における記述を

ここでは引く。以下の引用も同様である。

4　本章での分析と関連するウォーラーステインの著作としては、『史的システムとしての資本主義』（川北稔訳　一九八五・三　岩波書店）や『世界経済の政治学』（田中治男・内藤俊雄・伊豫谷登士翁訳　一九九一・一二　同文舘出版）などがある。

5　庄司興吉の整理によれば、ウォーラーステインの世界システム分析においては、近代世界システムの基本的諸構造は、一般に以下のような形式で定式化される。（一）空間のハイアラーキー化。空間的に分極化した分業を通じた、単一の資本主義的世界経済の内部における中心部と周辺部の形成。（二）（世界大の分極化した二階級構造（ブルジョワジーとプロレタリアート）の形成。（三）インターステイト・システム内部で動き、空間のハイアラーキー化に対応して不平等な力を持つ諸々の国家の形成と「民衆」の創成（庄司興吉編『世界社会の構造と動態――新しい社会科学をめざして』「第十一章　世界社会認識から社会運動へ」一九八六・七　法政大学出版局）。

6　I・ウォーラーステイン／G・アリギ／T・K・ホプキンス『反システム運動』（太田仁樹訳　一九九八・一〇　大村書店）による。

7　ウォーラーステインらは以下のように論じている。〈近代世界システムの制度的諸構造の最も中心的な集団である国家、階級、民族、エスニック集団についても同様である。長い歴史的時期と広い世界の中でみれば、それらは互いに混じり合い、単なる「諸集団」となる。短い歴史的時期と狭い世界の中で見れば、それは明確に定義され、はっきりとした「諸構造」を形成する。（中略）従って、知的な分析に必要なのは、諸集団（そして諸制度）が資本主義世界経済の中で絶えずつくり変えられ、鋳なおされ、排除されていく諸過程を解明することである。〉（ウォーラーステイン他　前掲書『反システム運動』）。

8　保田の主張と京都学派によるそれらとの間の距離に関しては、第Ⅰ部第一章においても言及した。

9　同様の保田の主張は、『蒙疆』所収の他の複数のテキストにおいても共通して展開される。例えば、「朝鮮の印象」（『コギト』一九三八・一二）の中で、保田は〈世界と世界史に於ける日本〉の〈理想〉を強調し、〈世界的日本精神〉の重要性を鼓吹している。一方、「北寧鉄路」（『コギト』一九三八・一〇）においては、〈白人専制とアジアの植民地化を理論づけた〉〈民族圧迫の論理によつて肯定された世界情勢論〉や〈アジアの分割と隷属を永久づける理論〉を〈今日の日本は粉砕せねばならぬ〉とする。また、「蒙疆」（『新日本』一九三八・九／一二）においても、近代西洋によって形成された〈十九世紀的文化理念〉や〈十九世紀的理論体系〉〈十九世紀的秩序〉を反復して批判し、それらに対する〈世界史の規模〉における〈変革〉行為として日中戦争を評価する。更に、「満洲の風物」（『いのち』一九三八・一〇）の中でも、旧来の〈知識と文化と倫理を変革しつつある〉〈まだシステムに組織されてゐない〉〈新しい若者の倫理の芽〉を肯定している。

第Ⅲ部　日本浪曼派とその〈文学史〉的圏域

第八章　夏目漱石と日本浪曼派——〈浪漫〉をめぐる言説の系譜

はじめに

現在、英語における romantic や romanticism といった語彙に対応する訳字としての〈浪漫的〉〈浪漫主義〉といった語は、日本語圏のみならず中国語圏をも含む漢字文化圏において広汎に使用されている。[1] しかし、この〈浪漫〉という訳字を最初に考案して、体系的にその著作に導入したのが夏目漱石であることは、案外知られていない。[2] 漱石以前においては、romantic や romanticism に対応する漢字の訳字は、明確に固定されていなかった。romantic の語に関する訳語の一例を示せば、早い時期においては坪内逍遙の小説『当世書生気質』（一八八五年）の「第三回」中の会話の一節〈小説稗史にあるやうなロウマンチックな事がしたいもので。〉において〈ロウマンチック〉の語に〈荒唐奇異（きたいなこと）〉の語注が附されているように、この明治期以降に移入された新たな言葉に対応する日本語表現については模索が行われていた。[3] 漱石以前においては、romantic や romanticism の語が明治期の日本語の文章において使用される場合には、多くは片仮名による表音表記もしくは原語がそのまま通用されていたのである。

漱石が romantic もしくは romanticism に対応する訳字として〈浪漫〉という表記を初期に集中的に使用したのは、その『文学論』（一九〇七年五月　大倉書店）においてである。漱石はこの英国留学経験を踏まえた〈此種の著作に指を染めたる唯一の紀念〉（同「序」）としての著書中の第一編「文学的内容の分類」から第五編「集合的F」に至る全五編の構成の中で、特に第四編「文学的内容の相互関係」以降を中心として〈浪漫〉〈浪漫的〉あるいは

〈浪漫派〉等の訳字を多用している。[4] 漱石による文学を含む芸術に関する理論的考察の書としての『文学論』において体系的に導入されて以降、この〈浪漫〉の語は、それとしばしば対置される〈自然〉(nature)という語彙と並んで、漱石の表現と思想において重要な位置を占めることになることは、周知の通りである。この〈浪漫〉と〈自然〉の語は漱石の評論や講演のみならず、その小説においても反復して登場することになる。

例えば、漱石の三番目の新聞連載小説『三四郎』(『東京朝日新聞』『大阪朝日新聞』一九〇八・九・一―一二・二九)においては、次のような会話が登場する。

〈……広田先生が、斯んな事を云ふ。／「どうも物理学者は自然派ぢや駄目の様だね」／物理学者と自然派の二字は少からず満場の興味を刺激した。(中略)「然し浪漫派でもないだらう」と原口さんが交ぜ返した。／「いや浪漫派だ」と広田先生が勿体らしく弁解した。「光線と、光線を受けるものとを、普通の自然界に於ては見出せない様な位地関係に置く所が全く浪漫派ぢやないか」／「然し、一旦さういふ位置関係に置いた以上は、光線固有の圧力を観察する丈だから、それからあとは自然派でせう」と野々宮さんが云つた。／「すると、物理学者は浪漫的自然派ですね。文学の方で云ふと、イブセンの様なものぢやないか」と筋向ふの博士が比較を持ち出した。〉(九)

ここでは〈浪漫派〉と〈自然派〉の語とその二項対立的な把握のあり方は、漱石によって狭義の文学に関わるものとしてのみならず、自然科学も含む思考様式の問題として提示されている。周知の通り、romanticism に関わる知的潮流と運動は、それが大規模に展開された一八世紀末から一九世紀にかけてのヨーロッパにおいては、各国の文学・音楽・美術といった芸術全般の領域において横断的に展開されたものであり、同時代の社会思想とも密接に関与するものとしてあった。漱石がヨーロッパにおける〈浪漫〉的な思潮の展開について、幅広い知見と歴史的認識を保持していたことは言うまでもない。近代日本において、海外から移入された新たな語彙がそのまま外国語として流通する段階を経て、やがてそれに対応する日本語の訳語や訳字が確立し定着していく段階で、その語はその語固有の外延を含みながら、独自の展開を遂げていくことになるように思われる。それでは、漱石における〈浪漫〉をめぐる言説は、その後の日本の文学と思想に関わる言説圏へといかなる形式で流入したのだろうか。

　漱石による表現と思索が、漱石以後の近代日本の文学と思想に齎した深く多様な影響に関しては、従来から膨大な検討が積み重ねられてきた。しかし、その中で、一九三〇年代から四〇年代にかけての「日本浪曼派」の文学運動への影響の可能性については、これまで注意されてこなかったように思われる。一般に、漱石文学と「日本浪曼派」という二つの文学史的存在は、従来から相対的に無関係なものとして認識されているといってよい。しかし、この文学運動の中心的批評家としての保田與重郎（一九一〇－一九八一）は、漱石の思索と表現から無視できない影響を受容していたと推測される。この自ら〈浪曼派〉を唱導した後年の文学グループの問題を考察する際に、〈浪漫〉の語を考案し、それに関わる一連の思考様式を体系的に日本の表現と思想へと移入した漱石を媒介とすることで、初めて可視化されるものが存在するのではないだろうか。このような問題意識に立脚しながら、本章においては、漱石の思考と言説を参照枠として、保田與重郎の評論を主たる考察の対象として近代日本のromanticismに関わる言説の系譜に関して検討する。

一　夏目漱石と〈浪漫〉をめぐる言説

　後世の〈浪漫〉をめぐる言説の系譜を検討する前提として、漱石の各種テキストにおける〈浪漫〉に関わる言説群について俯瞰しておきたい。漱石における〈浪漫〉に関わる言説は多様な性格を内包しているが、その明白な特徴は、第一に、この語が漱石の評論や講演における芸術批評に関わる用語として限定的に使用されるのではなく、先の『三四郎』における一例が提示するように、その小説作品において登場人物の会話や語り手による記述的な語りにおいて反復して導入されることである。そして第二に、この語は、先述した通り〈自然〉に関わる一連の語との二項対立的な把握において使用される傾向を持っている。そして第三に、狭義の近代の文芸思潮を指すものとしてのみならず、芸術・学問・社会文化の各領域での価値判断に関わる概念として諸領域を越境して導入される。

第一の漱石小説中の〈浪漫〉に関わる語の導入について、例えば、漱石の『三四郎』においては、先の用例以外にも〈先生は笑いだした。／「それほど浪漫的な人間ぢやない。僕は君よりも遥に散文的に出来てゐる」〉（一一）のように、広田先生と三四郎の間の会話の中で、広田先生の語る言葉として〈浪漫的〉の語が登場する。同様に『彼岸過迄』（『東京朝日新聞』『大阪朝日新聞』一九一二・一・一－四・二九）の中では、〈敬太郎は遺伝的に平凡を忌む浪漫趣味の青年であつた。〉（「風呂の後」四）のように、敬太郎の人物描写に関わる語りにおいて、〈浪漫的〉〈浪漫家〉〈浪漫趣味〉の一連の語が反復して使用されている。一連の漱石小説中の〈浪漫〉に関わる語の存在が、作品間の用法は差異を内包しつつも、各小説の細部の表象に関する理解において無視できない役割を果していることは言うまでもない。[5] 特に『彼岸過迄』において顕著な個人の〈人格〉の形容に関わるものとしてこの語が導入されたことは、同時代以降の〈人格〉を語る語彙としてのこの語の流通を検討する上でも、きわめて興味深い問題であるように思われる。

漱石における〈浪漫〉をめぐる言説の第二の特徴は、先述の『三四郎』中の会話における〈浪漫派〉と〈自然派〉の対比の例のように、この語が〈浪漫〉的なものと〈自然〉的なものとの二項対立的な図式において使用される傾向を持つことである。二分法に基づくこの思考が、『文学論』『文学評論』に体系的に提示されるような漱石の近代の芸術思潮の動向に関する認識に基づくものであり、また同時代の〈自然主義〉文学の隆盛に対する漱石自身の作家的立場と深く関わることについては再言を要しないであろう。この〈浪漫〉的系列と〈自然〉的系列の間の対比に基づく二分法は、漱石による評論や講演において繰り返し現れるものである。[6]

この〈浪漫〉と〈自然〉もしくは〈浪漫主義〉と〈自然主義〉との二分法的思考は、それらが狭義の近代の文芸思潮に関わるものとしてのみならず、諸領域を越境した価値判断に関わる概念として導入されるという、第三の特徴とも関係が深いものである。この二つの言葉は漱石の一九一一年における一連の講演において、しばしばキーワードとなっている。例えば一九一一年六月十八日に長野県会議事院で行われた講演「教育と文芸」においては〈ローマンチシズムと、昔の徳育即ち概念に囚れたる教育と、特徴を同うし、ナチユラリズムと現今の事実を主とする教育と、相通うのであります。〉として、〈ローマンチシズム〉と〈ナチユラリズム〉の二分法的思考が〈教育〉をめぐる思考の問題として導入されている。[7] また、一九一一年夏の関西での連続講演の一つ「文芸と道徳」（一九一一年八月一八日　大阪市公会堂・後に『朝日講演集』一九一一・一一に収録）においては、〈これで浪漫主義の文学と自然主義の文学とが等しく道徳に関係があつて、そうしてこの二種の文学が、冒頭に述べた明治以前の道徳と明治以後の道徳とをちやんと反射している事が明瞭になりましたから、我々はこの二つの舶来語を文学から切り離して、直に道徳の形容詞として用い、浪漫的道徳及び自然主義的道徳という言葉を使って差支ないでせう。〉〈この二つの言葉は文学者の専有物ではなくって、あなた方と切り離し得べからざる道徳の形容詞としてすぐ応用ができるというのが私の意見〉であるとして、〈浪漫主義〉と〈自然主義〉とが近代日本の〈道徳〉に関する二つのタイプを論じる概念として導入されている。

一九一一年のこの二つの講演はその主張において密接に連関しているが、いずれの講演においても、文芸を中心とした芸術思潮の観点のみならず、学問や社会文化の各領域に亘る価値判断に関わる概念として、この〈浪漫〉と

〈自然〉に関わる二分法的思考が導入されていることは、この語に関わる漱石の用法の特徴を示す。

しかし、漱石の一連のテキストにおける〈浪漫〉と〈自然〉もしくは〈浪漫主義〉と〈自然主義〉との二分法的思考において、漱石はいずれかの立場を排他的に肯定しているわけではない。先の「教育と文芸」「文芸と道徳」の両講演においてもこの姿勢は共通して明白であり、例えば「文芸と道徳」中では、明治以前の道徳としての〈浪漫主義の道徳〉は既に衰退して現在は〈自然主義の道徳〉が主流となっているが、後者が席巻し過ぎれば、前者の必要も高まるだろうとして、この〈道徳〉に関する二つのタイプのバランスの必要性を唱えている。そこでは〈浪漫〉と〈自然〉の二つのタイプ間の優劣や序列が提示されるわけではないことに注意する必要がある。そこではむしろ、〈浪漫〉と〈自然〉の二分法的思考を通して、そのいずれかの立場にのみ固執することの危険性が主張されているのである。ともあれ、漱石による造字として〈浪漫〉〈浪漫主義〉の語は、〈浪漫〉と〈自然〉に関する二分法的思考をその外延に含みながら、漱石の言説の同時代以降のきわめて強力な影響圏を通して、明治期の末から大正期以降の日本の表現と思想の領域において、現実の芸術思潮の展開とも対応しながら、広く共有されるものになることとなる[8]。

二　漱石文学と「日本浪曼派」

一九三〇年代から四〇年代にかけての所謂「日本主義」的な文壇的潮流の代表としての「日本浪曼派」の文学運動に関しては、戦中期日本のナショナリズムの展開との関係において従来から文学と思想を含む幅広い領域において様々な検討が積み重ねられてきた。この運動の象徴としての雑誌『日本浪曼派』が一九三五年三月に創刊されて以降、このグループの近傍にあった一連の文学者の活動に対しても、個別に多様な評価が与えられてきている。特にこの「日本浪曼派」の運動を唱導した批評家であった保田與重郎については、その思想的背景から各時期の活動の性格に至る諸々の問題系に関して、その戦前から戦後に至るまでの時期について詳細な分析が行われてきた。そして総体として、「日本浪曼派」の運動に関する文学史・思想史的な定位は、依然として評価上の微妙な問題を含みながらも、近年の様々な研究を通して進みつつあるように思われる。

この「日本浪曼派」の文学運動を検討する上での興味深い論点の一つとして、保田與重郎の批評活動における明治期から大正期にかけての近代日本文学からの知的受容の問題があるように思われる。従来の保田に関する研究においては、橋川文三の『日本浪曼派批判序説』における定式化以来、その思想的源泉を〈マルキシズム、国学、ドイツ・ロマン派〉の三者に焦点化して考察する論考が長く主流であった。[9] 橋川の一連の分析は現在に至るまで様々な形式で深化され続けてきたが、保田の言説には、このいわば「橋川図式」のみでは十分に回収し得ない要素が依然として多く残されていることも事実である。保田の批評活動についての従来の評価では、その「文明開化の論理の終焉について」（『コギト』一九三九・一）に提示されるような〈日本の過去数十年の近代文化には、又は文化の論理には、文明開化の論理以外の何者もない〉といった明治期以降の近代日本の文学と文化に対する否定的な言説が強調される傾向があった。その結果、保田の日本の古典文学からの受容に関する分析に対して、明治期から大正期にかけての日本近代文学からの知的影響は重視されず、ごく近接した時期の一部の文学者からの影響の問題を除けばごく限定的にしか検討されていない。しかし、保田の一九三〇年代半ばから一九四〇年頃にかけての一連の著作においては、日本近代文学に関する評論が少なからず存在しており、それらは古典評論と並んでこの時期の保田の批評活動の重要な一部分を構成している。[10]

そのような日本近代文学に関わるこの時期の保田の関心の一つに、夏目漱石の存在がある。保田はその一連の著作の中で、多くの漱石に関連する言及を行っている。例えば、雑誌『日本浪曼派』創刊後の評論「方法と決意」

（『三田文学』一九三六・一〇　のち芝書店版『日本の橋』所収）においては〈明治新政の初めに於て、そもそも今日の混乱の芽ざしはあつた。〉と明治初期と同時代を並置した上で、以下のように論じている。

〈維新の指導精神が維新とともに完全にすてきらねばならなかつたことについての理由と原因を僕らは知らない。それを精神文化の上に限定してもいい。最近に於てはただ僕らが鷗外、漱石、鉄幹といつた偉大な詩人たちの血統を尊重しなかつたからであり、第一にそれが資質のものであつたゆゑと云ひうるか。大正の文芸がロシヤに近づいたことは、ロシヤの半アジア的気質との共感のゆゑであつたとしても、その時完璧な日本の精神史の抹殺もついでになされてゐたことは忘れられぬ。子規や鷗外の血統をなくしたころ、漱石の早逝によつて日本文壇の堕落が始つたのである。〉

このように保田は、日本近代文学の〈偉大な詩人たちの血統〉の中に、森鷗外や正岡子規、与謝野鉄幹らと並べて漱石を位置付けている。また「明治の精神」（『文芸』一九三七・二―四　後に『戴冠詩人の御一人者』一九三八・九　東京堂に収録）と題する保田の近代日本への認識を提示する代表的評論の一つにおいては、岡倉天心と内村鑑三の両者を中心として論じながら、〈明治の渦巻のやうな時代の中にも、我々の最も尊敬すべき血統は確立してゐた。一般芸文史にあらはれたそれには、透谷、藤村らの「文学界」があつた。鉄幹、晶子の「明星」があつた。樗牛がゐた、子規がゐた、鷗外と漱石は次第に時も降つた現れである。〉〈「坊ちゃん」を描いた漱石が、最も深刻な後期の作品を近世文学史上に残した事情は、今も僕らの心をひくのである。〉として、評論中の各所において〈我々の最も尊敬すべき血統〉に属する者としての漱石に対する肯定的な評価を反復している。

さらに、保田自身が「日本浪曼派」運動を通して接点を持っていた佐藤春夫に関する書き下ろしの作家論『佐藤春夫』（一九四〇・一一　弘文堂書店）において、同書中の「近代文学と小説」と題する一節で、明治期以降の日本文学史を展望して漱石に言及しつつ以下のように評価する。〈鷗外―春夫といふ芸術的な、近代精神の現れを旨とする考へ方よりも、私は漱石―春夫といふ太平文運の面の方を、さういふ目的から重視するのである。あへてそれは、物語とか、小説とか、所謂低徊趣味的風格といふ点に於てでない。我々が文学者として将来に構想すべき文明の見地に於て、殆ど類似といつた文芸学的概念をかへりみずに、漱石―春夫の系列に於て文化よりも文芸の文明を考へたいのである。文明開化的なこまかい文化的知性を思ふ代りに、時代の上で乱舞できる文芸を考へるのである。〉この単独の作家評論の中で、保田は詩人であり小説家である佐藤春夫の近代文学史上に占める特権的位置とその「日本浪曼派」運動との関係を強調するが、特にその佐藤春夫の系譜を〈我々が文学者として将来に構想すべき文明〉の観点から漱石と接続して評価している。先の引用文に続く一節では〈漱石の性格の大きさは何回も考へてみたい将来の問題に属する〉と論じて、春夫に先行する文学者としての漱石を称揚している。同様の漱石に対する肯定的な言及評価は、一九三〇年代半ば以降の時期において一貫して提示されている。

　このように保田の日本近代文学に関する評論における漱石とその文学の位置は、〈偉大な詩人たちの血統〉に属する者としてきわめて高く評価されているが、さらに興味深いのは、保田の明治期を中心とする近代日本に関する批評的な把握自体が、一面で漱石小説を媒介としている節が看取されることである。先に論及した「明治の精神」において保田は、以下のように論じている。

〈明治の精神を崇高に象徴した御一人者は、明治天皇であつた。明治天皇御集は昭憲皇太后御集と共に、一つの大きい明治の記念碑である。／僕は別に古い以前に、それら明治の精神の一つの系譜をのべ、その中では明治天皇御集をも語つたのである。漱石の小説をひいて、初めて「明治の精神」といふ言葉をかいた。（中略）明治の精神は、この形での西洋化から、次第に消衰していつたものであつた。漱石が明治天皇崩御の号外をきいて心うたれた悲しみは、この国民精神の挽歌であつた。大帝と共にこの世から消えるものへの哀歌であつた。〉

ここで保田は〈「明治の精神」といふ言葉〉を導入した背景が〈漱石の小説〉であることを明らかにしている。言うまでもなく、ここでの〈漱石の小説〉とは『こゝろ』(『東京朝日新聞』『大阪朝日新聞』一九一四・四―八)を指しているが、保田のこの時期の近代日本に関する批評的キーワードである〈明治の精神〉という語彙が漱石小説から由来していることは、保田の批評における漱石の言説からの影響の興味深いあり方を示すものと思われる。[11] さらには、先に言及した「文明開化の論理の終焉について」においても、保田は漱石文学に関する論及を行っているが、この前後の時期の反復する漱石への言及を考慮する時、保田の一連の〈文明開化の論理〉とその否定をめぐる一連の批評的発想は、漱石の著名な一九一一年夏の連続講演の一つ「現代日本の開化」(一九一一年八月十五日　和歌山県議事堂での講演)における日本の〈開化〉論を批評的に反転しつつその限りで継承するもののようにすら思われてくる。[12] 保田の批評テキストに関して、漱石を参照枠とすることで見えてくるものは決して少なくないのである。

三　〈浪曼〉と〈自然〉の二分法

保田の日本近代文学に関する批評中の一連の漱石への言及を概観してきたが、保田による漱石に対する評価はきわめて高いものがある。保田は漱石からの自らの知的影響について体系的には語っていないが、その漱石評価の問題は、保田の批評活動をより詳細に検討する上で無視できない論点として存在するように思われる。[13] この保田における漱石への評価に関連して、日本の近代文学・文化に関わる保田の批評において思考の機軸をなす要素の一つである〈浪曼主義〉と〈自然主義〉との対立に関わる認識について検討したい。この保田における認識もまた、漱石の言説の影響圏と無関係ではないように思われるからである。

近代日本の〈浪曼主義〉と〈自然主義〉の関係に関わる保田の認識を考察する際に、「我国に於ける浪曼主義の概観」（『現代文章講座』六　一九四〇・九）と題する評論は示唆的である。この評論において保田は、自らが関与した〈日本浪曼派の運動〉は、〈まさに崩壊せんとしつゝあつた日本の体系に対する咏嘆から初まつた〉として、そのような〈日本浪曼派の文芸観〉を成立せしめた明治期日本の文学史構図を、〈浪曼主義〉と〈自然主義〉両者のせめぎあいの形で描き出している。保田の論旨を整理すれば、日本国内の日清戦争前後の時期における〈明治二十年代の浪曼主義運動〉は〈わが国文学の伝統に立脚して〉おり、それは〈二十年代の戦争の結果国民のアジア観を確立した拡大された気宇を反影して〉いたという。しかし、明治三十年代後半の〈日露戦争〉を経る過程で、〈二十年代の戦争によって昂揚した新文学の日本主義化した浪曼主義を四十年代へもちこ〉すことが出来なかったと指摘する。そして〈三十年代の戦争のあとでも、必らずしも文学作品上に浪曼的傾向がなかつたわけではない。自然主義に対立してゐた人々、たとへば鏡花の如き前代の代表作家にもそれは見られようし漱石にしても、反自然主義作家〉であったが、それらは主流とはならずに明治四〇年代の〈自然主義〉の勃興の時期へと至ったとする。

保田は〈この自然主義運動は、白樺や漱石門下の理想主義の運動によつて主潮をゆづつたと云はれてゐる。このことは日本の文学の気質の上では当つてゐない。現代に於てなほわが質実な文学の過半以上は自然主義の亜流に生きてゐる。〉と述べて、同時代にまで続く〈自然主義運動〉の影響を批判する。さらに、〈自然主義は主としてフランス十九世紀作家の影響と云はれてゐるが、二十年代の文学が、日本主義を標識しつつ反つて文明開化的近代の感覚を造型したのに反し、自然主義の方はむしろ日本の半封建的生活の残存に、その文学の基礎をおいた〉として、〈自然主義〉が〈半封建的生活の残存〉に寄与する点を否定的に評価している。

その上で、保田は、〈アジアに於て唯一の独立国を形成するために、如何にして日本を西欧の一般レベルに高めるかが問題であつた〉時代において、〈ただ三十年の戦役の結果、国民の有識者より始つて、我国力への自覚が、悲痛な形で一般民衆に進行したのである。この悲痛な日本の生活への反省は、浪曼主義の拍車となる代りに自然主義の温床となつた。〉と分析する。そして最終的に〈日本の自然主義はかくて浪曼主義にとり代つたのである。二十年代の戦争の峠を越し得なかつた日本の浪曼主義の特性については、なほ今後に考へられるものが多い〉と結論付けている。保田の主張に従えば、このような〈浪曼主義〉と〈自然主義〉の対立軸が保田と同時代の文学や文化に至るまで持続しており、〈日本の自然主義〉の強力な潜勢力に対して、〈日本の体系〉の回復を目指した文化運動こそが彼の構想する〈日本浪曼派の運動〉であるということになる。

保田の「我国に於ける浪曼主義の概観」に提示される明治期日本に関する分析は、それ自体としては決して独創的なものではない。二つの文芸思潮の衝突と交替の過程として論じる方法そのものは、文学史を記述する観点としてはむしろオーソドックスにすら映る。しかし、それが〈浪曼主義〉と〈自然主義〉の二分法的な思考に立脚して記述されていることは、先述してきた保田の漱石に対する明白な関心のあり方を考慮した際に、保田の思想的背景を推定する際に一定の示唆を与えるものではないか。もちろん、保田が主張する〈浪曼主義〉と〈自然主義〉の対立に基づいた歴史的展望が、先行する漱石の二分法的思考から直接的に由来すると主張しているのではない。そのような芸術に関する思考様式は、保田の批評活動が実践された時代においては、既に比較的流通していたものであった。保田は漱石とは文学・思想的な背景と位相はきわめて異なっているが、日本の近代文学史のみならず、その文学・文化に関する批評全般において〈浪曼主義〉と〈自然主義〉の二分法的思考がしばしば導入される保田の言説には、漱石以降の〈浪曼〉と〈自然〉の間の二分法的な言説の圏域を背景に透かし見ることが可能ではないだろうか。[14] そこには、保田における漱石文学の〈影〉があるように思われる。保田が近代日本の文学・文化を検討するに際しての基本的な認識図式が、広義の〈浪曼主義〉的なものと〈浪曼主義〉的でないものの間の二分法的思考の枠組に対応していることは、近代日本の〈浪漫〉をめぐる言説の展開において先行する思潮との微妙な照応を思わせるのである。

ところで保田與重郎に「芭蕉襍俎――日本浪漫主義（ニッポンロマンチイク）試案断章」と題する初期文章がある。これは、保田の旧制大阪高等学校在学中の『校友会雑誌』（一九三〇・一一）に掲載された最も初期の習作の一つである。この文章は、「日本浪漫主義（ニッポンロマンチイク）試案断章」と題する副題から判断される通り、後の「日本浪曼派」の構想が早くから存在していたことを示している。興味深いのは「日本浪曼派」の最初期の構想を示すこの評論が、「芭蕉雑記」（『新潮』一九二三・一一―一九二四・七）を含む一連の芥川龍之介のエッセイの影響下に執筆されているということである。保田の構想が晩年の芥川の言説を媒介とすることは、漱石から芥川へ、さらに芥川から保田へという、従来は想定されてこなかった言説の系譜の可能性を検討する上でも一定の示唆を与えるように思われる[15]。

四　漱石文学の〈影〉

保田は、近代日本の文学・文化に関する評価において〈浪曼主義〉的なものと〈浪曼主義〉的でないものの間の二分法的思考を導入し、前者を肯定し後者を糾弾する。この批評のスタイルは戦前から戦後に至るまでの保田の評論において幅広く看取されるものである。仮にこの保田の思考様式の背景に、漱石以降の〈浪漫〉と〈自然〉の間の二分法的な言説の圏域を透かし見ることが可能であるとしても、保田の〈浪曼〉をめぐる言説が、先行する漱石の思考とは極めて異質であることは言を俟たないだろう。

一九一〇年夏の漱石の長与胃腸病院に入院中の評論の一つに「イズムの功過」（『東京朝日新聞』一九一〇・七・二三）がある。この著名な評論において漱石は、〈イズム〉とは〈既に経過せる事実を土台として成立するもの〉〈過去を総束するもの〉〈経験の歴史を簡略にするもの〉であって、〈一イズムに支配〉される際に〈与えられたる輪郭の為に生存するの苦痛〉を感じると述べている。そしてそのような〈一短期の過程〉から得たに過ぎない〈輪郭〉で〈凡てを断ぜんとする〉ことの危険性を指摘する。同時代の〈自然主義〉批判であると同時に〈イズム〉全般への批判とも読めるこの評論に、一九一〇年前後の同時代日本の社会状況に対する漱石の批評が含意されていることは言うまでもないが、漱石以後の〈浪漫〉的な言説の行方を検討する際にも、この短いが本質的な評論は多くの示唆を与えるものである。

即ち〈浪曼主義〉的なものと〈浪曼主義〉的でないものの間の二分法的な思考が、保田においては〈浪曼主義〉という〈イズム〉への固執に帰着するとすれば、それは漱石における〈浪漫〉と〈自然〉の対置とは根本的に異質である。既に確認した通り、漱石における〈浪漫〉と〈自然〉もしくは〈浪漫主義〉と〈自然主義〉との二分法的思考では、漱石はいずれかの立場を支持するわけではない。むしろ漱石においては、〈浪漫〉的か〈自然〉的かを問わず、特定の立場に依拠することへの峻烈な批判がある。保田の批評においては、〈浪曼主義〉への信頼と肯定において、漱石の二分法的思考が保持していた緊張意識が完全に喪失されている。しかし、この両者の根本的な差異を認識しつつ、同時に付言すれば、保田のこのような〈浪曼主義〉に対する姿勢もまた、広い意味では漱石以降の〈浪漫〉に関わる言説の圏域と触れ合うものとして存在していたのではないか。漱石を含む〈浪漫〉に関わる言説には多様な要素が内包されており、保田の思考も確かにその圏域に内在しているのである。保田の〈浪曼主義〉に対する思考のあり方には、漱石以降の近代日本の〈浪漫〉をめぐる言説の系譜の複雑で微妙な展開が、むしろ凝縮的に体現されているように思われる。そこには、保田における漱石文学の〈影〉の屈曲を含んだ現れがある。

本章では、保田與重郎の評論を中心に、その漱石に対する関心のあり方と漱石以降の言説の圏域との接点の可能性を検討してきた。漱石による表現と思索が近代日本の文学と思想に与えた影響に関しては多くの考察が蓄積されてきたが、そのような従来の検討の中で相対的に看過されてきた保田についても、その影響は決して乏しいものではない。漱石の思想と表現の影響は、意外なほどの広がりを持って存在しているのではないか。そしてそれは、〈日本文学〉に限定されず広く〈世界文学〉に亙るものであることは言を俟たない。そのような漱石文学の〈影〉の多様性を探求することは、現代世界における文化的受容の多彩な広がりを考察する上でも重要な課題であるように思われる。[16]

注

1　中国語における〈浪漫〉（làngmàn）の語は「浪漫性」「浪漫主義」など、romantic や romanticism の訳語としての日本語での用法とほぼ同義で使用されている。

2　漱石は一九一一年六月一八日に長野教育会の第二六回総集会に招待されて行った長野県会議事院での講演「教育と文芸」（後に『信濃教育』一九一一・七に掲載）において、〈文学を攷察して見まするに是を大別してローマンチシズム、ナチユラリズムの二種類とすることが出来る、前者は適当の訳字がない為めに私が作りて浪漫主義として置きましたが、後者のナチユラリズムは自然派と称して居ります。〉と述べて、〈浪漫主義〉が英語の romanticism に対する自らの訳字であることを明言している。

3　小説様式に関わる用語としての英語における romance（フランス語における roman）の語についても、坪内逍遙は『当世書生気質』と同年の著名な小説論『小説神髄』（一八八五–八六年）において、「上」巻中の「小説の変遷」中の一節〈奇異譚とは何ぞや。英国にて羅マンスと名づくるものなり。〉のように、この語に対応する日本語表現の模索を行っていたことは知られる通りである。

4　例えば、romantic に対応する訳字としての〈浪漫的〉の語に関しては、『文学論』中では〈浪漫的詩歌〉（第一編第三章）〈浪漫的方法〉（第四編第七章）〈浪漫的精神〉（第五編第五章）等の使用例が現れているし、また〈浪漫派〉の語についても、第一編第三章中の〈かの浪漫派の特色の如きも亦実にここに存す〉といった例を皮切りに、以降の第四編と第五編を中心として数多く使用されている。

5　『行人』（『東京朝日新聞』『大阪朝日新聞』一九一二・一二・六―一九一三・四・七　続稿「塵労」九・一六―一一・五）においても、〈自分は朝飯の膳に向ひながら、廂を洩れる明らかな光を見て、急に気分の変化に心付いた。従つて向い合てゐる嫂の姿が昨夕の嫂とは全く異なるやうな心持もした。今朝見ると彼女の眼に何処と云つて浪漫的な光は射してゐなかつた。〉（「兄」三九）といった一節が存在する。

6　この〈浪漫〉と〈自然〉に関わる二分法的な思考は、『文学論』においては「第四編　文学的内容の相互関係」中の「第七章　写実法」に典型的であるように、描写における〈取材法〉と〈表現法〉の問題としての〈浪漫派（附理想派）〉と〈写実派〉との差異と理論的に通底するものである。

7　この講演については先の（注2）においても言及したものである。

8　漱石による造字である〈浪漫〉の語は、明治末から大正期にかけて、〈浪漫派〉〈浪漫主義〉等の形で幅広く受容され流通することとなる。なお、漱石における〈自然〉と〈浪漫〉に関する二分法的思考からの影響の興味深い可能性の一例として、時代的懸隔はあるものの、後年の詩人萩原朔太郎と詩論の位置を挙げておきたい。一九〇七年九月に第五高等学校に入学した経験を持つ朔太郎が、かつての五高の英語教師であった漱石に対して一定の関心を抱いていたことは確実である。後年の『詩の原理』（一九二八・三　第一書房）等に集中的に示される朔太郎の詩論における〈自然主義〉と〈浪漫主義〉を含む二分法的な思考は、先行する漱石のそれらとも何らかの接点を持っている可能性はないであろうか。朔太郎研究においてはあまり注意されない問題だが、朔太郎における漱石からの影響の受容は興味深い問題としてあるように思われる。

9　橋川文三『増補日本浪曼派批判序説』（一九六五・四　未来社）所収「四　イロニイと文体」。なお、漱石から保田への関心の照応を検討する際に、そのドイツ・ロマン主義に関わる〈イロニー〉観の問題も想起される。

10　個人名を挙げれば、この時期の保田の日本近代文学・文化に関する批評として、北村透谷・樋口一葉・岡倉天心・内村鑑三・正岡子規等についての多数の論及がある。

11　「明治の精神」において、保田は〈明治の精神は云はば日清日露の二役を国民独立戦争と考へた精紳である。彼らは日本を近代市民社会諸国の系列にひきあげる決意をもち方法をもってゐた。〉として、それを体現した岡倉天心と内村鑑三の重要性について特に論じる。

12　「文明開化の論理の終焉について」中では漱石に関して、例えば〈文明開化論理に対する、過去の反対者のもった変屈さは思ひあまるものがある。漱石の文学は、つねに一種の形式の自己破壊をふくんで、洋の東西の大小説のもつ小説の形式をもたないのである。〉といった言及が含まれている。

13　保田が小説や評論・講演を含む漱石作品をいつ頃どのような形式で受容したのかについては、その戦後の回想集『日本浪曼派の時代』（一九六九・一二　至文堂）等を含めて明確な言及が見当たらないが、おそらく大阪高等学校入学以前の時期に既に触れていた可能性が高いように思われる。

14　漱石から保田への〈浪曼主義〉と〈自然主義〉の二項対立的図式に関わる言説の照応という問題に関しては、さらに十分な考察が必要であると考えるが、今後の検討課題としたい。

15　この点に関しては第一〇章で再論する。保田は『日本浪曼派』という自ら〈浪曼派〉を名乗る雑誌を刊行するに際して主導的な立場を果したが、その際に〈浪漫〉ではなく〈浪曼〉の語の使用を提起したのは保田自身であった。保田における〈浪曼〉の選択の由来は不明確だが、芥川龍之介の「最近の久米正雄氏——倣久米正雄文体——」（『新潮』一九二四・一）と題する短文中に〈新しき時代の浪曼主義者（ロマンチシスト）は三汀久米正雄である〉とあり、ここでの芥川による〈浪曼主義〉という用字法は気になる点である。

16　本章では保田を中心とする検討になったが、保田以外の雑誌『コギト』『日本浪曼派』同人における漱石の影響も興味深い課題として存在する。例えば、雑誌『日本浪曼派』同人の太宰治「もの思う葦」（『日本浪曼派』一九三五・八―一〇・一二）には漱石に対する批評が含まれている（「余談」）。

［付記］　本章中の夏目漱石に関わるテキストの引用は岩波書店版『漱石全集』（一九九三・一二―一九九九・三）を参照した。また引用に際しては旧漢字は原則として現行の新漢字に改め、ルビは適宜省略した。

第九章　ラフカディオ・ハーンと日本浪曼派——〈日本的なもの〉の系譜

はじめに

ラフカディオ・ハーン（Lafcadio Hearn 小泉八雲）とその著作が、日本近代の思想と文学に与えた知的影響はきわめて多大である。その中でハーンから広義の知的影響を受けた日本の文学者については、従来から各種の先行研究の蓄積がある[1]。それらのハーンの影響を受容した一連の文学者の中に、いずれも日本近代の詩壇において革新的な達成を示した表現者であった萩原朔太郎と佐藤春夫が存在する。韻文のみならず散文も含めた広範な表現領域で活動したこの両者は、その青年期から後年に至るまで、ハーンとその著作に対して持続的な関心を抱き続けた点において共通している。さらにこの二人の表現者は、ハーンに対する知的受容に関連して、他の文学者とは異質な近似した特徴を示している。

その第一の特徴は、萩原朔太郎と佐藤春夫の両者が共通して文学者としてのハーンに示す基本的な評価に現れている。朔太郎と春夫によるハーンへの言及においては、ハーンは学者や作家である以上にしばしば〈詩人〉として理解されている。例えば、朔太郎は、〈ラフカヂオ・ハーンの散文詩に「白日夢」といふのがある。日本の伝説たる浦島のことを書いたのである。〉という文言で開始するエッセイ「夏とその情想」（『読売新聞』一九二五・六・二九）の中で、ハーンの『東の国から』（*Out of the East* 一八九五）所収の「夏の日の夢」（The Dream of a Summer Day）と推定される作品を〈散文詩〉と捉えた上で、〈「人生の夢」と「夏の自然」とを、あの浦島の伝説に結びつけたことはさすがに詩人の独創であり、あの伝説に生気をあたへた〉としてハーンを〈詩人〉と評価する。また、春夫も「小泉八雲に就てのノート」（『文芸研究』「小泉八雲号」一九二八・九）において、〈小泉八雲全集を読んで一番感心することは、この詩人が同時にえらい批評家だといふ一事である。〉と論じる。このように〈詩人〉としてのハーン理解は、この両者の著作におけるハーンへの言及において顕在化する。

また、第二の特徴として、朔太郎と春夫は、共にハーンへの言及を日本文化の特質を分析した著作の中心部分へと度々導入している。朔太郎による評論集『日本への回帰』（一九三八・三　白水社）の巻頭に収録された著名な評論「日本への回帰——我が独り歌へるうた——」（『いのち』一九三七・一二）は、〈小泉八雲〉の〈予言〉に言及しながら、〈日本的なるもの〉を探求する〈世にも悲しい漂泊者〉としての日本近代の〈僕等〉について論じる。また、春夫の名高い日本文化論である「『風流』論」（『中央公論』一九二四・四）は、〈最高の風流文人ラフカディオ・ヘルン〉に言及しながら、日本的な〈風流〉における〈「花鳥風月を友」とする〉思想を分析する。

同時代の表現者として相互に親密な交流を持っていた朔太郎と春夫が、共にハーンの〈詩人〉としての側面に注目したこと、さらにハーンを媒介して日本文化の特性＝〈日本的なるもの〉について論及したことは、偶然ではないだろう。従来、朔太郎と春夫におけるハーンからの知的影響については、個別の作家研究における検討を除いて、同時代の表現者として相互に密接な交流を持っていたこの両者を並列的に捉えた上での分析は行われていない[2]。しかし、朔太郎と春夫によるそれぞれのハーンの著作とその思考への直接的言及は、各自の表現活動の中で比較的一定の時期に集中すると同時に、その言及の時期もある程度近接する傾向がある。本章においては、朔太郎と春夫の両者におけるハーンへの言及を検討した上で、それら以降の知的潮流との関係を把握することによって、日本近代文学におけるハーン受容が持つ重層的な意味を考察したいと考える。

一　萩原朔太郎とハーン受容

萩原朔太郎によるハーンに対する明確な言及を含む最初の文章は、一九二五年六月二九日に『読売新聞』に発表された前出のエッセイ「夏とその情想」であり、書簡を含む現存の資料においてそれ以前に遡ることはできない。周知の通り、朔太郎は、一九〇七年九月に熊本の第五高等学校第一部乙類に入学して約一年間の在学経験を持つが、その前身の第五高等中学校で英語教師として教鞭を執ったハーンに対して、同じくかつて第五高等学校の英語教師であった夏目漱石に対してと同様に早い時期から意識していたことは推定可能だろう[3]。その意味で、朔太郎の最初のハーンへの言及が、主にハーンの熊本時代（一八九一－九四年）の経験を素材とした『東の国から』に関係することは、朔太郎のハーンへの関心の出発点を検討する上で示唆的である。この最初のハーンへの言及は、「浦島」伝承に結びつけられた点で後年の評論「日本への回帰――我が独り歌へるうた――」にまで連なっていく。

続いて朔太郎は一九二六年五月に『詩歌時代』に掲載された「野口米次郎論」においてハーンについて触れている。朔太郎はそこで詩人文学者としての野口米次郎（一八七五－一九四七）による日本詩歌の海外への紹介について、それらが〈西洋人風の主観〉が強いことを〈一種奇妙の感がある〉と批判した上で、〈故小泉八雲のラフカヂオ・ハーン氏は、日本文学の研究に於て外人中の第一人者であったけれども、日本詩歌の真の深遠な哲学は、遂に理解することができなかったやうに思はれた。〉と論じて、〈思ふに西洋人が、日本詩歌の真精神に触れることは絶望的に困難だらう。〉と述べる。朔太郎は野口米次郎に近似した存在としてハーンを批判的に例示しているが、その言及自体が、同時期の朔太郎のハーンへの持続的な思索と関心を示すとも理解できる。また、ハーンを〈詩歌〉の理解者として捉える姿勢は、先の「夏とその情想」で〈詩人〉として理解した立場に通じる。

一九二〇年代中期の朔太郎は、詩集『純情小曲集』（一九二五・八　新潮社）から総合詩集『萩原朔太郎詩集』（一九二八・三　第一書房）の刊行へと至る時期であり、詩歌等の創作以外にも、各種のエッセイやアフォリズム等の幅広いジャンルの散文の制作を行っている。例えば、この時期の朔太郎の著名な詩論として『詩の原理』（一九二八・一二　第一書房）が存在する。四部から構成される同書の中で〈主観〉と〈客観〉、〈浪漫主義〉と〈現実主義〉、〈抽象観念〉と〈具象観念〉といった二項対立的な論理に立脚した分析を反復した後に、その「結論」（「島国日本か？世界日本か？」）において、朔太郎は次のように主張する。〈何よりも根本的に、西洋文明そのものの本質を理解するのだ。皮相は学ぶ必要はない。本質に於て、彼の精神するものが何であるかを理解するのだ。それも頭脳で理解するのでなく、感情によつて主観的に知り、西洋が持つているものを、日本の中に「詩」として移さねばならないのだ。〉朔太郎の『詩の原理』は、多くの記述に論理的な曖昧さを含むが、〈日本〉の詩を含む〈文明〉を改革して〈世界的の交通〉の場へ登場させるという主張において一貫する。そのような日本の〈文明〉に対する批評的な洞察のあり方は、同時期のハーンへの知的関心と近接していた可能性がある。

一九三〇年代中期以降、朔太郎はハーンとその日本文化論について多くの言及を行っている。例えば朔太郎は、「文化の現在と将来」（『いのち』一九三七・一二）において、ハーンの日本文明観に触れて次のように述べる。

〈小泉八雲のラフカヂオ・ヘルンは、その日本に対する文明観の中で、かう言つて居ります。今日の日本人は、自国の伝統の尊い文化を忘れて、ひたすら西洋文明の模倣に夢中になつてる観がある。これはまことに愚な、悲しいことのやうに思はれる。しかし日本人は、今日でも決して、心の底から西洋を崇拝してゐるのではない。（中略）将来もし日本が、一通り西洋文明を自家に吸取して、自ら近代的の科学国家となり、西洋の大砲や軍艦に対して、少しも脅威を感じないやうになつた瞬間には、忽ち今日の、欧化主義や、西洋心酔主義を捨ててしまひ、自国の伝統の文化について、必ず再認識を始めるだらう。そして真に、日本人の民族的使命を、自覚するだらう。と言つて居りますが、この予言は、今日現に、歴々として、当つてゐる如き観があります。（中略）そこで八雲の予言した通り、今や漸く国民が西洋心酔の夢から目覚めまして、日本の国粋の文化を再認識し、「所謂日本的なもの」の本質について関心をもつやうになつて来たのであります。〉

「日本文化の現在と将来」と題した講演（一九三七年九月二六日　於軍人会館）に基づくこの文章は、先述の評論「日本への回帰――我が独り歌へるうた――」と主旨がきわめて近似するが、〈西洋の相対的権力主義の文明、力の文明に対して、東洋の理想である絶対的平和主義の文明、美の文明を防禦〉することが〈日本の使命〉であるという論点において、より積極的な朔太郎自身の主張を含んでいる。ここで「所謂日本的なもの」を論じる際に朔太郎の依拠する〈日本に対する文明観〉が、ハーンによる言説であることに注意を促しておきたい。それらは、朔太郎にとって〈日本的なるもの〉を論じる際の重要な知的媒介としてハーンが機能していることを示す。また「日本の詩人と文学者に」（『四季』一九四一・五）においても、〈文学の国際的使命は、いかなる政治家や外交官も為し得ないところの、より以上の深遠な功績をする、と小泉八雲のラフカヂオ・ヘルンが、帝大の講義の中で学生に説いて居るが、今日の日本の文学者は、かうした文学の使命について、深く自覚するところがなければならない。同時にまた政治家は、文学をその正しい位置に於て、巧みに利用することの術を知らねばならない。〉と朔太郎は主張する。朔太郎が文化や文学について積極的な提言を行う際にハーンによる言説はしばしば引用されているが、そのことは当時の朔太郎のハーンへの深い知的共感を証明する。

一九四〇年代の朔太郎は、その書簡中でのハーンとその全集への反復的な言及を経て（一九四〇年一月から二月にかけての丸山薫宛書簡など）、ハーンに対するより強い関心を随筆の形式によって表現するに至る。晩年の朔太郎はハーンの伝記執筆を構想していたことが知られているが、未完に終わったその構想を部分的ながら窺わせる文章が「小泉八雲氏の家庭生活」（『日本女性』一九四一・九－一〇）と題する随筆である。〈室生犀星と佐藤春夫の二詩友を偲びつつ〉という序を持つこの評伝風の文章の中で、朔太郎は次のように述べている。

〈万葉集にある浦島の長歌を愛誦し、日夜低吟しながら逍遥して居たといふ小泉八雲は、まさしく彼自身が浦島の子であつた。希臘イオニア列島の一つである地中海の一孤島に生れ、愛蘭土で育ち、仏蘭西に遊び米国に渡つて職を求め、西印度に巡遊し、遂に極東の日本に漂泊して、その数奇な一生を終つたヘルンは、魂のイデーする桃源郷の夢を求めて、世界を当なくさまよひ歩いたボヘミアンであり、正に浦島の子と同じく、悲しき『永遠の漂泊者』であつた。〉

〈魂のイデーする桃源郷の夢を求め〉た〈永遠の漂泊者〉としてのハーンに対する理解は、朔太郎自身の詩集『氷島』（一九三四年六月　第一書房）における「自序」の一節〈著者の過去の生活は、北海の極地を漂ひ流れる、侘しい氷山の生活だつた。その氷山の嶋嶋から、幻像のやうなオーロラを見て、著者はあこがれ、悩み、悦び、悲しみ、且つ自ら怒りつつ、空しく潮流のままに漂泊して来た。著者は「永遠の漂泊者」であり、何所に宿るべき家郷も持たない。〉を容易に想起させる。この随筆は、朔太郎が晩年において、ハーンに対して単なる知的関心を越えて、その生涯を自らの生涯と重ね合わせるに至ったことを示す。同文中で朔太郎はハーンの〈家庭生活〉について、特にその妻セツとの関係を詳細に記述しているが、〈その妻に抱擁された家庭だけは、彼の最後に祝福された、唯一の楽しい安住の故郷だつた〉と書く朔太郎は、ハーンの生涯に自らのそれを重ねる際に、不幸な離別を経験した自身の過去の上田稲子との結婚生活をおそらく意識していただろう。

この随筆の最後の一段は、次のような記述で閉じられる。〈桜の花が返り咲きをした日から、数日を経てまもなくヘルンは死んでしまつた。死ぬ前の日に、彼は不思議な夢を見たと妻に話した。それは日本でもない、支那でもない、大層遠い遠い見知らぬ国へ、長い旅をした夢であつた。そして今此所に居る自分が本当か、旅をした自分が本当かと夫人に問ひ、『ああ夢の世の中』、と呟いて寂しげに嘆息した。わが漂泊の詩人芭蕉は『旅に病んで夢は枯野をかけめぐる』といつて死んだ。夢見ることによつて生きた詩人等は、また夢見ることの中で死ぬのであつた。世界の国々を漂泊して、遂に心の郷愁を慰められなかつた旅人ヘルンは、最後にまたその夢の中で漂泊しながら、見知らぬ遠い国々を旅し歩いた。今、この悲しい詩人の霊は、雑司ヶ谷の草深い墓地の中に、一片の骨となつて埋まつて居る。〉朔太郎は、ハーンを俳人松尾芭蕉と同列に並べながら〈夢見ることによつて生きた詩人〉と表現するが、ハーンに対する〈永遠の漂泊者〉であり本質的な〈詩人〉であるという認識は、翌年の一九四二年五月に亡くなった晩年の朔太郎自身の最終的な自己認識にも通じていたであろう。

　このように朔太郎におけるハーンに対する知的関心は、その第五高等学校時代と推定される時期に始まり、一九二〇年代における〈詩人〉としての理解と言及を経て、一九三〇年代中期以降は朔太郎自身の近代文明に対する分析と〈日本的なるもの〉の理解において、その重要な媒介となった。そして、一九四〇年代の晩年においては、ハーンを語ることで文学者としての自己の生涯をも語るという段階に到達した。朔太郎にとって、ハーンはきわめて重要な知的存在であり、朔太郎の〈詩人〉と〈日本的なるもの〉についての思考（それらは朔太郎理解の中核に関わる）を検討する上で、そのハーンに対する関心の分析は多くの興味深い論点を含む。

二　佐藤春夫とハーン受容

佐藤春夫は、「慵斎雑話――小泉八雲が初期の文章に就て――」（『文芸』一九三四・九）において〈回顧すると事はわが半生涯に渉つてゐる。それは上京後間もなくだつたから、わが十九歳の春、二十年余の昔である。〉〈本郷通りの古本屋で田部隆次氏著の「小泉八雲」の原刊本〉に接したことがハーンに関心を深めた契機であったと回想する。春夫が田部隆次の著名な評伝『小泉八雲』（一九一四・四　早稲田大学出版部）を通して、朔太郎と同様にハーンに対する具体的関心の契機をその一〇代の末に持った点が興味深い。春夫もまた、その後の生涯の活動を通じて、長期に亘って朔太郎と同じくハーンに対する言及と紹介を行うことになるからである。

しかし、春夫のハーンへの関心は、その青年期において朔太郎よりも明白である。知られる通り、春夫は一九一九年七月の雑誌『解放』にハーンの『中国怪談集』（*Some Chinese Ghosts*, 一八八七）から「孟沂の話」（The Story of Ming-Y）を翻訳発表している。この時期の春夫は前年に「田園の憂鬱」（『中外』一九一八・九）を発表して小説家としての創造性を飛躍的に高めた時期であり、『病める薔薇』（一九一八・一一　天佑社）に続いて『お絹とその兄弟』（一九一九・二　新潮社）、『田園の憂鬱』（一九一九・六　新潮社）等の創作集を相次いで刊行した。「孟沂の話」は後に『支那短編集　玉簪花』（一九二三・八　新潮社）に収録されるが、怪異と幻想を中心としたこの翻訳短編集は、春夫による前記の一連の小説の作風とも密接な関係を持つと思われる。小説の創作と翻訳を並行的に展開したこの時期の春夫がハーンへ示す一貫した関心は、その創作の方法上の背景をも示唆する。[4]

続く一九二〇年代の後期において、春夫はハーンに言及したいくつかの文章を発表しているが、その一つが「小泉八雲に就てのノート」（『文芸研究』「小泉八雲号」一九二八・九）である。ハーンを〈詩人〉であり〈えらい批評家〉

であると賞賛するこの文章の中で、春夫は〈八雲は誰も知るとほり自分で自分を教育して来た人である。即ち八雲をあれだけに仕上げたのは彼自身のなかにいい教師がゐたので、そのいい教師の重なるものはその批評的な一面であつたと僕は考へる〉として、その〈教師〉像にも言及しつつ、以下のように論じる。

〈人あり若し彼の詩を認めず八雲の文学は大したものではないと言ふにしても、彼は高い風格を持つた文人であつた事だけは最も尊い事実として認めなければなるまい。僕はずつと以前から田部氏の手になつた伝記を愛読して、八雲及びその夫人に対して敬慕の情を抱いてゐる。僕が平常使ふ文人といふ言葉の真意を知りたいと思ふ人は、田部隆次氏の「小泉八雲伝」を一読するに限る。〉

言うまでもなく、この文章が発表された時期は、プロレタリア文学に代表される左翼的政治運動と随伴した文学が活発となった時代であった。〈詩人〉さらには理想的な〈文人〉としてのハーンに対する際立った評価は、大きく変容する同時代文学の潮流の中で、春夫自身の文芸上の理想の一つの定点としてハーンを捉えていたことを推測させる。例えば、その前年の一九二七年四月から九月にかけて六回に亘って『中央公論』に連載された「文芸時評」の中で、春夫は同八月号の時評においてハーンに言及しながら以下のように述べている。

〈八雲は随筆だとか小品だとかいふ形式によつて書かれた家常茶飯的人生の中から詩趣及び人生的暗示を拾ひ出した散文の例を幾つか算へ上げて、それによつて彼は彼の学生たちに新文学の一つの道を示してゐるのである。さうして最後にいつてゐる。「私の考へでは、現代の『人道』といふ語が、希臘人の所謂情けといふ意味を最もよく現はすだらう。さて、この講義の主題であつた種類の作品は、特に情けの文学に適当して居る。生活、思想、感情、悲喜哀楽の小描写を世間に発表するのが、尋常一般の人心を覚醒して現代の最も深刻に要求する無我的同情の念に徹底させる」最良の方法である。こういふのが彼の説の結論である。〉

この時評において、春夫は続けて〈僕は今までにも屡々考へるのであるが、人間の最も高尚な感情生活は友愛の諸相より以外にはないのではあるまいか。〉〈さうして今日の階級争闘的無産階級文学が我々人類の友愛の道に於ける荊棘を切り開く以外に他意なきものであるとすれば、それは本質的な新文学の非常に微かな黎明であるかも知れないと感ずる。〉と論じる。春夫は、同時代の〈階級争闘的無産階級文学〉の台頭を評価する上で、ハーンによる言説を媒介することによって初めてその価値を承認するのである。この一九二七年八月号の時評は「社会的小説」「恋愛の文学・友愛の文学」「「大道無門」の作者に無駄話」の三節に分かれているが、「社会的小説」＝〈階級争闘的〉な文芸の動向に対して、春夫は〈友愛の文学〉の方向性を示唆する。この〈人類の広い意味での友愛〉〈些やかなしかし細やかな隣人に対する友愛〉の文学の方向性がハーンの言説によって支えられていることは、春夫が一九二〇年前後と同様にハーンの言説に依拠し続けていることを提示するだろう。

一九三〇年代前期において、春夫は再びハーンを翻訳の対象としている。それがハーンのアメリカ時代の新聞雑誌記事の一部を翻訳した作品として著名な『小泉八雲初期文集　尖塔登攀記』（一九三四・一一白水社）である。同書では「絞刑記事（Gibbeted）」「蝶の幻想（Butterfly Fantasies）」「尖塔登攀記（Steeple Climbers）」「無法な火葬（Violent Cremation）」「霧の意匠（Frost Fancies）」のハーンの初期記事五篇が選択されて訳出されている。[5] 後者の四篇はアルバート・モーデル（Albert Mordell）の編纂による *AN AMERICAN MISCELLANY BY LAFCADIO HEARN, ARTICLES AND STORIES*（VOLUME I, 一九二四）への収録であり、この『尖塔登攀記』の翻訳の経緯については、前出の「慵斎雑話――小泉八雲が初期の文章に就て――」（『文芸』一九三四・九）に詳しい。〈全集に採録されてゐる当時の文章がほんの一小部分に過ぎず、その選択も従来の保守的な文学観の見地によつて取捨してゐるのを慊らずとしてゐた僕は、最近幸にもアルベルト・モルデル氏が八雲の少時の筆と推定して編み成した「アメリカ雑纂」第一巻を手にし得た。彼が新聞記者としての手腕を認められた最初の「製革所殺人事件」の報道と「尖塔登攀記」との二篇がそのなかに納められてゐたのは、田部氏の筆によつて久しくそれを聞知してゐた僕にとつては正に渇を医し得た心地のせられるものであつた。〉この文章は、春夫がアメリカ時代のハーンとその手になる各種記事に寄せた分析的姿勢を提示して興味深いと同時に、春夫の持続的なハーンへの関心をも窺わせる。

ここで春夫によるハーンの翻訳について、具体的にシンシナティで発生した殺人事件についての記事 Violent Cremation を訳した春夫訳「無法な火葬」の冒頭部分を原文と共に例示する。

“One woe doth tread upon another’s heel,” so fast they follow. Scarcely have we done recording the particulars of one of the greatest conflagrations that has occurred in our city for years than we are called upon to describe the foulest murder that has ever darkened the escutcheon of our State. A murder so atrocious and so horrible that the soul sickens at its revolting details — a murder that was probably hastened by the fire; for, though vengeance could be the only prompter of two of the accused murderers,

FEAR OF A DREADFUL SECRET

Coming to light may have been partly the impelling motive that urged on the third to the bloody deed, as will be found further along in our story. The scene of the awful deed was H. Freiberg’s tannery on Livingston street and Gamble alley, just west of Central avenue, and immediately opposite the ruins of M. Werk & Co.’s candle factory.

（春夫訳）〈「災禍は踵を追ふて襲ひ来る」、しかく災禍は迅速に相次いで起るものだ。前に我々は過去数年間中当市に起つた最も大きな火災の一つの顛末を報道したばかりであるのに今又茲に我が州の紋章に千古の汚点を印した兇悪無比の殺人事件の記載を要求された。何人も戦慄すべきその詳報には嘔吐を催すほど残忍にして恐るべき殺人事件——恐らく火によつてその目的を急がれたらしい兇行。もとより二人の被告殺人犯の後見役は復讐であつたが一方漸次本記事の進行につれて明白なる如く

恐るべき秘密暴露の恐怖

がこの血腥い犯行に第三者を使嗾した促迫の動機となつたものであらう。兇行の場所は中央並木通りの真西、旧ワアク蠟燭製造会社工場跡の真向なるリヴィングストン街とギャムブル横町に跨るフリイベルグ製革工場内であった。〉

春夫による翻訳は、基本的には原文にきわめて忠実に訳出している。しかし、その語彙の選択や訳文の組み立ての細かい部分に、春夫自身の創作とも通じるような技巧が感じられる。春夫の英語と日本の両言語に対する感性を通してハーンのテキストが翻訳されるあり方は、きわめて興味深いものである。春夫は先の「小泉八雲が初期の文章に就て」の中で、この「無法な火葬」について〈「殺人事件」は記事がといふよりも事件そのもの——娘の不義の相手を三叉を揮つて殺害してその死屍を製革用の炉の中に隠匿してゐるのが発覚した出来事が人々に喧伝されてゐたのを、その現場の残忍さを直視して点々たる血痕や半焼けの死屍などを忌憚なく如実に細描したといふだけのものであるかも知れないがこれだけにも無論相当印象的な筆力を示してゐる上に叙述の順序の巧妙な単純化が自らな起伏によつて一篇の犯罪小説或は探偵小説的短篇を構成してゐる〉と述べて、〈興味ある実話的短篇を成してゐる〉と評価している。

春夫は、ハーンの記事を単なる報道記事ではなく一種の文学作品と捉えており、ハーンの当時の記事が〈一片の報導を化して立派な文学になし得た〉理由について、「絞刑記事（Gibbeted）」を一例として、第一に控えめで扇情的でない文体、第二に要領のよい話術、第三にそれらを支えるハーンの人間性、をそれぞれ指摘している。春夫は、〈僕は上記の諸篇のうちでは絞刑記事に最も敬服し、尖塔登攀者に最も愛好を感じこの二篇はクリオール小品集の諸篇とともに彼が後年の筆とは全然別個の味を持つ傑作と思ふ。それは年少時の推敲の足らぬ金取り仕事の駄文であるとたとひ筆者自身がその承認を拒まうとも僕も幼稚ながら一個の批評家としての権利によつて自説を力説するつもりである。〉と批評する。春夫の翻訳は、その文学者としての関心がハーンのアメリカ時代の記事とすら強く共鳴していたことを示すだろう。

この時期以降も、春夫は、第二次大戦後に至るまでハーンについての各種の言及を持続していく。[6] 春夫のハーンに対する関心はその一九一〇年代半ばの青年期に遡り、以後の一九二〇年代前半にかけての小説家としての発展期において翻訳を含めてハーンの多大な知的影響を受けている。そして一九二〇年代後期以降も引き続いてハーンの言説を自らの文学観と接続し、それは一九三〇年代におけるハーン翻訳の時期につながっていく。萩原朔太郎と同様に（あるいはそれ以上に）、文学者としての春夫にとってのハーンの存在の意味は大きい。

三　〈日本的なもの〉の系譜

ここまで確認してきた通り、大正期以降の日本の文学世界において韻文から散文に至る幅広い領域で活動した表現者であった萩原朔太郎と佐藤春夫は、いずれもその青年期から後年に至るまで、ハーンとその著作に対して持続的な関心を抱き続けた点で共通する。さらにこの両者は、第一にハーンを〈詩人〉として理解する点、第二に日本文化の特質を分析する際の重要な媒介としてハーンの言説を援用する点でも近似している。この朔太郎と春夫が日本の近代詩の展開において持った文学史的な重要性を考慮するならば、両者を通してハーンの言説が日本近代の韻文の発展に対して与えた間接的影響も、決して無視できないものと言えよう。これは興味深い文学史上の問題であるが、ここでは両者が共に関与したそれとは異なる一つの論点を取り上げる。

一九三〇年代中期以降の日本国内の文学と思想の幅広い領域において、日本の伝統文化の性格に関する言説、いわゆる〈日本的性格〉や〈日本的なもの〉を問う言説と論議が流通したことはよく知られている。それらの言説は、一九三〇年代前期の左翼的な政治文化運動の弾圧による崩壊を経て活発となったものであり、一九三一年の満洲事変の発生から一九三七年の日中戦争の開始に至る日本国内外の歴史的動向とも密接に関係しながら展開したことも周知の通りである。〈日本主義〉や〈国粋主義〉と総称されることも多いそれらの言説は、同時期の日本国内の文学と思想を検討する上で一つの重要な問題系を成すものである。既に本章で触れた朔太郎による評論「日本への回帰――我が独り歌へるうた――」（『いのち』一九三七・一二）が〈日本的なるもの〉のあり方を焦点として論じていたことも、この同時代の〈日本主義〉的な思潮を一面で反映していたことは言うまでもない。

当時の文学の領域において、この〈日本主義〉思潮と密接に関係すると見なされた文学者の一群として、一九三五年三月に創刊された雑誌『日本浪曼派』（一九三五・三―一九三八・八）を中心とするグループが存在する。当時の大阪高等学校の卒業生を中心に一九三二年一月に創刊された雑誌『コギト』（一九三二・一―一九四四・九）を出発点として、雑誌『現実』（一九三四・四―八／一九三六・一―六）や『世紀』（一九三四・四―一九三五・一二）、『青い花』（一九三四・一二）等の同人の一部をも含むことでこのグループは成立した。詩雑誌『四季』（一九三三・五―七／一九三四・一〇―一九四四・六）の同人らとも多様な交流を持った同グループが、その雑誌名に従って「日本浪曼派」と呼称されることは周知の通りである。その主要同人としては、刊行前の「『日本浪曼派』広告」の署名に名を連ねた文芸批評家の保田與重郎や亀井勝一郎、中島栄次郎、詩人の神保光太郎、小説家の中谷孝雄、緒方隆士に加えて、小説家の太宰治、檀一雄、独文学者の芳賀檀、詩人の伊東静雄らが著名だが、関係する文学者は他にも数多い。

ここで、このいわゆる「日本浪曼派」グループにとっての同時代の文学世界における有力な支持者であったのが、萩原朔太郎と佐藤春夫であったという文学史的事実に対して改めて注意を喚起したい。朔太郎と春夫は、一九三七年一月に雑誌『日本浪曼派』へ正式に同人として参加しているが、その前後を通じてこのグループの文学者に対して強い影響を与えていたことは知られる通りである。[7] 例えば、「日本浪曼派」グループの中心的な批評家であった保田與重郎は、その評論『佐藤春夫』（一九四〇・一一　弘文社書房）の中で、両者を同時代における特権的な価値を持つ文学者として位置づけて、以下のように主張する（同書「新文明と詩人」）。

〈新しい明治と共に始まつた文明や文芸のもつてゐた意志を考へ、その帰結と運命に対して現代に於て最も意義の多い存在と思へる詩人、その二人の詩人は新詩創成以来最も意味ある作家と思はれ、しかも現在に於ても依然としてその意志を文業の中に蔵して、新しい我が民族の世紀に対しある能動的態度をもちつゞけ、さらに文学者として文学に対する自尊と自信の心を確保しつゝ、彼らの仕事を現在に印象づけてゐる。その二人とは、こゝに述べようとする佐藤春夫と萩原朔太郎である。〉

保田は続けて両者の比較が〈我が文明の歴史の到達したある運命的な状態〉と〈新しく始められねばならぬ時代への地盤となる問題〉に関係すると述べる。その主張の要点は、朔太郎と春夫がそれぞれ表現者としての性格の差異を持ちながらも、明治期以降の文学と思想の歴史における突出した個人であり、同時代と将来の日本の文明の構想においてその文業が決定的な重要性を持つということに尽きる。いわば朔太郎と春夫は、保田（とその「日本浪曼派」グループ）にとっての進むべき文学的・思想的方向性を示す羅針盤の位置に置かれるのである。[8] しかし、保田は朔太郎と春夫の両者を詳細に分析しつつ、両者の思考の背景にあったハーンによる言説に対しては、ほとんど無関心であった。保田はハーンについて、以下のように批評する。[9]

〈ハーンなどは平和な生活を親しみ、日本を愛した文人にすぎない。その日本への愛情は、一箇の生活哲学である。クローデルの場合はさらに円熟した優雅な外交だつた。しかしその一般的生活哲学も、英雄の約束を神的に要請するとき、国家主義原理となるのである。わが国の国家主義はかうしたものとなんら原理的関係がないといふこと、およびさういふ意味の国家主義がいはゆる国家主義といふものであるなら、わが国の国家主義は、国家主義と呼ぶべきものであつてはならないといふことを、我々は今日の国家観の根柢とする。我々は世界を維持してゐる唯一の国民だからである。芸術の思想もかういふ思想を外にして成立せぬのである。〉

保田によるハーンへの言及はほとんど存在せず、数少ない言及は、以上のようにハーンの日本論に対してほぼ全否定の立場に立つ。保田の考える日本の文明的構想の内部に、ハーンの日本論の入る余地はなかった。このことは、一九三〇年代における〈日本的なもの〉についての言説の問題を検討する上で示唆的である。もちろん、保田の主張を「日本浪曼派」グループの思考を代表するものとして捉える理解には留保が必要であろう。しかし、少なくともこのグループの中心的な批評家であった保田が、近代日本の表現者としての朔太郎と春夫の両者を特権化しつつも、両者の表現者としての本質に影響したハーンの言説を捨象したことは明らかである。一九三〇年代以降の保田を含む「日本浪曼派」グループによる〈日本的なもの〉の理解において、ハーンを継承する日本論の思考は、少なくとも一面においては喪失されていくことになる。それは、朔太郎や春夫と、保田らの間に存在した、一見限定的でありつつ、実は決定的な思考の差異の一つであったと思われる。

四　日本文化論の行方

保田を含む「日本浪曼派」グループの一部におけるハーンの日本論への関心の喪失は、〈日本的なもの〉の知的探求を目指したこのグループが、少なくともその一部の現れにおいて、その初期に持っていた広汎で世界的な知的展望を喪失して、一九三〇年代後半から一九四〇年代において一種自閉的な日本の伝統と文明の礼賛へと展開するに至った過程と無関係ではないだろう。その過程に同時代の日本国内外の歴史的状況が存在することは言うまでもないが、同時に、保田らの文化論が抱え込んでいた本質的な問題がそこに窺えるように思われる。

保田は、先に言及した評論『佐藤春夫』において、朔太郎と春夫の思想的位置を以下のように評価する。

〈如何にして日本を西洋化するかとの主題は、子規鉄幹の論争は勿論、藤村、樗牛、透谷、鷗外、漱石、敏、さらに鑑三、天心に於てさへその生涯のみちであつた。さうして我国の近代のインテリゲンチヤは、すべてさういふ目的の産んだ大衆である。しかしさういふ運動の先駆者や指導的戦士としての彼らのみちは、昨今に終焉したのである。この時代と民族の、怖ろしく輝かしい転回は、しかもまづ二人の詩人によつて告げられた。（中略）日本の心は純粋といふ科学の態度以上に、わが遠つ祖の神のものだつた自然の立場を伝へてゆかうとするものである。〉

保田は、近代における日本の〈西洋化〉の歴史が同時代においてすでに〈終焉〉を迎えたのであり、そのような

〈時代と民族〉の〈転回〉を告げたのが朔太郎と春夫であると認定した上で、〈日本の心〉を〈科学の態度〉を超えるものとしての〈わが遠つ祖の神のものだつた自然の立場〉に見出す。ここには西洋文化と近代科学に対する基本的な否定と日本の伝統的な〈神〉と〈自然〉への硬直的な礼賛の思考が明らかである。しかし、保田による両者についてのこのような方向性での特権化は、本章で概観してきた朔太郎と春夫の言説に照らした時、きわめて一面的であるだろう。朔太郎にせよ春夫にせよ、その歩みが近代日本におけるいわゆる〈西洋〉と〈日本〉の問題、また〈近代〉と〈伝統〉の問題を継続的に探求した側面を持つことは言うまでもない。しかし、彼らの最良の知的達成は単純な〈西洋〉の〈終焉〉の認識と〈遠つ祖の神〉と〈自然〉への帰依にではなく、ハーンの日本論への持続的な関心に示される通り、一連の文化的価値の対立の間に立っての長い思想的苦闘にあった。そして、両者のそのような知的姿勢には、ハーンの日本論の影響が無視できないと考えるのである。

ハーンは、遺作となった日本論として著名な『日本　一つの試論』（*Japan: An Attempt at Interpretation*　一九〇四）において、日本社会における個人と集団の関係について、以下のように述べている。[10]

〈もし日本の将来が、陸海軍と、国民の絶大な勇猛心と、名誉と義務の理想のためには百万人といえども我死なんという国民の覚悟に頼むことができるのなら、なにも現在の事態などに驚きあわてることはないだろう。ところが、不幸にしてこの国の将来は、勇猛心よりも別の資質、献身よりも別の才能に頼らなければならないのである。今後、日本の苦闘は、この国の伝統が国を非常に不利な立場におく苦闘でなければならない。産業競争に対する能力も、もう女子供の不幸に頼ってなされるようなわけにはいかない。ぜひとも、個人の聡明なる自由によらなければならない。そして、この自由を抑圧したり、その抑圧を放置しておくような社会は、個人の自由を厳密に維持する社会と競うために、あいかわらず頑迷そのままでいるに違いない。日本が集団によって物を考え、集団によって行動を起すあいだは、たとえその集団が産業社会の集団であっても、日本はいつまでたっても全力を発揮することができないだろう。〉（「産業の危機」）

日本社会の性格を宗教的側面から歴史的かつ体系的に論じたハーンの『日本　一つの試論』が、二〇世紀初頭の日本論として卓越した著作であることは周知の通りである。この日本論の一節において、ハーンは続けて〈日本の古来の社会経験は、将来日本が国際闘争に進出するには、まことに不適当なものであって、かえってそれは、どうかすると日本に死重の負担を加えるに違いない。この死重――霊的な意味でいうと、この死重は過去何代の死んだ亡霊が、日本の生命の上に加える目に見えない重圧である。これからの日本は、自分の国よりももっと豊かな適応性をもった、もっと強力な列国の社会と競争して行くのに、ひたすら山のように大きな相手と奮闘して行かなければならないが、それと同時に日本は、自分の国の過去の亡霊の力に対して、よりいっそう奮闘して行かなければならないのである。〉と述べる。しかし、日本社会の〈古来の社会経験〉＝〈過去の亡霊の力〉との〈奮闘〉は、〈近代〉や〈西洋〉への盲従を意味するのではなく、それらとの対峙とも表裏一体であった。そのような相互に対立する価値の間にあって徹底して思考すること、異なる社会と文化の境界に立ち続けることにこそ、ハーンの優れた知的姿勢があっただろう。その姿勢は、いわば異質な価値観の間に立ってその両方を相対化するような認識、いわばハーンの〈まなざし〉とでも呼ぶべきものを指し示す。

一つの文学史的な展望として要約すれば、そのような世界性を伴うハーンの〈まなざし〉は、朔太郎にとっても春夫にとっても、彼らの言説において生涯を通して重要な位置を占めたのに対して、朔太郎や春夫以降のいわゆる「日本浪曼派」の一部における日本論においては、その〈まなざし〉が決定的に喪失されたのではないか。そして、そのようなハーンの〈まなざし〉が示したものは、現代日本においても決してその価値を失っていないと思われるのである。朔太郎と春夫、また「日本浪曼派」におけるハーンの具体的な影響について本章で論及できなかった点は多いが、それらの種々の論点については別の機会を期したい。

注

1 ラフカディオ・ハーンからの知的影響の検証や比較研究が行われている日本近代の文学者や思想家として、本論考で取り上げた佐藤春夫と萩原朔太郎の他に、例えば夏目漱石、田山花袋、柳田國男、芥川龍之介らが挙げられる。この観点からの雑誌特集として『国文学』における「特集 横断するラフカディオ・ハーン」（一九九八・七 學燈社）、同「特集 没後百年 ラフカディオ・ハーン」（二〇〇四・一〇 同前）等がある。

2 個別の先行論として、萩原朔太郎については、林浩平「萩原朔太郎とハーン ふたつの詩魂のふれあうもの」（『國文學』一九九八・七）、石原亨「萩原朔太郎とラフカディオ・ハーン」（『松江高専研究紀要』二〇〇〇・二）等、また佐藤春夫については、中村三代司「佐藤春夫とハーン」（『国文学』一九九八・七）、河野龍也「佐藤春夫の詩情とハーン」（『国文学』二〇〇四・一〇）等がある。

3 朔太郎の熊本時代における漱石への関心と以後の知的受容については、拙論「〈散文〉と〈詩〉の出会うところ——夏目漱石と萩原朔太郎」（『漱石文学の水脈』二〇一〇・三 思文閣出版）で触れた。

4 この時期から一九二〇年代の「『風流』論」（『中央公論』一九二四・四）に至る時期の春夫のハーンからの受容については、注2で触れた河野論が、春夫の「『風流』論」の分析も含めて多くの示唆に富む。

5 春夫が訳した五編の新聞記事の初出は、以下の通り。（a）「絞刑記事」Gibbeted（*The Commercial*, August 26.1876.）春夫の翻訳は初出『行動』（一九三四・一〇）。（b）「蝶の幻想」Butterfly Fantasies（*The Commercial*, May 9.1876.）春夫訳の初出は『四季』（一九三四・一〇）。（c）「尖塔登攀記」Steeple Climbers（*The Commercial*,

May 26.1876.）（d）「無法な火葬」Violent Cremation（*The Enquirer*, November 9, 1874.）（e）「霧の意匠」Frost Fancies（*The Commercial*, December 10, 1876.）

6　本章で言及した文章以外にも、春夫は、生涯においてハーンに関する各種の言及を反復している。例えば「詩の用語としての日本語の考察」（一九二九・八・五付『九州日報』「趣味と学芸」欄）、「季節・秋の季節」（『令女界』一九二九・九）、「偉大なる文人」（第一書房版『小泉八雲全集』の内容見本　一九三六・一二）、『漱石の読書と鑑賞』（一九三七・五）、さらに戦後の「我観日本人」（『文芸春秋』別冊一　一九四六・二）等、その数は少なくない。

7　『日本浪曼派』一九三七年一月号の亀井勝一郎による「編輯後記」に〈新に同人として萩原朔太郎、佐藤春夫、中河與一、番匠谷英一、三好達治、外村繁の六君が加入した。大日本浪曼派の未来は一層光輝あるものとならう。〉とあり、この時期に正式に同人として加入したことが確認できる。

8　朔太郎や春夫自身も、同時期のこのグループの文学者への多くの言及を行っている。その興味深い一例として、朔太郎がハーンによる日本女性観を論じた随筆「日本の女性」（『文芸』一九三七・一二）は〈この一文を、佐藤春夫、室生犀星、林房雄、中河与一、保田與重郎、堀場正夫、その他数多き日本女性の讃美者に捧ぐ〉という序を持っており、保田を含む当時の「日本浪曼派」グループの主要な文学者へと献呈されている。

9　保田「来朝夷人の日本文化論」（『機織る少女』一九四三・九　萬里閣）による。

［付記］ハーンのテキストの日本語訳の引用は、平井呈一訳『日本　一つの試論』（一九七六・一　恒文社）による。なお、萩原朔太郎と佐藤春夫のテキストの引用は、萩原朔太郎は『萩原朔太郎全集』（一九七五－一九八九　筑摩書房）、佐藤春夫は『佐藤春夫全集』（一九九八－二〇〇一　臨川書店）のそれぞれの全集によった。

第一〇章　芥川龍之介と日本浪曼派――〈理性〉への懐疑

はじめに

保田與重郎に「芭蕉襍俎――日本浪漫主義（ニツポンロマンチイク）試案断章」と題するテキストがある。これは、保田の旧制大阪高等学校在学中の『校友会雑誌』（一九三〇・一二）に掲載された文章であり、その最も初期の習作の一つである。この文章は、「日本浪漫主義（ニツポンロマンチイク）試案断章」と題する副題から判断される通り、後の「日本浪曼派」の構想が早くから存在していたことを示す貴重なテキストである。興味深いのは、この芥川龍之介の死の三年後に発表された「日本浪曼派」の最初期の構想を示す評論が、「芭蕉雑記」（『新潮』一九二三・一一―一九二四・七）を含む一連の芥川のテキストを重要な参照枠として執筆されているということである。

保田は、〈芥川氏は芭蕉の浪漫的生涯を愛好する上に性急でなかつた。芭蕉とこの自殺した文人の間には勿論時代の隔たりがある。この芭蕉に「したたかぶり」を感じた文人に、われわれも亦確かにしたたかぶりを感じるであらう。〉といった文章を含むこの芭蕉に関する論考を通じて、一貫して強く芥川を意識している。[1] それは、〈日本浪漫主義〉の〈試案〉を検討するこのテキスト中に、晩年の芥川の言説への言及が反復されることからも明らかである。いわば、この後の「日本浪曼派」の淵源となったテキストは、晩年の芥川の言説に微妙に触れ合いながら構築されているのである。

一般に、芥川文学と「日本浪曼派」という二つの文学史的存在は、従来、相対的に無関係なものとして措定されているといってよいだろう。しかし、「日本浪曼派」に象徴される後のロマン主義的な文学運動の問題を考察する際に、最晩年の芥川の言説の中に現れる思考を媒介することで見えてくるものは少なくないのではないか。本章「芥川龍之介と日本浪曼派――〈理性〉への懐疑」においては、芥川の遺作として著名な「歯車」に関する検討を通して、この昭和のロマン主義の系譜に関して一つの素描を行いたい。

芥川龍之介「歯車」に関する従来の研究史においては、芥川の自死との関連をめぐり、自立した作品としての考察が困難であるという評価が長く持続してきた。しかし、テキスト「歯車」は、作家論上の課題としての芥川の死の問題からは離れて、あくまでも一個の自立したテキストとして読まれる必要がある。そのような〈読み〉の方向性は、近年多角的に提示されつつあるが、依然として方法論上の課題は山積しているように思われる。[2] 以下においては、「歯車」における語り手である〈僕〉の語りの持つ固有の戦略と構造に着目し、そこから導出される問題を晩年の芥川の言説と対比させながら、テキスト「歯車」が潜在化させていた同時代的な可能性の再検討を目指す。その再検討の過程において一つの指標となるのは、後期の芥川の言説において反復される、近代的な理性に対する懐疑主義的な言及である。例えば、遺稿の「侏儒の言葉」(『文芸春秋』一九二七・一〇－一九二七・一二)には、よく知られた以下のような一節が存在している。

〈わたしはヴォルテェルを軽蔑している。若し理性に終始するとすれば、我我は我我の存在に満腔の呪詛を加へなければならぬ。〉(「理性」)

〈理性の私に教へたものは畢竟理性の無力だつた。〉(「理性」)

芥川におけるこれら一連の理性に対する懐疑、あるいは啓蒙的知性に対する批判的視線の問題は、従来、芥川に特徴的な知的懐疑主義のバリエーションに過ぎないといった視点から、多くの場合は看過されてきたように思われる。しかし、晩年の芥川による近代的理性や合理主義の言説に関する言及を、意識化された時代批評の問題として、同時代の言説の内部で総合的に再評価することが必要であると考える。以下、このような視点に立脚しながら、テキストとしての「歯車」が内包する一側面を、近代的な合理主義の総体に対する批判の水準において捉え直し、そこから昭和のロマン主義的な志向の系譜の様態を検討する。

一　芥川龍之介「歯車」の構造

小説「歯車」は、「一　レエン・コオト」のみが生前に『大調和』（一九二七・六）に発表され、残りは遺稿として『文芸春秋』（一九二七・一〇）に「一」も含めて掲載されている。表題が「ソドムの夜」から「夜」を経て「歯車」に至る複雑な変更の経緯を持つこの一人称小説においては、語り手〈僕〉の認識内部において〈暗号〉と呼ばれる一連の暗示と象徴が反復して登場し、作品構造上の一つの大きな特徴を構成している[3]。

例えば、冒頭の「一　レエン・コオト」から、導入的表象としての〈レエン・コオト〉をめぐる〈暗号〉が展開されていく。ある屋敷に昼間に出る〈レエン・コオト〉を着た幽霊、次に東海道線の汽車で出会った〈レエン・コオト〉を着た男、またホテルの部屋で〈僕の横にあつた長椅子〉に掛けられた〈レエン・コオト〉、そしてそれらの伏線は、この「一」の最後に置かれた、〈僕の姉の夫〉をめぐる以下の一節へと収斂することになる。

〈僕の姉の夫はその日の午後、東京から余り離れてゐない或田舎に轢死してゐた。しかも季節に縁のない、レエン・コオトをひつかけてゐた。〉

このように、一連の〈レエン・コオト〉の暗示は、〈僕の姉の夫〉が自殺時に着ていた〈レエン・コオト〉の登場によって、その象徴性を開示することになる。一方、東海道線の車中からホテルまでの道中においては、それ以外にも多くの暗示的事象が提示されていく。〈停車場前のカツフエ〉、東海道線の車内での女生徒の光景、ホテルの〈結婚披露式〉での経験など、それらは語り手〈僕〉によって継起的に語られることになる。そして、その過程で反復される〈オオル・ライト〉という語は、〈僕の姉の夫〉の自殺の連絡に際して、〈やつと運命の僕に教えた「オオル・ライト」と云ふ言葉を了解しながら〉という一節を通じて、〈僕〉の認識において、改めて姉の夫の死と関連付けられるのである。

一連の〈暗号〉の反復は「二　復讐」においても繰り返され、姉の夫の自殺に関連する〈僕〉の不安は次第に増幅されていくことになる。最初に、姉の夫の〈放火の嫌疑〉が、〈僕〉の〈火〉をめぐる暗示的経験へと結び付けられていく。そして、姉の夫の肖像画をめぐって、語り手〈僕〉はその〈口髭〉だけが〈ぼんやり〉見えるという奇妙な経験を語ることになる。

〈姉はちょつと振り返りながら、何も気づかないやうに返事をした。
「髭だけ妙に薄いやうでせう。」
僕の見たものは錯覚ではなかつた。しかし錯覚ではないとすれば、——〉

この肖像画の〈ぼんやり〉した〈口髭〉は、姉の夫が轢死した際に〈僅かに唯口髭だけ残つてゐた〉という直前の記述と暗示的に接続される。ここで登場する〈僕の見たものは錯覚ではなかつた。しかし錯覚ではないとすればば〉という〈僕〉による分析的な語りは、この後も反復して再現され、その度に重層化されていくことに注意を促しておきたい。
「二」では、また、滞在するホテルでの〈片つぽ〉だけの〈スリッパ〉が、〈僕〉の中に新たな不安を生み出す。そこでは〈希臘神話〉をめぐる暗示関係が反復的に導入されつつ、最終的に〈僕〉の不安は、銀座通りの書店で〈偶然読んだ一行〉である〈一番偉いツオイスの神でも復讐の神にはかなひません。〉という言葉へと収斂することになるのである。

この〈希臘神話〉をめぐる暗示が典型的に示しているように、「歯車」においては、文学テキストとその関連事象の生み出す〈暗号〉がきわめて重要な役割を果たしながら、次第に〈僕〉の意識を侵蝕していくという構造が存在している。とりわけ、「三　夜」から「四まだ？」を経て「五　赤光」に至る〈僕〉の語りにおいては、そのような文学テキストをめぐる〈暗号〉が集中的に提示されていく。例えば、「三　夜」では、ヨハン・アウグスト・ストリンドベリの〈伝説〉から〈マダム・ボヴアリイ〉、〈韓非子〉、志賀直哉「暗夜行路」等をめぐって暗示関係が形成され、次の「四　まだ？」においても、〈アナトオル・フランスの対話集〉や〈メリメエの書簡集〉、〈ベエトオベンの肖像画〉が同様に〈僕〉の語りの中で固有の暗示性を帯びたものとして示される。

「五　赤光」においても、〈テエヌの英吉利文学史〉やフョードル・ドストエフスキーの〈罪と罰〉〈カラマゾフ兄弟〉、〈メリメエの書簡集〉や〈アナトオル・フランスの対話集〉等が、語り手〈僕〉の認識内で相互に連関しながら、暗示的機能を果していく。例えば、章題とも重なる斎藤茂吉の歌集〈赤光〉は、「五」冒頭の〈日の光は僕を苦しめ出した。〉という語りから始まる〈光〉の暗示を背景としながら、最終的に甥から来た手紙の一節〈「歌集『赤光』の再版を送りますから・・・」〉へと結び付けられる。そして同時に、「暗夜行路」に関する〈暗の中を？「暗夜行路」はかう云ふ僕には恐ろしい本に変りはじめた。〉といった一節に示される通り、既に提示された文学テキストは、個々の章において微妙に変奏されながら回帰し、相互に複雑な暗示関係を形成することになる。一方、一連のテキスト群の中で最も暗示的な位相を占めているものの一つが〈聖書〉であることもやはり注目される。それは一貫して〈僕〉の語りに伏流する書物として密かに存在している。このことは「三　夜」における書店の宗教の書棚にあった〈緑色をした一冊の本〉に対する〈僕〉の反応や、「五　赤光」での〈僕〉と〈聖書会社の屋根裏〉に住む〈或老人〉との信仰に関するよく知られた会話の一節からも明白に確認することが可能である[4]。

　これらの文学テキストとその関連事象の問題に関しては、既に比較文学的な視点から一連の検討が行われてきた。それら個々の提示されたテキストとその周辺の固有名が、相互に継起して多様な暗示と含意を産出しながら、語り手〈僕〉の感覚と経験の構造を決定し、その〈僕〉の不安を一層昂進させていくという顕著な機能に改めて注意を促したい。

　一方、文学テキストとその関連事象の生み出す〈暗号〉と並んで、小説「歯車」において看過出来ないのは、色彩とそれらが持つ暗示性の問題である。それらの色彩をめぐる暗示は特に「三　夜」以降の章において反復され、〈僕〉の意識内部で独特の文脈を形成していくことになる。色彩をめぐる暗示は多様な形式で〈僕〉によって語られていくが、その暗示の中でも特に際立っているのは、「五　赤光」以降に繰り返される、〈黒〉と〈白〉に関連する連想と暗示である。〈或地下室のレストオラン〉で注文される〈ウイスキイ〉の〈Black and White〉、〈「近代の日本の女」〉に関する英語の依頼の手紙の一節の〈「我々は丁度日本画のやうに黒と白の外に色彩のない女の肖像画でも満足である」〉、さらに「六　飛行機」における〈平面だけ黒い犬〉、〈ブラック・アンド・ホワイトのウイスキイ〉、通りすがりの男のタイの〈黒と白〉、そして妻の実家の〈白いレグホオン種の鶏〉と〈黒犬〉の対比など、次々に〈黒〉と〈白〉の〈暗号〉が連続的に提示される。これら〈黒〉と〈白〉に関する暗示を通じて、〈僕〉は再び先のような認識に導かれることになる。

〈僕は横町を曲りながら、ブラック・アンド・ホワイトのウイスキイを思ひ出した。のみならず今のストリントベルグのタイも黒と白だつたのを思ひ出した。それは僕にはどうしても偶然であるとは考へられなかつた。若し偶然でないとすれば、〉

一連の〈僕〉が経験する色彩に関する〈暗号〉は、〈どうしても偶然であるとは考へられな〉いという形で、〈僕〉の不安を一層昂進させていく。それらは、先の文学テキストの生み出す暗示と微妙に絡み合いながら、語り手〈僕〉によって語られる外部の〈世界〉の自明性を解体していくことになる。

暗示が反復して語られるテキストとしての「歯車」の終着点と言えるのが、最終章の「六　飛行機」であり、ここにおいては、既に登場した様々な〈暗号〉を秘めた事象や事物が再び回帰してくる。冒頭で〈レエン・コオト〉の回帰があり、さらに〈葬式〉と〈結婚披露式〉の対比が示され、次に「火事」の連想が反復され、また再び〈姉の夫〉が想起される。これらの表象の回帰が、冒頭の「一　レエン・コオト」と構造的に共鳴していることは言うまでもない。同時に、この章では〈僕〉の語りを通して、新たに〈翼〉が反復的に暗示されていく。道端の硝子の鉢とその底の〈翼らしい模様〉、〈鳩〉や〈雀〉等の鳥を経て、最終的に〈飛行機〉の〈銀色の翼〉が、〈そこへ僕等を驚かしたのは烈しい飛行機の響きだつた。僕は思はず空を見上げ、松の梢に触れないばかりに舞ひ上がつた飛行機を発見した。〉という形で登場することになる。そして、この〈飛行機〉という当時における最新の風俗は、先の〈翼〉の暗示を背景にして〈なぜあの飛行機はほかへ行かずに僕の頭の上を通つたのであらう？なぜ又あのホテルは巻煙草のエエア・シップばかり売つてゐたのであらう？〉という風に、語り手〈僕〉を〈いろいろの疑問に苦し〉め、その不安と恐怖を決定的なものとすることになる。

このように、「歯車」における〈僕〉の語りは、個別に提示される事物や個々の場面で登場する事象、さらには文学テキストや色彩の属性を相互に関連付け、それらを一連の〈暗号〉の反復として構築することで、その小説的効果を高めていくという構造を持っている。そのような暗示と連想の反復が、語り手としての〈僕〉を、外部の世界に対する不安と恐怖へと駆り立てていく。

二　語りの方略という問題

ここまで確認した通り、テキスト「歯車」においては、語り手である〈僕〉によって、様々な〈暗号〉が反復的にそして集中的に提示されていく。それらが形成する〈不安〉の感覚は、従来、執筆時点の芥川自身の衰弱した健康と関連付けられて、〈病みつかれた神経のある状態〉として概括されることも少なくなかった。しかし、テキスト中の語り手〈僕〉の経験を全面的に実体化して、作家としての芥川に無媒介に接続する手続きには、多くの点で問題がある。テキスト「歯車」は方法的に構築されたテキストであり、既に確認されたような側面は、小説構成上の技法の水準において検討されなければならない。

「歯車」において反復される暗示を検討する際に浮上する基本的な疑問点は、いわゆる〈暗号〉は実は存在せず、語り手である〈僕〉が、方法的に外界を暗示の連続において語ることで、世界に内在する〈暗号〉を意識的に〈創出〉しているのでないか、ということである。冒頭の「一　レエン・コオト」から「六　飛行機」に至るまでの多種多様な〈暗号〉に満ちた世界は、語り手〈僕〉の前に強いられて現出するのでなく、むしろ〈僕〉が自ら進んで構築した結果なのではないのか。即ち、〈僕〉によって経験される〈暗号〉は、実は、テキスト「歯車」内部の語りを通じて、意識的に〈僕〉が到達しようとしているある特殊な〈世界〉像であるように考えられる。

「一　レエン・コオト」における導入的表象としての〈レエン・コオト〉の暗示を再検討したい。語り手〈僕〉

によって、次々に語られる〈レエン・コオト〉を着た幽霊や東海道線の車内の〈レエン・コオト〉を着た男、またホテルの部屋の〈レエン・コオト〉がその象徴性を開示するのは、「一」の最後での姉の夫が自殺時に着ていた〈レエン・コオト〉に対する〈僕〉の語りに依拠しているという点を既に確認した。しかし、実際には、個別の場面で登場する異なる〈レエン・コオト〉をめぐる事象を相互に関連付ける論理的な必然性はどこにも存在しない。それらは、現象としては、あくまでも個別の事象として継起するに過ぎないのだから、語り手〈僕〉の視点から離れるならば、一連の〈レエン・コオト〉の事象を結合する根拠は、実は皆無である。しかし、それらが相互の連関において読者に読まれ得るのは、語り手〈僕〉によって、テキストの構造内部で一連の事象がそのような方略において特定の関係性において語られているからである。その意味では、ここでの〈レエン・コオト〉の〈暗号〉を成立させる基盤は、この〈僕〉による語りの一定の方略にこそ存在していると言えるであろう。

「二　復讐」における姉の夫の肖像画をめぐる〈僕〉の語りは、そのような方略をより明白に示している。轢死した姉の夫の〈僅かに唯口髭だけ残つてゐた〉という事実と、肖像画の〈口髭〉だけが〈ぼんやり〉見えるという事実を接続する根拠を結び付けるのは、〈僕〉による〈僕の見たものは錯覚ではなかつた。しかし錯覚ではないとすれば〉という一節に集約される語りの方略以外に存在しない。語り手としての〈僕〉は、姉の夫の肖像画をめぐる自己の経験を〈錯覚ではなかつた〉と断定した上で、〈錯覚ではないとすれば〉という形で、本来無関係なはずの、轢死した姉の夫の僅かに残っていた〈口髭〉の話と重ね合わせることになる。しかし、姉の夫本人の死とその肖像画とは、客観的に独立した二つの事象であり、これらが重ね合わされるのは、〈僕〉による先の語りによって、そのような認識が定着されるからに過ぎない。

同じく、「五　赤光」以降に繰り返される〈黒〉と〈白〉に関連する〈暗号〉に関しても、同様の方略が指摘可能である。〈ウイスキイ〉の〈Black and White〉と手紙の一節の〈黒と白〉、通りすがりの男のタイの〈黒と白〉

との間には、本来何ら論理的な因果関係は存在しない。しかし、それらの間にある暗示関係が形成されるのは、先の引用でも示した〈僕は横町を曲りながら、ブラック・アンド・ホワイトのウイスキイを思ひ出した。のみならず今のストリントベルグのタイも黒と白だつたのを思ひ出した。それは僕にはどうしても偶然であるとは考へられなかつた。若し偶然でないとすれば、――〉のような〈僕〉の語りのあり方を通じて、それらの事象が単なる〈偶然〉の一致ではないという形式で語られるからに他ならない。換言すれば、〈偶然でないとすれば〉という〈僕〉による語りが、一連の〈黒〉と〈白〉に関連する〈暗号〉を確定するということである。このように個別の〈僕〉の語りを検証すれば、いわゆる〈暗号〉とは、語り手〈僕〉の語りの戦略そのものに大きく依拠しているように映ってくる。

三　統一的な世界記述の不可能性

この個別の事象を〈暗号〉関係において読者に提示するという語り手〈僕〉の方法は、テキスト「歯車」における文末が「た」止めとなっている文体の持つ性格とも関係しているだろう。「歯車」の各章において、語り手〈僕〉は、基本的に「た」止めの文体において自己の経験と認識を完了した事態として語っている。しかし、この基本的に一貫した原則は、「六　飛行機」の結末部分において、明らかに破られることになる。

〈僕はもうこの先を書きつづける力を持つてゐない。かう云ふ気もちの中に生きてゐるのは何とも言はれない苦痛である。誰か僕の眠つてゐるうちにそつと絞め殺してくれるものはないか?〉

〈僕はもうこの先を書きつづける力を持つてゐない〉という一文に明瞭に示される通り、テキスト「歯車」は語り手〈僕〉によって〈今〉〈ここで〉経験された事態がそのまま語られているのではない。それらは「書く」という形で再現されている。つまり、「歯車」は既に過去において完了した事態が、語り手〈僕〉によって再構成されながら、「た」止めの文体を通じて定着されるという構造を持つ。したがって、「歯車」内部に存在する〈暗号〉は、全く別個に継起した個々の事象と事態を、〈書きつづける〉人物としての語り手〈僕〉が事後的に連関させる形式において戦略的に語っているからこそ、〈暗号〉として存立することが可能となっている。

　このようなテキスト「歯車」における〈僕〉の語りの戦略を、どのように捉えればよいだろうか。ここまでの考察を踏まえるならば、語り手である〈僕〉は、世界の事象中に意識的に〈暗号〉を見ようとする人物として造形されているという一面を持つ。即ち、〈僕〉は、自ら進んで外界を一種の暗示関係において語ろうと試みている。この語り手〈僕〉の方略を通じて、世界内部は〈暗号〉の集積へと変換されていくことになり、その結果、「歯車」のテキスト内部の空間においてはそれまで統合され静止していた〈世界〉像に複数の断絶が入り、〈僕〉の経験する世界は急速に解体を開始することになる。「六　飛行機」における〈なぜあの飛行機はほかへ行かずに僕の頭の上を通つたのであらう?なぜ又あのホテルは巻煙草のエエア・シップばかり売つてゐたのであらう?〉といった疑問に象徴されるように、個別の事象に〈暗号〉を発見しようとする語り手〈僕〉の視線は、世界内部の自明性を解体し、結果的に破綻させてしまう。それらが〈錯覚でないとすれば〉、〈僕〉にとっての世界の自明性は崩壊してしまうからである。

　ある意味では、そのような語り手〈僕〉の形成する視線は、理不尽なものにさえ思われる。語り手〈僕〉は、強迫的に〈世界〉内部の〈暗号〉を発見するような、いわば〈暗号の病〉の持ち主であると換言してもよい。〈暗号〉に終着するがゆえに、〈僕〉は世界の合理性を越えて、結果として理性の外にずれたものを見てしまうことになるからである。結果として〈僕〉の語る世界は、現存の秩序の下から離れて流動化を開始する。

ここに、テキスト「歯車」における語り手〈僕〉の戦略の特異性が存在する。「歯車」においては、〈僕〉の語りの方略を通して、〈透明〉な世界像が紛失され、世界は暗示と象徴に満ちた、一種〈不透明〉な場へと変質していくことになる。世界の事象中に意識的に〈暗号〉を見ようとする〈僕〉の語りは、結果として、世界を統一的に〈記述〉するような視座を確保することの不可能性（あるいはそのような視座の喪失）を示唆することになる。〈僕〉の語る世界に登場する〈半透明な歯車〉は、そのような〈透明〉性の喪失を不気味に象徴している。

〈何ものかの僕を狙つてゐることは、一足毎に僕を不安にし出した。そこへ半透明な歯車も一つづつ僕の視野を遮り出した。僕は愈最後の時の近づいたことを恐れながら、頸すぢをまつ直にして歩いて行つた。歯車は数が殖えるにつれ、だんだん急にまはりはじめた。〉（「六」）

語り手〈僕〉の視野に出現する架空の〈半透明な歯車〉は、一見完結しているかに見える〈透明〉な世界内部に、断絶と裂け目を入れようとする〈僕〉の語りの方略に対して、比喩的に照応している。〈歯車〉は、〈暗号の病〉を通じて〈透明〉性を喪失した〈僕〉の世界の内部で回転を続けている。それは、自明性が解体された世界を再統合しようとする〈僕〉の視線と意志に密着して登場しながら、結果として、そのような再統合の限界をも指し示す。言うまでもなく、テキスト「歯車」における表象としての〈歯車〉は、多様な象徴性の次元と交錯しており、一元的な解釈を許さない。しかし、この〈歯車〉が、その象徴性の一つの次元において、〈透明〉な世界内部に出現する裂け目を体現しているという解釈は可能だろう。[5]

このように、テキスト「歯車」の〈僕〉の語りの構造は、世界が潜めている〈不透明〉な要素を方法的に露呈させるものである。いわば、「歯車」における語り手〈僕〉の戦略は、統一的で〈透明〉な世界像を消失させるような構造を持っている。改めて換言すれば、そこにおいて、世界を統一的に記述するような視座を確保することの不可能性が、〈僕〉を通じて象徴的に提示されていると解釈することが出来る。

四　〈理性〉への懐疑

世界を統一的に記述するような視座を確保することの不可能性を語る、〈僕〉の物語。そのようにテキスト「歯車」に内包された一つの側面を捉えるならば、それらの構成上の性格は、芥川の言説全体の問題としては、どのように位置づけることが可能となるだろうか。最初に問題として取り上げたいのが、後期の芥川に反復される懐疑主義的な言説の持つ性格である。一九二五年前後の芥川のテキストにおいては、近代に対する批判意識、特に同時代における理性や観念を至上とする思考に対する懐疑が、繰り返し登場している。「侏儒の言葉」（『文芸春秋』一九二三・一―一九二五・一）における一連の断章は、芥川のそのような懐疑的傾向を明示している。

〈一体になつた二つの観念を採り、その接触点を吟味すれば、諸君は如何に多数の嘘に養はれてゐるかを発見するであらう。あらゆる成語はこの故に常に一つの問題である。〉（「嘘」）

〈我我の社会に合理的外観を与へるものは実はその不合理の――その余りに甚しい不合理の為ではないであらうか？〉（「嘘　又」）

〈懐疑主義も一つの信念の上に、――疑ふことは疑はぬと言ふ信念の上に立つものである。成程それは矛盾かも知れない。しかし懐疑主義は同時に又少しも信念の上に立たぬ哲学のあることをも疑ふものである。〉（「懐疑主義」)

同時代において、一見自明のように流通している〈観念〉の内包する〈嘘〉を発見すること。また、〈合理的外観〉を装う〈我々の社会〉の、それ自体の〈不合理〉を認識すること。そして、近代のあらゆる〈哲学〉が特定の〈信念〉に立脚しており、それゆえに透明性や無謬性を主張することは出来ないと語ること。これらの認識は、いずれも「はじめに」において引用した、「理性」と題する同時期の芥川の断章と対応していることが明白である。そこには、権威や合理主義への過度の信仰に傾斜しがちな同時代の現実に対する、芥川の批評的認識が顕在化しているであろう。

このような一連の芥川における〈合理的外観〉を装う同時代社会への批判が、ある種の「イデオロギー」に対する批判であったことに十分に注意しなければならない。そこにおいては、自明性を装う様々な〈観念〉が内包する〈嘘〉がはっきりと指弾され、〈合理的〉権威を背景とする制度や集団のあり方が、明確に相対化されていくことになる。一九二五年前後の言説空間を検討する際に、これらの芥川の批判の第一の対象が、国家主義的なイデオロギーやそれらに立脚した権威者であったことは言うまでもない。芥川は、先にも言及した「侏儒の言葉」(『文芸春秋』一九二三・一―二五・一)における「神秘主義」と題する断章の中で、以下のように述べている。

〈神秘主義は文明の為に衰退し去るものではない。寧ろ文明は神秘主義に長足の進歩を与へるものである。(中略)我々は理性に耳を借さない。いや、理性を超越した何物かのみに耳を借すのである。(中略)すると偉大な神秘主義者はスウエデンボルグだのべエメだのではない。実は我々文明の民である。〉(「神秘主義」)

〈偉大な神秘主義者〉が〈実は我々文明の民である〉とする意識には、明治期以降の日本の状況に対する芥川の痛烈な皮肉が密かに浮かび上がるだろう。しかし、芥川における自明性を装う〈観念〉に対する批判の射程は、同時代の体制的な「イデオロギー」に対する批判のみへと矮小化することは出来ない。その射程は、近代以降の合理主義的志向の総体にまで到達している。例えば、芥川は「或阿呆の一生」（『改造』一九二七・一〇）における著名な「人工の翼」の一節で、以下のように述べている。

〈ヴォルテエルはかう云ふ彼に人工の翼を供給した。彼はこの人工の翼をひろげ、易やすと空へ舞ひ上つた。同時に又理知の光を浴びた人生の歓びや悲しみは彼の目の下に沈んで行つた。（中略）丁度かう云ふ人工の翼を太陽の光に焼かれた為にとうとう海へ落ちて死んだ昔の希臘人も忘れたように。〉（「十九　人工の翼」）

この〈人口の翼〉の一節が、〈ヴォルテエル〉に象徴される啓蒙的な〈理知の光〉（＝理知主義）に超越的に依拠していたかつての自己に対する、明確な批判を形成していることは言うまでもない。それは同時に、先に言及した遺稿「侏儒の言葉」中の断章における〈わたしはヴォルテェルを軽蔑している。若し理性に終始するとすれば、我我は我我の存在に満腔の呪詛を加へなければならぬ。〉といった認識とも、直接対応している。そこでの〈理性の私に教へたものは畢竟理性の無力だつた。〉という言葉に象徴される芥川の理性に対する認識は、早くから芥川の内部に潜在すると共に、晩年の芥川の思考の一つの根幹を形成していたものである。そこには芥川の近代的な合理主義の総体に対する、根底的な懐疑意識が伏流している。

五　芥川から「日本浪曼派」へ

ここまでの理性に関する芥川の認識を踏まえながら、テキスト「歯車」内部の〈僕〉の語りの方略の問題を、改めて確認する。ここまで考察を展開してきた通り、「歯車」における〈僕〉の語りは、〈暗号〉の意識的な発見を通じて、一見完結しているかのように見える外界に断絶と裂け目を形成し、世界内部に潜んでいる〈不透明〉な要素（それは回転する〈不透明な歯車〉によって一面で象徴される）を露呈させていくという側面を持っている。そのような語りのあり方を通じて、〈僕〉にとっての〈透明〉な世界像は消失し、世界は暗示と象徴に満ちた不安定な、いわば〈不合理〉な場へと変質していくことになる。このような「歯車」における語りの方略は、先に述べたような近代的な合理性に対する芥川の懐疑主義的な言説とも通底している。

即ち、「歯車」での〈僕〉の語りは、世界内部の擬似的な〈透明〉性や〈合理〉性を解体し、その背後に潜む雑多な裂け目＝〈不合理〉を開放することで、〈合理的外観〉を装う〈我々の社会〉と世界への認識に対する一種の批判として現出している。そのような方略は、一面においては、一見自明な理論や観念の虚飾を剥奪し、制度や権威の無根拠性を暴露するという形で、同時代の体制的イデオロギーを相対化する方向に連なっていく。そしてもう一面において、テキスト「歯車」の語りの方略は、一九二五年前後の言説空間においては、無視できないもう一つの重要な文脈を形成していたと考えられる。

一九二五年前後の日本において、その特権的な科学性と合理性を標榜しながら、当時の言説空間を席巻しつつあった思想は、言うまでもなく〈革命〉思想としてのマルキシズムであった。マルキシズムが基盤とする史的唯物論は、いわば、当時の科学的理性の最先端に位置する思想であり、一種の「客観的真理」として流通していたことは、言うまでもない。例えば、福本和夫は「『若き学徒』は如何にマルクス主義を防衛したか」（『改造』二七・四）において、〈わが無産階級にとっては、その社会的存在の必然により、その自己認識の体系——理論は同時に全社会の客観的認識——客観的真理——理論となる。〉と論じている。ここでの〈無産階級〉の〈自己認識の体系〉がそのまま〈全社会の客観的認識〉であり〈客観的真理〉であるという主張には、当時のマルキシズムにおける特権的な〈科学〉性に関する認識が体現されている。同時代の言説空間において、マルキシズムはいわば「無謬」の理論体系として自己主張したことは周知の通りである。[6]

しかし、このような同時代のマルキシズムの唱える特権性に対しても、「歯車」における〈僕〉の語りの方略は差異を投げかけることになる。なぜならば、理論としてのマルキシズムが歴史を解釈し世界を〈透明〉性において〈記述〉するための唯一の科学として自己を標榜するのに対して、世界の事象中に意識的に〈暗号〉を見ようとする「歯車」における方略は、既に言及した通り、逆に、世界を統一的に〈記述〉するような視座を確保することの不可能性を示唆することになるからである。

マルキシズムと芥川の関係には複雑なものがある。晩年の芥川におけるマルキシズムに対する姿勢が、一定の共感と理解に基づきながらも、同時にそれに対する抜きがたい懐疑意識を秘めていたことは、よく知られている通りである。仮に、近代的な〈合理主義〉の志向を、〈理性〉（＝〈科学〉）の名の下に、現存する世界を完全に支配しようとするもの（〈透明〉に〈記述〉しようとするもの）として位置づけるならば、マルキシズムはそのような志向をきわめて深い水準において共有している論理である。[7]

そのような世界の統一的な把握と記述を目指す志向を広く近代的〈理性〉と位置づけ、それが可能であるとするような思考を近代的な〈合理主義〉であると把握するならば、テキスト「歯車」の語りは、そのようなマルキシズムを含む近代的な〈合理主義〉の志向＝思考を相対化するような視点を潜在化させていると言える。「歯車」は、同時代の世界に対する〈透明〉な把握の不可能性、あるいは統一的な〈理解〉=〈記述〉の不可能性の問題を一面において提出している。そこにおいては、いわば因果的思考としての近代〈理性〉に対する根底的な水準における批評が示されている。

即ち、テキスト「歯車」における〈暗号〉の〈創出〉を通じて〈透明〉な世界像を消失させるような語りの方略は、完全で合理的な世界の構築やそれに基づく支配の形態に対して差異を提示する一面を伏流させている。そこには、晩年の芥川における近代的な〈合理主義〉の総体に対する懐疑意識が顕在化していよう。そのような芥川における〈合理主義〉に対する批評的な意識は、同時代の世界的な「近代」批判の言説の動向とも並行していると同時に、その後の日本における文学や思想を含む言説の潮流にも、微妙な〈影〉を落としていくように思われる。

本章の冒頭において、保田與重郎の「芭蕉襍俎——日本浪漫主義（ニッポンロマンチイク）試案断章」（大阪高等学校『校友会雑誌』一九三〇・一二）が、「芭蕉雑記」（『新潮』一九二三・一一―一九二四・七）を含む一連の芥川のテキストを下敷きとしていることに関して既に触れた。この保田與重郎「芭蕉襍俎」は、芥川による「芭蕉雑記」を肯定的にも否定的にも重要な媒介として構成されたテキストである。そもそも、このテキストそのものが一面で芥川「芭蕉雑記」を模した断章的な形式を採用している。そして、このテキストが「日本浪漫主義（ニッポンロマンチイク）試案断章」の副題を冠しており、〈日本浪漫主義〉の〈試案〉を検討するという性格を持っていることに象徴されるように、一九三〇年前後の保田の批評における芥川の言説の影響には看過できない重大なものがある。

ここで保田の初期批評に対する芥川の言説の位置について、論者なりの一つの展望を示すならば、後の保田の批評に関してしばしば指摘されるような、合理主義に対する否定、反進歩主義的思考、マルキシズムへの批判的認識といった要素は、晩年の芥川の関連する言説との相対的な布置において考察することで、新たな評価のための視覚が獲得されるのではないかと考えるのである。

保田與重郎を中心とする「日本浪曼派」の運動の思想は、これまで長い間にわたって、一九三〇年代前半のマルキシズムからの〈転向〉と〈不安〉という視点から検討されることが多く、それらに先行する一九二〇年代後半の芥川の言説との相関の問題は、十分に検討されてこなかった。しかし、芥川龍之介のテキスト「歯車」を含む一連のテキストは、昭和期のロマン主義の展開という問題を考察する上でも、興味深い示唆を与える。既に触れた通り、芥川文学と「日本浪曼派」という二つの文学史的存在は、従来、その関係性が十全に措定されてきたとはいえない側面がある。しかし、一九三五年以後のロマン主義的な文学運動の問題を考察する際に、最晩年の芥川の言説の中に現れる「理性」や「進歩」をめぐる懐疑意識、さらにマルキシズムに対する批評的な思考を参照枠として導入することで、保田與重郎を中心とする「日本浪曼派」の文学運動に対する、より多角的な評価が可能となると考える。

本章は、芥川のテキスト「歯車」に関する分析が中心となり、この論点に関しては素猫に終始した面がある。しかし、今後に向けての課題という意味も含めて、そのような芥川と「日本浪曼派」を接続し対比させる視点の持つ可能性について、限定的ながら問題の提起を行ったものである。

注

1　この保田與重郎「芭蕉襍俎――日本浪漫主義（ニッポンロマンチイク）試案断章――」において、特にその「Ⅱ」中の「一　この人を見よ」（大阪高等学校『校友会雑誌』第十号　一九三〇・一二）では、小題にも明らかな通り、芥川の晩年のアフォリズムを明白に模した文体が採用されている。

2　「歯車」研究上の方法論的課題に関しては、既に諸家による多くの検討がなされてきている。近年の一例として、松本常彦「歯車」（関口安義・庄司達也編『芥川龍之介全作品事典』二〇〇〇・六　勉誠出版）においても詳細な研究展望がなされている。

3　一連の表題変更の経緯（「ソドムの夜」→「東京の夜」→「夜」→「歯車」）に関しては、佐藤春夫の回想文「芥川龍之介氏を憶ふ」（『改造』一九二八・七）にその一端が記されている。

4　室賀文武がモデルの〈或老人〉と〈僕〉の対話の作家論上の背景に関しては、関口安義『この人を見よ　芥川龍之介と聖書』（一九九五・七　小沢書店）における「Ⅹ　西方の人」中の分析に詳しい。

5　「歯車」の表象に関して、斉藤茂吉宛書簡（一九二七・三・二八付）に〈この頃又半透明なる歯車あまた右の目の視野に廻転する事あり〉とあることはよく知られている。そこからこの「歯車」に関して様々な実体的理解も行われてきたが、しかし、本章の展開においては、そのような実体化に立脚した解釈は保留する。

6　昭和期のマルキシズム運動の理論信仰が内包する問題点に関しては、丸山真男『日本の思想』（一九六一・一一　岩波書店）中の一章「Ⅱ　近代日本の思想と文学」での批判的見解を、論者も基本的に首肯する。

7　ここでの「世界」を統一的に〈記述〉＝支配しようとした近代におけるマルキシズム運動が、数多くの達成と引き換えに、様々な暗部を抱え込むことになったことは、過去の近代の歴史が明らかにしてきたことである。マルキシズムを含む近代合理主義の臨界点の指摘に関しては、例えばマックス・ホルクハイマー／テオドール・W・アドルノ『啓蒙の弁証法：哲学的断想』（徳永恂訳　一九九〇・二　岩波書店）における視点が示唆的である。

［付記］芥川に関するテキストの引用は岩波書店版『芥川龍之介全集』（一九九五・一一－一九九八・三）を参照した。

第一一章　日本浪曼派と一九三〇年前後——太宰治と保田與重郎の初期の交錯

はじめに

太宰治の初期作品「虎徹宵話」に関しては、初出とその改竄の二種類が存在することがよく知られている。初出「虎徹宵話」は、一九二九年七月一五日発行の文芸誌『猟騎兵』第六号に「小菅銀吉」名で発表され、その後同年一二月一五日発行の弘前高等学校『校友会雑誌』第一五号に改竄「虎徹宵話」が同じ筆名で掲載された。改竄の本文末尾に「四・三・十（初出）／四・十・十八（改竄）」の付記があることから、いわゆる弘前高校ストライキ事件との関連が早くから推測されてきたが、山内祥史による初出「虎徹宵話」の紹介以降は、初出「虎徹宵話」と改竄「虎徹宵話」の間の〈左翼思想的傾斜〉に関する具体的な検証が、初期太宰の思考を分析する上でも一つの重要な論点とされてきた[1]。

本章「日本浪曼派と一九三〇年前後——太宰治と保田與重郎の初期の交錯」においては、そのような先行論の動向を踏まえながら、改めて初出「虎徹宵話」から改竄「虎徹宵話」への改稿の位相を見定めつつ、このテクストの内包する独自の志向を再確認したいと考える[2]。その上で、一九三〇年前後の同時代言説の中から、後の雑誌「日本浪曼派」の同人である保田與重郎の初期小説「やぽん・まるち」（『コギト』一九三二・三）を取り上げ、両者に関して並列的に考察を展開する。同時代言説との関係に置きなおすことで、「虎徹宵話」の表現構造に伏流している初期太宰におけるロマン主義的な志向を再照射することが、本章の目的である。

一　太宰治の初期小説「虎徹宵話」

「虎徹宵話」は、一人の新選組の男と向島小梅の女将であるおせいとの会話を中心に展開される三人称の語りによる小説である。冒頭の男に関する容姿の描写は、近藤勇の現存する写真像を彷彿させるが、この語り手を通じて男が近藤勇であると明示されることはなく、男の正体は最後まで宙吊りにされている。初出「虎徹宵話」から改竄「虎徹宵話」への改稿過程における著しい変化は、第一にこの男による発話部分が大幅に付加され体系化されたことであり、第二に、それに対応して語り手がおせいに繰り返し焦点化しながら、男の発話の正当性を内心において切り崩していくことである。まず、第一の男の発話部分の変化に関しては、初出に存在しなかった新選組の庇護者である「会津侯」に対する一貫した批判と、男による〈時の流れ〉の自覚に関する表現の増加が、際立って目につく。

〈あいつ等は時の流れといふものを知らない。嘗つては俺もそれを知らなかつた。だが俺は多くの事実を見た、しかも正しい眼でだ！そして、そして知つたのだ、つまり昨日の善は今日の悪であり得るといふ事をだ。だから世の中も其れに従つて土台から建て直さなければウソだ。いゝか、おい、今に見ろ、あいつ等の夢想だもしなかつた、素晴らしいどんでん返しがあいつ等の悠々閑々たる足元から、むつくり起るぞ！〉

改竄「虎徹宵話」において付加されたこの男による発話は、早くから太宰の〈左翼思想的傾斜〉を示すものとして注目されてきた。(3)〈時の流れを知らない〉封建領主としての〈会津侯〉批判や〈どんでん返し〉を含む一連の表現が、同時代のマルキシズムの言説を反映していることは明白である。特に〈正しい眼〉の語は、蔵原惟人の著名な「プロレタリア・レアリズムの道」（『戦旗』一九二七・五）における〈プロレタリア前衛の「眼をもつて」世界を見ること〉といった、一連の左翼的言説を即座に想起させるものである。しかし、看過できないのは、そのような左翼的傾斜を連想させる語彙が発せられるのは、鳥羽伏見での敗戦後に帰東し、敗走の中で目前の死を予感した当の新選組の男であるという作品構造である。幕末の暗殺者集団としての新選組の強者像を反転させて、敗北すべき者としての新選組の男の心理を語らせる、この操作が持つ位置を測定する必要がある。

〈俺達は今に身動きが出来なくなるだらう。どんでん返しには妥協がない。俺たちが殺されるか、奴等同志が殺されるかだ。殺されるのは無論俺達さ。きまつて居る。〉

改竄「虎徹宵話」でのこの一節中で男は〈時勢だな〉と呟くのだが、初出から改竄までの二つのテクストに底流しているものは、むしろこのような〈時勢〉から疎外されていく人間の抱く屈折した自意識であり、〈時勢〉に与しえない者による一種の自己劇化の論理である。〈どんでん返し〉＝〈革命〉が来るべき勝者の側からではなく、敗北が避けられぬ者の視点から語られることを考える時、この作品が志向するものが、〈革命〉と〈プロレタリアート〉の可能性に対する楽天的な信頼と希望からは微妙な距離を置くことが窺われるであろう。

この新選組の男の敗北すべき者としての発話は、改稿上の第二の著しい特徴であるおせいの内心の提示を通じて、改竄「虎徹宵話」においては相対化されると同時に際立たされることになる。おせいの内心がほとんど提示されない初出「虎徹宵話」に対して、改竄「虎徹宵話」では、おせいは冒頭から〈変な男、冗談ぢやないよ、ほら、げんざい死神が傍に坐つてるぢやないか。誰かに附け狙はれてるに違ひないのさ。仇持・・〉と男を外部から語る。男の〈明日にも殺される命だ〉という発言に対しても〈ぜんたい何をこのひとが言つてゐるのかな、泣き言？一世一代の泣き言？なんだい、お前らしくもない。〉といった風に、男の屈折した発話を、その内心において反復して切り崩していくことになる。

〈へ、ん、何を言ふてるのさ。あたしよりはお前に聞かせたい文句だね。なんだつて、今迄大人しく黙つて聞いて居れば、男らしくもない、勝手な愚痴を並べて居るよ。もう、もう、男の泣き言なんか真平、真平。あたしアお前を見損つた……〉

このような男の発話に対するおせいの内心の批評を通じて、〈時勢〉から疎外された人間としての新選組の男の造型は、逆により明瞭な輪郭をもって浮かび上がるのである。

男が立ち去る際の〈名残おしかつた。猛然と鎌首もたげた男恋しさに、おせいは深刻な身悶えをした。〉という一節や、結末でのおせいの〈悲痛な見得〉も含めて、改竄「虎徹宵話」中のおせいの内心の提出は、敗北へ向かう男の形象を対照的に炙り出していく。

既に言及した通り、「虎徹宵話」において男の正体は最後まで宙吊りにされているが、いずれにせよ、男が語る〈贋の虎徹〉を振り回す近藤勇は、必然的な〈時勢〉に対して空虚な抵抗を試みて失敗する男の造型と二重写しになっている。[4] このように敗北へ向かう人間像をあえて前景化する「虎徹宵話」の志向を考慮する時、その初出から改竄への改稿過程において一定の左翼思想への意識が存在することを認めた上で、しかし、このテキストから作者のストライキ事件以降の左傾化のプロセスを性急に抽出する論理に対しては慎重であるべきではないか。むしろ注目すべきなのは、敗者を通じて〈時の流れ〉を語らせるような、この小説の生成する屈曲した志向であると思われるのである。

二　保田與重郎の初期小説「やぽん・まるち」

ストライキ事件の余波の渦中で、同時代の左翼運動の影を強く意識しながらも、来るべき〈革命〉と強者の側からではなく、敗北が約束された弱者の側の内面に仮託して語ること、それは、敗北に向かう者の形象と自らを秘かに接続しながら独自の表現世界を確保していくという後の太宰の方法を、一早く示唆するように思われる。そこに露呈しているのは、〈革命〉の可能性に対する明るい願望ではないであろう。むしろ「虎徹宵話」の表現構造は、「花火」（『弘高新聞』一九二九・九）から「地主一代」（『座標』一九三〇・一－五）、「学生群」（『座標』一九三〇・七－一一）へと至る試行と連続性を保ちつつも、〈時勢〉から疎外され敗北へ赴く人間の志向を描き出す点で、微妙な落差を提示しているように考えられる。

ここで一九三〇年前後の同時代言説に眼を向けて、この敗北へ向かう者をめぐる言説化に関して、後の『日本浪曼派』同人の保田與重郎の小説「やぽん・まるち」（『コギト』一九三二・三）を参照してみたい。この「やぽん・まるち」は、雑誌『コギト』創刊号に掲載された、保田の手になる知られる限り最初の小説作品である（小説末尾に一九三一・一二・一の付記がある）。この小説は、語り手〈私〉によって、ドイツ人旅行者が執筆したとされる架空の稀覯書「邊境捜綺録」中の、日本の維新期に関するエピソードが紹介されるという構造を持っている。小説の語り手〈私〉は、ある会合で〈「やぽん・まるち」〉と題する行進曲を耳にする。この〈恐ろしい精神の苦闘をまざまざと見せ〉つけ〈深み込んでゆく死の影〉が伴う曲〈「やぽん・まるち」〉の成立事情が、先の稀覯書における記述を通してテキスト内部で紹介されていくことになる。

それによれば、ある下級幕吏が、幕末に初めて接した西洋音楽に刺激を受け、〈いつか自国の芸術に新しい分野を開かう〉と決意したが、既に〈最も巷は騒乱の極に達した時〉であり〈浪士は江戸に参集し、幕威は衰へて斬殺は白昼公然と行はれ〉るという時勢であった。しかし幕吏は苦闘の末に一曲の〈「まるち」〉を完成し、〈もう幕府の衰亡は月日をまつだけとなり、政府はまづ萩に破れ、次いで鳥羽に敗走した〉という状況の下で、この曲の修正と演奏を続ける。上野における〈惨鼻の極みを極めた〉戦闘の渦中でさえも、幕吏の手で〈陣中のどこからか日夜をわけずに小鼓の響わたるのがきこえ〉るのだが、やがて終末が訪れることになる。

〈「まるち」の作者は、自分の周囲を殺倒してゆく無数の人馬の声と足音を夢心地の中で感じた。しかし彼は夢中でなほも「やぽん・まるち」の曲を陰々と惻々と、街も山内も、すべてを覆ふ人馬の響や、鉄砲の音よりも強い音階で奏しつゞけてゐた——彼にとつて、それは薩摩側の勝ち矜つた鬨の声よりも高くたうたうと上野の山を流れてゆく様に思はれてゐた。〉

ここで保田の「やぽん・まるち」が、太宰の「虎徹宵話」と同様に江戸幕末を素材として幕府側の人間を形象化しているのは、それ自体としては一つの偶然に過ぎない。また保田「やぽん・まるち」の方は、「虎徹宵話」と比較して、〈芸術〉創造のプロセスと論理を描くことに、より強い関心を示しているのも確かである。しかし、この保田の出発点とも言える小説においても、「虎徹宵話」と共通して、時流から疎外されて滅亡へ向かう人間とその時代背景が作品の基軸を構成している点は看過すべきでないだろう。

保田の「やぽん・まるち」では〈私は彼の参加の心持を理解するだらう〉という風に、語り手〈私〉によって、この幕吏への共感が示されていく。ここには、敗北する運命の弱者を造型して、その敗北者の内部に語り手の共感を潜在化させていくという方法が存在しており、この語り手による共感が小説「やぽん・まるち」全体の基本的トーンを形成している。保田の小説は〈つひに『やぽん・まるち』の作曲者名は判明しない〉という一文で閉じられるが、そこでは、「虎徹宵話」の男の正体が最後まで不明のまま留まるのと同様に、幕吏の姿も匿名性の内部に消えていく。

三　ロマン主義と〈自己疎外〉

かつて橋川文三は、太宰と「日本浪曼派」の関係をめぐって〈『世界の中にある』存在としての自我を、世界から疎外しようとする〉ような〈ロマン主義者に共通する方法としての自己疎外〉の存在を指摘した[5]。敗北や滅亡へ向かう者という、世界から疎外されていく不特定な存在を言説化し、その不特定存在に自己を接続しつつ〈革命〉や〈芸術〉を示唆するという太宰「虎徹宵話」と保田「やぽん・まるち」に共通する手法は、正にそのようなロマン主義的な〈自己疎外〉の一つの表現形態であると論者は考える。

初出から改竄へ至る小説「虎徹宵話」は、弘高ストライキ事件の余波の中で、弘高周辺の左翼運動の進展や同時代のプロレタリア文学運動の動向を強く反映しながらも、新時代の強者の側ではなく、敗北が約束された者の側の内面に寄り添いながら語ることで、後に繰り返し形象化されることになる〈自己疎外〉的な表象を、一早く定着させたテクストとして読み得るのではないか。それは、敗北へ向かう弱者として造型された存在へとロマン主義的に自己を仮託して表現を構成することで、同時代のプロレタリア小説の平板な直截性とは異質な、独自の表現世界を切り開いているといえる。いわば、現実世界から疎外されていく敗北者の形象化へと向かう過程に、初期太宰のロマン主義的な志向が静かに影を落としている。

そこには、同時期の「哀蚊」(『弘高新聞』一九二九・五)にも共通するような、独自の志向が浮かんでいるように考えられるのである。安藤宏は、「哀蚊」の方法と後の太宰作品に顕現する〈滅び〉の志向との連続性を指摘しているが(「『哀蚊』の系譜」『太宰治』四　一九八八・七)、そのような志向の一端が、この「虎徹宵話」においても、密かに底流していると論者は考える。そして、橋川の指摘する〈ロマン主義者に共通する方法としての自己疎外〉を考慮する時、そこには後の「日本浪曼派」への合流へと至る小径さえも、微妙に予感されているように思われるのである。それは性急に過ぎる解釈であろうか。

　ともあれ、初期太宰の小説における試行と初期保田のそれが、一九三〇年前後の日本の言説空間において偏差を持ちつつも、同時に一定の並行性を持っていたということ、この日本のロマン主義をめぐる言説の並行性に関しては一層多面的に考察されなければならないだろう。この論点に関して、今後に向けての課題の一つとして、その視点の持つ可能性について問題を提起したものである。

注

1　山内祥史「『虎徹宵話』の初稿――太宰治の左翼思想的傾斜・資料」(『国文学解釈と鑑賞』一九六九・五)。

2　「虎徹宵話」改稿を中心に論じた先行論としては、例えば高山裕行「初期太宰治試論――『虎徹宵話』改作の意図について」(『近代文学論集』七　一九八一・一二)などがある。

3　早くこの一節に注目して太宰の左翼的傾斜のあり方を論じた先行論として、相馬正一「初期習作」(『作品論太宰治』一九七四・六　双文社出版)がある。

4　近藤の差料であった二尺三寸五分の「長曾祢興里虎徹」に関しては真贋諸説あるが、贋物とするのが通説である。太宰のテキスト「虎徹宵話」の語りのあり方においても、明らかにこの贋物説が意識された構造を持っている。

5　ここでは、橋川文三「補論三　日本浪曼派と太宰治」（『増補日本浪曼派批判序説』一九六五・四　未来社）における一連の分析を踏まえる。

［付記］太宰治のテキストの引用は、筑摩書房版『太宰治全集』（一九八九―一九九二）を参照した。

第一二章　「近代の超克」の周辺——津村秀夫と〈超克〉論議の多様性

はじめに

一九四二年の七月に雑誌『文学界』によって実施された座談会「近代の超克」に関しては、文学史や文化史、また思想史の各領域において、従来から様々な検討が積み重ねられてきた。竹内好による「近代の超克」論が早くから論じる通り、一般に『文学界』グループ・京都学派・日本浪曼派の三つの要素を含むと評価されてきたこの座談会は、〈日本近代史のアポリアの凝縮〉として、近代日本における様々な歴史的課題を今なお提示するテキストとして存在している[1]。竹内によるいわば三派鼎立論的な「近代の超克」会議に関する図式は、現在においてもきわめて示唆的なものである。しかし、参加者に即してこの会議を再検討する際に、竹内の図式から抜け落ちた幾人かの論者の思考の示す位置を看過することは出来ない。

そのような参加者の一人として、「何を破るべきか」と題する論考を提出してこの座談会に参加している映画批評家の津村秀夫（一九〇七－一九八五）を挙げることができるであろう。詩雑誌の第二次『四季』の主要同人として著名な詩人津村信夫の兄でもあったこの人物に関しては、従来必ずしもその活動の位置に対する評価が確定しているとは言えない。津村秀夫は一九〇七年に、当時神戸高等商業学校の教授であった父の長男として神戸市に生まれており、弟である信夫よりは二歳年長であった。津村は神戸一中・第七高等学校を経て東北帝国大学の独文科に進学し、在学中は小宮豊隆に師事する一方で、大学内に映画研究会を設立するなど、後の映画批評家へ至る関心の経路は既にこの時期に示されていた。大学卒業後の一九三一年に朝日新聞東京本社へ入社し、その翌年の一九三二年から、後に津村の代名詞ともなる〈Q〉という筆名の下に、『朝日新聞』紙上で映画時評を担当することとなる。この時期以後、弟信夫らとの同人雑誌『四人』発行の時期を挟みながら、津村は『朝日新聞』紙上のみならず、『キネマ旬報』を始めとする各種の映画雑誌において精力的に映画批評を展開していくこととなる。それら津村の一連の多彩な映画批評は、一九三九年刊行の最初の映画論集『映画と批評』を端緒とする著作に収録され、一九四五年の終戦時までに合計六冊の著書が刊行されている。[2]

この映画批評家としての津村秀夫に関する従来の評価に関しては、佐藤忠男による〈太平洋戦争の時期には率先して侵略的な映画政策を支持する論陣をはった〉人物という言及に示されるように、戦時下の映画政策に積極的に加担したあり方が、従来から厳しく批判されていることは、知られている通りである。[3] 戦時下の日本映画の動向を詳細に検証したピーター・B・ハーイの著作における考察の中でも、〈政府の政策の論理を説明する報道官〉のごとく、当時の国内の映画文化政策に津村が及ぼした影響のあり方が、批判的検討の対象となっている。[4] また、このような津村の『映画政策論』や『映画戦』等の一連の映画をめぐる政策的提言に象徴される映画批評家としての位置に関して、長谷正人は、〈全体主義的批評家〉という視点から津村に関する一連の検討を行っている。[5] 以下の本章においては、そのような従来の指摘を踏まえながら、朝日新聞社に所属しながら精力的に映画に関する発言を展開していた一九三〇年代から四〇年代にかけての映画批評家としての津村秀夫の思考の展開に関して、座談会「近代の超克」の問題を射程に入れながら再検討したいと考える。

一　津村秀夫の映画批評

津村が一九三二年に筆名〈Q〉の下に『朝日新聞』紙上で映画批評を開始してから一九四五年に至るまでの映画

に関する主要な言説は、その六つの著作『映画と批評』（一九三九・三　小山書店）『続映画と批評』（一九四〇・一二　小山書店）『映画と鑑賞』（一九四一・八　創元社）『続映画と鑑賞』（一九四三・四　創元社）『映画政策論』（一九四三・一〇　中央公論社）『映画戦』（一九四四・二　朝日新聞社）に収録される。それらの著作を中心として津村の映画についての言説を整理するならば、内容的側面から五つに分類が可能であろう。

まず第一に、芸術としての映画に関する原理的考察があり、また芸術全般に関する批評といった性格を持つテキスト群がある。それらは特に最初の二つの評論集『映画と批評』並びに『続映画と批評』の二巻において展開される。第二の分類として、個別の映画作家論、また映画における演技者（俳優や女優）に関する批評がある。短い映画時評以外に、比較的まとまった長さの映画作家論を津村が展開しているのは、ジャック・フェーデ Jacques Feyder、ジュリアン・デュヴィヴィエ Julien Duvivier、ルネ・クレール René Clair、エルンスト・ルビッチ Ernst Lubitsch といった当時のヨーロッパ系を中心とした代表的な映画作家である。一方で、日本の映画監督では溝口健二、田坂具隆、小津安二郎、山中貞雄といった諸監督が繰り返し言及の対象となっており、当時の津村の嗜好と評価の所在が窺われる。第三に、同時代に公開された個別の映画作品に関する長短様々の時評がある。その多くが朝日新聞紙上の映画時評の形式で発表されている。それらの中には、レニ・リーフェンシュタール Leni Riefenstahl の「オリンピア」二部作の「民族の祭典」「美の祭典」、さらに「ポーランド進撃」「勝利の歴史」といったドイツの記録映画に関する集中的な肯定的言及、同時代のいわゆる文化映画の動向、またニュース映画の展開に関する津村による個別の批評が含まれる。第四の津村の映画批評の領域として、同時代映画全般に関する提言と批判とでも呼ぶべきジャンルがある。そこには世界と日本の映画の将来的展望や、ポール・ローサ Paul Rotha のドキュメンタリー・フィルム論批判に代表される映画批評論といった論考も含まれる。第五に、その映画批評の政策的側面が体系化されたものとして、津村の映画言説の重要な側面としての一連の映画政策論が存在する。それらは、先に挙げた『映画政策論』『映画戦』といった一種「悪名」高いテキストに凝縮されている。

　ここで、津村の映画批評の性格が特に顕在化していると思われる複数のテキストを参照しながら、津村の映画批評の三つの特徴を検討する。第一に、津村の一連の批評に特徴的なのは、映画というメディアの持つ独自性に対する鋭敏な意識であり、そこにおいては、文芸や演劇といった伝統的な芸術ジャンルに対して、映画が持つ新しさが繰り返し語られている。自らも詩と小説を執筆し、詩人としての津村信夫を近親に持った津村は、文学表現に精通した映画論者としての飯島正や北川冬彦同様に、芸術ジャンルの問題に意識的であったといえるだろう。例えば、第一評論集『映画と批評』に収録された「映画芸術への断想」において、津村は、〈偶然的なものを取り除〉いて観客に呈示するドラマに対して、トオキイ芸術の機械性は〈偶然的なものも、必然的なものもごつちやにして、外界全体として彼を包み、彼に影響してゐるさまを描く〉ものであり、それが〈トオキイ芸術独特のリアリティ〉につながると評価する。[6] 同様に評論「記録映画の幻想性」においても、〈映画の持つ機械性〉として、カメラが直接の被写体以外の〈背景〉をも〈写し取る〉こと、そして〈背景〉が〈映画のリアリティ〉を決定し、〈鑑賞者の空想や幻影〉を左右すると論及する。[7] 同様に「映画の枠について」と題する論は、〈映画眼〉すなわちカメラの捕捉する視覚が、〈肉眼によつて〉は〈看過され勝ちな〉対象を発見する点にあることを指摘して、カメラ・アイの持つ独自性への洞察を含んでいる。[8] 言うまでもなくこの津村の見解は、同時代の世界的な映画美学の展開とも並行性を持っており、例えば、ワルター・ベンヤミン Walter Benjamin による一九三六年の著名な評論「複製技術時代の芸術」（Das Kunstwerk im Zeitalter seiner technischen Reproduzierbarkeit）における、カメラ・アイが人間の肉眼を超えた無意識の知覚世界を捉えるという著名な指摘を想起させる。いわばこれらは津村の映画批評家としての同時代的感性を窺わせるものである。

　第二の特徴は、津村の映画文化をめぐる〈国際性〉と〈混血性〉の主張の問題である。「映画の血について」と題する評論において、津村は〈映画の血の国際化の傾向〉、映画文化をめぐる〈混血性〉と〈国際性〉を肯定して、それらが〈故郷のない国際人が次第に増加しつつあり、同時に国際都市も生れつつある〉現代において不可避的であるとし、〈映画の混血性、又は国際性を通じてそれが普遍性に達する可能性が発見される〉と論じる。[9] さらに〈アメリカ映画は元元〉〈混血的〉であるとして、その〈混血性〉を映画というメディアが本質的に持つ問題として分析している。なお、このアメリカ映画の持つ〈混血性〉に関する分析は、後の「近代の超克」提出の「何を破るべきか」において、反転して〈アメリカニズム〉批判へ発展することになる。

第三に注意されるのは、津村の日本映画の同時代的特性に関する一貫した批判的姿勢である。例えば「日本映画のテムポについて」において、津村は、小津安二郎や成瀬巳喜男、さらに溝口健二といった日本の代表的映画作家が共通した〈テンポ〉を持っていること、それらが〈日本の伝統芸術では重要な位置を占めてゐる〉〈詠嘆〉のリズムに通じるものであるとして、〈日本人といふ問題〉や〈日本的な社会感覚〉と関連させながら、その〈テンポ〉のあり方に批判的に言及している。[10] そして、そのような〈テンポ〉変革の必要、〈今日の日本映画の構成力を高め、且つそのテムポをもつと奔放な、もつと鋭い、そしてもつと重厚な流れのものとする〉必要性を強調している。この〈日本映画〉の〈詠嘆〉批判の姿勢には、先の映画の持つ〈混血性〉と〈国際性〉の肯定の反面としての、津村の日本映画へのいわば批判的視座が看取されるものである。津村は、〈詠嘆〉的な〈日本映画〉に対して、より啓蒙的な歴史映画の必要性を強調する。例えば「歴史映画について」においては、通俗的な時代劇の流行を批判し、〈日本の過去の時代と、そこに生きた人人の生き方と運命〉を描くものとして、森鷗外の文学の映画化が提案されている。[11] そこでは〈鷗外文学は我我に〈事実〉の美しさと面白味との秘密を示してくれる〉ものとして評価される。同様の視点は、「衣笠貞之助氏への手紙」や「日本映画改造への注文」においても示されており、そこで津村が〈事実〉の必要を重視し、〈歴史的考証のある〉〈啓蒙的要素〉を持った歴史映画を提唱する点、また同時にそこに

〈詩〉を要請して〈詩〉は〈映画のリアリズムに反抗しない〉と論じる点が注意される。[12]

一連の津村による映画批評に関しては、例えば、その映像美学がある意味で戦後フランス映画のヌーヴェル・バーグ的視点を先取りしているといった長谷正人による先行評価も存在しており、[13]同時代的にみても興味深い位置を占めるものである。一方で注目したいのは、津村の一連の視点が、その先鋭な視座を一面で保ちつつも、一九四〇年前後を境として急速に硬直化し後退していくことである。例えば、映像の機械性をめぐる鋭敏な洞察は、戦時下の記録映画論へと回収され、映画の混血性の肯定は、それに立脚する〈アメリカニズム〉批判の文脈へ反転することになる。また日本的性格に関する分析は、否定の対象から日本文化の文化的差異を示す要素として肯定の対象へと移行し、歴史映画論も日本の〈精神〉的伝統の問題と結び付けられて日本主義的な文脈で語られていく。『映画と鑑賞』に収録された評論「日本映画の方向」は、〈歴史と伝統の力〉の認識の必要性を語って、津村のそのような硬直化の一面を明確に示している。[14]また、津村自身によってその変化の事情が語られているのが、『映画と批評』の「昭和十五年十二月七日」の記載のある「跋」文であり、一九三九年から一九四〇年にかけての病臥と父の死が自己の思想的転換に影響した事情が言及される。そこでの〈私は私の作用し得る能力の角度から、即ち日本の映画界の改革といふ角度から、——已むに已まれぬ本能の如き要求を以て旺んに文章活動を始めた〉という言及は、一種の事後的な自己解釈に映るが、戦時下の時代状況の中で急速に屈折していく津村の姿を鮮やかに示す。[15]

二　座談会「近代の超克」と津村秀夫

ここまでの確認を踏まえながら、座談会「近代の超克」での津村の論文「何を破るべきか」（『近代の超克』「一　論文」一九四三・七　創元社）の内容を検討する。[16]津村の「何を破るべきか」は、イニシャルＡＢＣＤの四人による架空の座談形式のテキストであり、津村のいくつかの先行する映画批評における論点を総合しながら、その〈近代〉に対する認識を提示するものであるといえる。その基本的な視点は、例えば『続映画と批評』所収の一連の文章（「映画の血について」や「欧州映画と米国映画」など）における論点とも通じるものである。

　津村の「何を破るべきか」における論点は多岐に亙るが、その主要な言及を列挙すれば、第一にヨーロッパの今後に関する展望について、第二に〈東亜文化圏〉の建設と〈アメリカニズム〉の影響力の問題、第三に〈アメリカ物質文明〉の持つ浸透力の評価、第四にドル・ポンドの〈偉力〉の問題、第五に〈アメリカニズム〉の〈危険〉性、第六に世界映画界の将来への展望、第七に〈近代精神の超克〉と〈現代精神の脱却〉の必要性、等の諸点である。それらの言及を含む津村の論文〈何を破るべきか〉が、座談会「近代の超克」の他の参加者の思考に対して示す重要な差異は、大別して以下の三点に要約可能と思われる。

　第一に、〈超克〉すべき対象の設定についてである。津村における〈超克〉の主要な対象としては、二〇世紀以降の〈現代〉の〈精神〉、それを代表する〈アメリカニズム〉が設定されている。「近代の超克」座談会の他の大部分の参加者が、いわば包括的に〈西洋近代〉を課題とし、総じてその分析において一九世紀以前と二〇世紀以降の区分、またヨーロッパ文化とアメリカ文化の区分を強調しないのに対して、津村の立場はそれらと異質である。例えば、論考中では、〈ヨオロッパ文化〉が〈世界文化として永くその地位を保〉った理由として、その〈普遍的な表現力〉とそれを伝播させた〈欧州の政治的旧秩序〉〈軍備力と経済力〉が指摘され、〈英・仏によつて代表される〉旧文化とソ連の共産主義の両者の克服の必要性が唱えられる。しかし、津村によれば、真の課題は、ドイツ中心の〈新ヨオロッパ文化〉と日本の〈東亜文化圏〉の〈聯関〉の中で〈アメリカニズム〉が〈将来の東亜文化圏の建設にあたつて見えざる障害となる〉ということである。また、〈近代精神の超克と現代精神の脱却〉に関して、〈現代精神〉は〈近代精神よりも一層堕落したもの〉であるとされ、その乗り越えの重要性が強調されている。

第二に、同時代の金融動向への言及を含む経済的な視点である。「近代の超克」座談会の参加者の一人である歴史学者の鈴木成高による〈超克〉対象に関する定式化としての〈近代の超克といふことは、政治においてはデモクラシーの超克〉〈経済においては資本主義の超克〉〈思想においては自由主義の超克を意味する〉という発言はよく知られている。しかし、廣松渉がその〈超克〉研究において強調するように、この座談会で〈資本主義〉の発展についての同時代的な状況と課題に明確に言及した論者は存在しない[17]。しかし、この問題にアメリカ映画資本の動向という限定的な視点ではあるものの津村は論及する。アメリカ映画資本の席巻する同時代状況を踏まえて、津村はその背景としての〈ドル・ポンドの〈偉力〉〉に言及し、〈過去の世界秩序はドルとポンドの上に建てられ、維持されていた〉が、〈民主主義の破砕〉とは要するに〈ポンドとドル〉の破砕であるといった考察を展開する。貨幣としてのポンドとドルの持つ〈偉力〉に言及し、それらを〈貨幣戦〉という言葉で対象化する津村の経済的な観点からの指摘は、超克論議における他の論者との思考の差異として留意するべきだろう。

第三に、津村の批判する〈アメリカニズム〉という概念の持つ含意の問題がある。論文「何を破るべきか」において津村が批判する〈アメリカニズム〉とは、国家としての〈アメリカ〉にのみ関係する概念としてではなく、ヨーロッパや日本に浸潤すると同時に、アメリカそのものをも蝕むような傾向として、〈物質文明〉と〈機械文明〉の問題に関連して論じられる。そこでは〈アメリカ物質文明の恐ろしさは、現代に適応した生活様式を生産して与へる〉点にあること、〈容易に人を感染せしめる安易さと必然性と一種の親しみをもつ〉点が、繰り返し批判される。そしてそのような〈アメリカニズム〉の媒介の象徴として、「近代の超克」座談会における津村の発言では、アメリカの映画産業の持つ諸性格が列挙されるが、そこで否定的に分析されている〈アメリカニズム〉の関わる諸性格は、先に言及した「映画の血について」等のこの時期以前の映画評論においては、実は肯定的な文脈で論及されていたものであった。津村の〈アメリカニズム〉に対する態度は、実はそれに対する両義的評価を背後に潜ませている。

津村の論文がＡＢＣＤの四人による架空の座談形式を採用していることは、その思考が一義的に回収されない多様性を持っていたことと密接に関係するだろう。例えば、「近代の超克」座談会における発言中に〈アメリカといふものは物質文明と機械文明の素晴しい力を持つて居る。然もこれは或る程度吾々の現代生活といふことを考へると、この機械文明とか科学技術の発達といふことは否定出来ないものがある。〉〈これだけはどうもアメリカで生れたものであるから、いかんといふ訳には行かないものがある〉と述べる（『近代の超克』「二　座談会」同前）。津村の架空の座談形式による論文「何を破るべきか」、そしてその座談会での発言は、〈アメリカニズム〉の影響力に対する否定と肯定の両義的な立場の間で展開していく。そして、それらの立場の背景には、津村の〈近代〉以降の芸術としての映画への理解のあり方が存在している。

三　〈アメリカニズム〉の問題

従来の座談会「近代の超克」の検討において、座談会参加者の世界的な水準における歴史認識の問題が主要な論点の一つとなっていることは周知の通りである。[18] 例えば、同時期の所謂京都学派による〈世界史的立場〉に関する主張が、〈ヨーロッパ世界〉と〈非ヨーロッパ世界〉を対立項として把握したことはよく知られる通りである。例えば高山岩男は京都学派の代表的論客として知られるが、その著作『世界史の哲学』（一九四二・九　岩波書店）の「序文」において、同時代の状況を〈世界史上の大動揺〉〈世界史の大転換〉として認知した上で、当時の日本が立脚する〈世界史上〉の位相を〈ヨーロッパ世界に対して非ヨーロッパ世界が独立しようとする趨勢〉として考察した。そのような観点は座談会参加者の一人で同じく京都学派の哲学者西谷啓治による論考「「近代の超克」私論」

においても共有されている。他方で、例えば、雑誌『文学界』グループの小林秀雄は、座談会での発言において〈歴史の変化に関する理論〉としての〈近代の史観〉に対して〈歴史の不変化に関する理論〉の可能性に言及する。小林による〈歴史を常に変化と考へ或は進歩といふやうなことを考へて、観ているのは非常に間違ひではないか〉という主張は、座談会参加者の京都学派の歴史学者である鈴木成高によっても一定の同意を得ている。鈴木成高は、〈永遠に止まるものがあつて、そこに歴史があるだらう〉とした上で〈発展の概念を超克するところに歴史学における近代の超克があるかもしれない〉と応じる。この発言に対して、小林は〈歴史が古典として見える〉地平においては〈時間も発展もない〉と応じている。これらの「近代の超克」座談会における歴史とその性格をめぐる議論は、座談会自体には参加していない日本浪曼派グループの保田與重郎における〈発展〉や〈進歩〉を否定する歴史観も含めて、この座談会を検討する上での重要な論点となってきた。

ここで座談会における津村の歴史に関わる認識を検討するならば、その思考は、京都学派や小林、保田らとも異質である。先に言及した通り、津村はアメリカとその影響としての〈アメリカニズム〉をヨーロッパ世界由来の〈近代〉とは異質な要素として理解していた。そのことは、座談会中でも鈴木成高が津村に対して〈近代の超克といふことと関聯して、アメリカニズムといふものはモダニズムの代表的なものであるのか、或はモダニズムとはまた一種違つた所に立つて居るものであるか、その点はどうですか。津村さんはアメリカニズムを超克するといふ一つの問題を立てて居られるやうでありますが……。〉と問い、また西谷啓治が〈僕は津村さんの論文を面白く拝見したのですが、一体アメリカニズムが日本ばかりでなく、ヨーロッパにまで浸潤して居るといふのはどういふわけですか〉と相次いで質問することにも窺われる。津村は〈アメリカニズム〉という概念の提出とそれに対する両義的な理解を通して、京都学派の歴史観に対しても、それらへの一種の反措定としての小林や保田の歴史認識に対しても、いずれにも批評的な立場を保ち、この座談会の歴史認識の議論をより差異化する役割を果している。

座談会「近代の超克」において、津村はこの歴史観の問題をも含めて、他の座談会参加者による一連の〈近代の超克〉を目指す「建設」的な論議に対して、それらを単純に受容することのない批評的姿勢を保っている。津村のこの座談会における批評的姿勢は、基本的には、映画という〈近代〉の産んだテクノロジーの発達と直結するメディアを通して思考していたことから由来するだろう。例えば、亀井勝一郎が座談会に提出した論文「現代精神に関する覚書」は、〈機械を征服するよりも、逆に征服されるといふ現象は他の領域にも屢々みられるところで、人間は無意識のまゝにその奴隷となり易いのである。映画と写真はこの危険区域を彷徨してゐる〉と論じて、〈映画と写真〉を〈現代〉の〈機械〉による征服の否定的な例として言及する。それに対して、津村は、座談会中の発言において〈アメリカの映画資本主義の中に出来た産物の愚劣なものや、日本映画の低劣な作品だけを特に考へられると愚衆のみるものともいへないことはないが、映画文化といふものはもつと広く高いものである〉と述べて、〈近代〉的な芸術としての映画とその各種の効能を強く肯定している。津村には、〈近代〉以降の科学と技術の発展を抜きにして映画というメディアは存立しないという明確な認識があった。映画の持つそのような芸術的性格を認識するがゆえに、〈近代の超克〉座談会の参加者の中でも、津村の〈近代〉に対する立場は相対的に多様な差異を抱え込み、座談会への批評性を含んでいる。この津村の姿勢は、この座談会「近代の超克」において、この座談会そのものに対して一貫して批判的な立場を示す中村光夫とその論考「近代への疑惑」での立場にも通じるものがあるだろう。

四　映画政策と映画戦

座談会「近代の超克」以後の津村は、当時の日本における国家的な映画政策論に積極的に加担していくことになる。津村は、その著作『映画政策論』（一九四三・一〇　中央公論社）において、〈資本主義のある半面が文化的企業〉を毒している状況、〈資本〉による〈利潤追窮〉によって映画産業が国内外において圧迫される状況下においては、それへの有効な対抗策は国家による統制であり、それらを通してのみ望ましい映画産業の計画的発展が可能となると主張するようになる[19]。さらに『映画戦』（一九四四・二　朝日新聞社）の段階に至ると、津村は、映画産業が〈大東亜建設の文化戦〉に参加することの重要性を熱心に唱えるにいたる[20]。同時期に津村は多くの国家的な映画政策をめぐる評論を発表しているが、津村にとって、その一連の評論の問題意識は、国内映画産業振興の問題としてのみならず、先の〈アメリカニズム〉にいかに対抗するかという問題としてもあったことは明らかである。『映画戦』における〈大東亜映画政策〉の分析においても、アメリカ映画の持つ浸透力と影響力の背景が詳細に検討され、特にそれへの対策が検討されている[21]。津村が、同時代の映画産業が世界的にアメリカ映画の強力な影響下にある状況において、それに対する対抗策を映画産業と国家との結合に見出していく過程は、同時期の津村自身の一連の著作の中に明白に現れている。

本章では、津村の映画批評の性格を検討した上で、その座談会「近代の超克」における位置を展望してきた。津村による映画批評は分量も多く、その性格も多岐に亘っており時期的な偏差も大きいために、本章において言及したのはそのごく一側面に過ぎない。また、津村の映画批評に関して、特にその戦時下の映画政策をめぐる具体的な検証は今後の課題である。津村においては、戦時下の映画政策的な観点は突然登場してきたものではなく、津村の初期からの映画批評の思考の延長線上に登場してきたものであった。映画というメディアの固有性に敏感であり、その独自の性格を深く洞察していた津村の映画批評の時代に伴う変容の過程を辿り、その論理を批判的に再検討することは、現在の文化的状況を思考する際にも一つの示唆を与えるように思われる。

注

1　竹内好「近代の超克」（『現代日本思想史講座』七　一九五九・一一　筑摩書房）。

2　津村秀夫による最初の映画評論集が『映画と批評』（一九三九・三　小山書店）であり、以下『続映画と批評』（一九四〇・一二　小山書店）、『映画と鑑賞』（一九四一・八　創元社）、『続映画と鑑賞』（一九四三・四　創元社）、『映画政策論』（一九四三・一〇　中央公論社）、『映画戦』（一九四四・二　朝日新聞社）の順で、一九四五年の終戦時までに刊行される。本論での津村秀夫のテキストの引用は、それらの各単行本に従った。

3　佐藤忠男『日本映画史』第四巻「五　見ることのシステム」（一九九五・九　岩波書店）。

4　ピーター・B・ハーイ『帝国の銀幕　十五年戦争と日本映画』「第一三章　鉄棺の蓋が閉じる」（一九九五・八　名古屋大学出版会）。

5　長谷正人「日本映画と全体主義——津村秀夫の映画批評をめぐって」（『映像学』日本映像学会　一九九九・一一）。

6　津村秀夫「映画芸術への断想」（『映画と批評』一九三九・三　小山書店）。

7　津村秀夫「記録映画の幻想性」（『映画と批評』同前）。

8　津村秀夫「映画の枠について」（『続　映画と批評』一九四〇・一二　小山書店）。

9　津村秀夫「映画の血について」（『続　映画と批評』同前）。

10　津村秀夫「日本映画のテムポについて」（『続　映画と批評』同前）。

11　津村秀夫「歴史映画について」（『映画と批評』同前）。

12　津村秀夫「衣笠貞之助氏への手紙」「日本映画改造への注文」（『映画と批評』同前）。

13　長谷正人による前掲論。

14　津村秀夫「日本映画の方向」（『映画と鑑賞』一九四一・八　創元社）。

15 津村秀夫「跋」(『映画と批評』同前)。

16 津村秀夫「何を破るべきか」(『近代の超克』「一 論文」一九四三・七 創元社)。

17 廣松渉『〈近代の超克〉論 昭和思想史への一断想』(一九八〇・四 朝日出版社)。

18 初期の竹内好「近代の超克」から前出の廣松渉『〈近代の超克〉論』を経て、近年に至るまでの各種の論考がこの問題に言及するが、依然として残された課題も少なくないように思われる。今後の検討課題としたい。

19 津村秀夫「私はなぜ映画評論を書くか」(『映画政策論』一九四三・一〇 中央公論社)。

20 津村秀夫「序にかへて」(『映画戦』一九四四・二 朝日新聞社)。

21 津村秀夫「大東亜映画政策に関するノート」(『映画戦』同前)。

■資料

雑誌『日本浪曼派』総目次

創刊号〔昭和10年3月号〕～終刊29号〔昭和13年8月号〕

◎昭和10年3月号　創刊号

浪曼化の機能　中島栄次郎
浪曼的自我の問題　亀井勝一郎
川端康成論(一)　保田與重郎
回想(小説)　緒方隆士
町工場(小説)　緑川　貢
あらがみ集(詩)　神保光太郎
二十歳(小説)　中谷孝雄
新しき時間の獲得　神保光太郎
音楽・読書　亀井勝一郎
先祖伝来の古い銀貨　保田與重郎
独語　中谷孝雄
フラグメンテ　シュレーゲル
創刊之辞
編輯後記　亀井・保田

◎昭和10年4月号　第2号

奴隷なき希臘の国へ　亀井勝一郎
日本浪曼派詩論　神保光太郎
川端康成論(二)　保田與重郎
真昼の休息(詩)　伊東静雄
冬の話(詩)　神保光太郎
僕のおぢいさん(小説)　木山捷平
白鳥先生侍史　保田與重郎
萩原氏の怒り　神保光太郎
舟橋聖一君に　亀井勝一郎
出発　緑川　貢
独語　中谷孝雄
編輯後記　亀井勝一郎

◎昭和10年5月号　第3号

反進歩主義文学論　保田與重郎
生けるユダ(シエストフ論)(一)　亀井勝一郎
人生劇場を読む　淀野隆三
なまけものの感想　雪山俊之
詩壇時評　郡山弘史
日本浪曼派小評　山岸外史
業(詩)　神保光太郎
雲霧の宴(詩)　檀　一雄
独語　中谷孝雄
私事一つ　亀井勝一郎
いかさま問答　檀　一雄
あとがき　緒方隆士
身辺自弁　保田與重郎
花開く夢(小説)　緒方隆士
白い葬列(小説)　伊藤佐喜雄
道化の華(小説)　太宰　治
編輯後記　中谷孝雄

◎昭和10年6月号　第4号

生けるユダ(シエストフ論)(二)　亀井勝一郎
新しきポエムの追求　神保光太郎
現代浪曼主義の啓蒙的諸相(一)　山岸外史
詩壇時評　保田與重郎
宗教・政治・文学に関して　ジイド／淀野隆三訳
言葉　伊藤佐喜雄
上京の弁　木山捷平
あほう、あほう　緒方隆士
旅情の歌(小説)　北村謙次郎
山行するもの(詩)　神保光太郎
郷臭(小説)　渡辺　寛
懺悔椅子(詩)　郡山弘史
朝の歌(詩)　中島栄次郎
娼婦(一)(小説)　緑川　貢
編輯後記　中谷孝雄

◎昭和10年7月号　第5号

現代浪曼主義の一態度　淀野隆三
現代浪曼主義の啓蒙的諸相(二)　山岸外史
文芸時評　保田與重郎
深夜妄語　檀　一雄
戒律を索めて　亀井勝一郎
或る日の仮構　山岸外史
『少年』について　亀井勝一郎
雑感　緒方隆士
独語　中谷孝雄
娼婦(二)(小説)　緑川　貢
かの微笑のひとを呼ばむ(詩)　伊東静雄
遠い世界で(詩)　神保光太郎
夕立はれて　岩田九一
見えない梯子(戯曲)　伊馬鵜平
編輯後記　亀井勝一郎

◎昭和10年8月号　第6号

文芸の大衆化について　保田與重郎
わが批判者におくる　神保光太郎
文芸時評　淀野隆三
もの思ふ葦(一)　太宰　治
小熊秀雄抄　郡山弘史
緑蔭日記　木山捷平
近ごろ抄　伊馬鵜平
盛夏フラグマン　北村謙次郎
三好達治君の変な言ひ分　山岸外史
望夢(詩)　檀　一雄
狂へるニーチエ(詩)　神保光太郎
新しい自然の歌(詩)　山岸外史
歌(小説)　伊藤佐喜雄
「花筐」序(小説)　檀　一雄
贅沢な囚人(小説)　北村謙次郎
退潮期の一挿話(小説)　渡辺　寛
編輯後記　淀野隆三

◎昭和10年10月号　第7号

新自然主義的提唱　山岸外史
主題の積極性について　保田與重郎
立つ(詩)　神保光太郎
悲歌(詩)　檀　一雄
もの思ふ葦(二)　太宰　治
太宰治へ　中村地平
化石その他　伊藤佐喜雄
断片　亀井勝一郎
茱萸(小説)　北村謙次郎
葉書少女(戯曲)　伊馬鵜平
編輯後記　山岸外史

◎昭和10年11月号　第8号

法隆寺修繕のことなど　保田與重郎
わが友に送る断章　亀井勝一郎
恋歌（詩）　檀　一雄
逃亡（詩）　郡山弘史
まだ猟せざる山の夢（詩）　伊東静雄
もの思ふ葦（三）　太宰　治
新刊抄　亀井勝一郎
鸊鷉科君　伊馬鵜平
衰運（小説）　檀　一雄
終日（小説）　北村謙次郎
編輯後記　中谷孝雄

◎昭和10年12月号　第9号

喪失と世俗　保田與重郎
さる人に（詩）　伊東静雄
死火山の夢（詩）　亀井勝一郎
もの思ふ葦（四）　太宰　治
珈琲の音　ファルグ／淀野隆三訳
絶望の逃走　淀野隆三
花宴（一）（小説）　伊藤佐喜雄
夕張胡亭塾景観　檀　一雄
編輯後記　淀野隆三

◎昭和11年1月号　第10号

シュトゥルム・ウント・ドゥランク（一）　亀井勝一郎
現実の果無さ　保田與重郎
浪曼的精神　雪山俊之
ピエタ　芳賀　檀
恋歌（詩）　檀　一雄
夜の歌（詩）　神保光太郎
地勢（詩）　郡山弘史
追放と誘ひ（詩）　伊東静雄
文芸時評　檀　一雄
碧眼托鉢（一）　太宰　治
近ごろ抄　伊馬鵜平
花宴（二）（小説）　伊藤佐喜雄
初恋（一）（小説）　緑川　貢
編輯後記　亀井勝一郎

◎昭和11年2月号　第11号

花宴（三）（小説）　伊藤佐喜雄
現身（小説）　阪本越郎
朔とトミ（一）（小説）　沢西　健
初恋（二）（小説）　緑川　貢
岩燕（詩）　真壁　仁
虚空象嵌（詩）　檀　一雄
碧眼托鉢（二）　太宰　治
わしの寝言　木山捷平
茗荷谷雑記（一）　中村地平
言葉の問題その他　佐藤　宏
菊の断章　山岸外史
川柳永遠勝利説　保田與重郎
シュトゥルム・ウント・ドゥランク（二）　亀井勝一郎
編輯後記　中谷孝雄

◎昭和11年3月号　第12号

初恋（三）（小説）　緑川　貢
朔とトミ（二）（小説）　沢西　健
花宴（四）（小説）　伊藤佐喜雄
歌はむなしく（詩）　郡山弘史
山上歌碑（詩）　真壁　仁
讃歌（詩）　檀　一雄
碧眼托鉢（三）　太宰　治
陰気な顔　阪本越郎
文芸時評　保田與重郎
編輯後記　中谷孝雄

◎昭和11年4月号　第13号

青春の再建と没落　亀井勝一郎

文芸時評　保田與重郎
波について(詩)　神保光太郎
冷害地帯(詩)　真壁　仁
黴唄(詩)　檀　一雄
少言　沢西　健
蝶　北村謙次郎
続わしの寝言　木山捷平
大島紀行(小説)　渡辺　寛
花宴(五)(小説)　伊藤佐喜雄
編輯後記　中谷孝雄

◎昭和11年6月号　第14号

方法論　芳賀　檀
『夜明け前』について　亀井勝一郎
断章(詩)　神保光太郎
優曇華――太宰治に(詩)　檀　一雄
浸種の朝(詩)　真壁　仁
ハイネ詩抄(訳詩)　阪本越郎
文芸時評　保田與重郎
飢餓の場所　舟橋埴郎
花宴(六)(小説)　伊藤佐喜雄
虹と鎖(小説)　緒方隆士
編輯後記　中谷孝雄

◎昭和11年8月号　第15号

伊太利への旅(一)　亀井勝一郎
方法論(二)　芳賀　檀
山行(詩)　真壁　仁
無音歌(詩)　檀　一雄
文芸時評　保田與重郎
詩・風雨の日　神保光太郎
茗荷谷雑記(三)　中村地平
花宴(七)(小説)　伊藤佐喜雄
輪燈(一)(小説)　斎藤　信
悪しき日の記憶(小説)　高橋幸雄
獅子奮迅(小説)　沢西　健
編輯後記　中谷孝雄

◎昭和11年9月号　第16号

イルゼとその母(小説)　中村地平
輪燈(二)(小説)　斎藤　信
龍の章(一)(小説)　今　官一
水晶(小説)　渡辺　寛
花宴(八)(小説)　伊藤佐喜雄
海の歌(詩)　石中象治
渡世(詩)　郡山弘史
闇をよぎりて(詩)　井上　達
三重吉のこと　北村謙次郎
麦飯雑記　木山捷平
文芸時評　保田與重郎
伊太利への旅(二)　亀井勝一郎
『晩年』『桐の木横丁』(書評)
沢西健・今官一・緑川貢・北村謙次郎
編輯後記　保田與重郎

◎昭和11年10月号　第17号

伊太利への旅(三)　亀井勝一郎
文芸時評　保田與重郎
輪燈(三)(小説)　斎藤　信
脚本(小説)　朝倉保平
花宴(九)(小説)　伊藤佐喜雄
感傷時代の記録(小説)　森　武
父危篤(小説)　木山捷平
編輯後記　中谷孝雄

◎昭和11年11月号　第18号

ゲーテ特輯

伊太利への旅(四)　亀井勝一郎
原始マイスター　斎藤　信
『親和力』雑感　沢西　健
左右以外　高橋幸雄

方法論（三）　芳賀　檀
ゲーテとナポレオン　グンドルフ／亀井勝一郎訳
芸術及び芸術史について　ゲーテ／石中象治訳
『ゲーテ対話の書』に就て　神保光太郎
文芸時評　保田與重郎
澆季の魂（詩）　真壁　仁
龍の章（二）（小説）　今　官一
編輯後記　亀井勝一郎

◎昭和11年12月号　第19号

羅馬における武者小路実篤　亀井勝一郎
ハイネについて　森　武
机上偶感　阪本越郎
歯朶三葉　高橋幸雄
悲歌（たそがれの民への）——更科源蔵へ（詩）　真壁　仁
火を索むる族長の哀歌（詩）　亀井勝一郎
悪夢（小説）　中村地平
龍の章（三）（小説）　今　官一

花宴（十）（小説）　伊藤佐喜雄
編輯後記　亀井勝一郎

◎昭和12年1月号　第20号

万葉を継ぐもの　真壁　仁
方法論（四）　芳賀　檀
かがやく藤壺のころの歌　保田與重郎
故郷落想　阪本越郎
『魔園』の魅力　沢西　健
亜寒帯の詩人　郡山弘史
保田與重郎　中河与一
この人　伊藤佐喜雄
大和について　高橋幸雄
友情　神保光太郎
感想　伊東静雄
東洋の希臘人　亀井勝一郎
保田與重郎に　芳賀　檀
『夜の歌』（書評）　中谷孝雄
『夜の歌』（書評）　保田與重郎
悪夢（詩）　檀　一雄
白鳥は死ぬかもしれぬ（詩）　阪本越郎
輪燈（四）（小説）　斎藤　信

奴婢（小説）　北村謙次郎
花宴（十一）（小説）　伊藤佐喜雄
編輯後記　亀井勝一郎

◎昭和12年3月号　第21号

遺族（小説）　緒方隆士
弁慶橋（小説）　渡辺　寛
龍の章（四）（小説）　今　官一
帰郷（小説）　石中象治
花宴（完）（小説）　伊藤佐喜雄
浮標（詩）　郡山弘史
霙と馬（詩）　真壁　仁
民族文化主義　中河与一
百日紅堂哀悼詩章（詩）　阪本越郎
伊太利への旅（五）　亀井勝一郎
山上憶良　真壁　仁
編輯後記　亀井勝一郎

◎昭和12年4月号　第22号

蝶蝶（小説）　北村謙次郎
境内の鬼ども（小説）　高橋幸雄
輪燈（完）（小説）　斎藤　信
北（散文詩）　真壁　仁
『壮年』について　亀井勝一郎

季節的感想　十返一
三月の記　木山捷平
独語　中谷孝雄
北村透谷論　阪本越郎
ボールドウイン首相　保田與重郎
方法論(五)　芳賀檀
編輯後記　亀井勝一郎

◎昭和12年5月号　第23号

美しきヘレナ　亀井勝一郎
北村透谷論(二)　阪本越郎
希望の評論　十返一
「青い花」文学運動史第一頁　山岸外史
方法論(六)　芳賀檀
アンチ・ヒユウダリズム　伊藤佐喜雄
浪曼派随想　沢西健
河床或は世代について　高橋幸雄
愁情小記　北村謙次郎
夕べに狂ふしれうたひとつ(詩)　檀一雄
土龍どんもぽつくり(小説)中村地平
編輯後記　亀井勝一郎

◎昭和12年7月号　第24号

道案内(小説)　緑川貢
龍の章(五)(小説)　今官一
行かまほし杜甫の園(詩)　林房雄
北方旅章(詩)　神保光太郎
海が見える(詩)　石中象治
文芸時評　中村地平
上つ瀬と下つ瀬について　高橋幸雄
メフイスト的情熱とヒロン的叡智　亀井勝一郎
ギリシヤのヘテリスムス以後　保田與重郎
万無量　外村繁
北村透谷論(三)　阪本越郎
方法論(七)　芳賀檀
編輯後記　亀井勝一郎

◎昭和12年8月号　第25号

春の日遠く(小説)　横田文子
断崖(小説)　若林つや
水中花(詩)　伊東静雄
鮎(詩)　中村武三郎
万葉象徴　真壁仁
詩集『萱草に寄す』　沢西健
浪曼派の将来(座談会)
亀井勝一郎・神保光太郎・芳賀檀
中谷孝雄・保田與重郎
編輯後記　亀井勝一郎

◎昭和12年9月号　第26号

夏草(小説)　檀一雄
少年(小説)　斎藤信
檀一雄の小説　芳賀檀
檀一雄の出征を送る　緑川貢
檀一雄への手紙　高橋幸雄
檀君の近業について　太宰治
『春の絵巻』の著者　外村繁
中谷氏と魯迅と　中村地平
『春の絵巻』に寄せて　亀井勝一郎
文芸雑誌編輯方法総じて未し　保田與重郎
小説の問題(座談会)
木山捷平・今官一・高橋幸雄・檀
一雄・外村繁・中谷孝雄・中村
地平・緑川貢・保田與重郎
編輯後記　亀井勝一郎

◎**昭和13年1月号　第27号**

紫紺姿絵（小説）　高橋幸雄
不思議（小説）　原　民喜
天邪鬼千話（小説）　沢西　健
詩篇（詩）　檀　一雄
苦難の日（詩）　石中象治
方法論（八）　芳賀　檀
『春の絵巻』の評　佐藤春夫
中谷孝雄君　浅野　晃
『春の絵巻』について　浅見　淵
『春の絵巻』　保田與重郎
大虚その他　中村地平
檀一雄へ慰問品を贈る記　緑川　貢
『木曾冠者』を読んで　外村　繁
宗美齢　中谷孝雄
編輯後記　外村　繁

◎**昭和13年3月号　第28号**

方法論（九）　芳賀　檀
芳賀檀　保田與重郎
芳質檀氏へ　立原道造
断片　吉田　孚
手紙　若林つや
感謝の言葉　野村琢一
追蹟　志田　麓
『古典の親衛隊』読むの記　松山武夫
警告者芳賀檀　石中象治
決意の冬　神保光太郎
『古典の親衛隊』に寄せて　亀井勝一郎
知性の抒情　佐藤春夫
若杉さんのこと　平林英子
北風南風（小説）　横田文子
田舎ことば（小説）　中谷孝雄
編輯後記　外村　繁

◎**昭和13年8月号　第29号**

方法論（十）　芳賀　檀
寒駅（詩）　石中象治
緒方氏を殺した者　太宰　治
緒方君追悼　木山捷平
「招く」といふこと　高橋幸雄
緒方隆士の影　緑川　貢
緒方隆士に　芳賀　檀
葬儀の朝　中村地平
雁の門（小説）　緒方隆士
梢かすめて（小説）　若林つや
墓地へゆく道（小説）　森　道夫
編輯後記　外村　繁

＊雑誌『日本浪曼派』は創刊号（昭和10年3月号）から第23号（昭和12年5月号）まで武蔵野書院発行、第24号（昭和12年7月号）以降は第29号（昭和13年8月号）まで西東書林発行となっている。本資料作成に際して雑誌『日本浪曼派』復刻版（全四巻　雄松堂書店一九七一年二月）ならびに同別冊所収の総目次を参照した。

あとがき

本書は、著者の保田與重郎を中心とする日本浪曼派についての既発表の論考をまとめたものである。本書の主要な部分は、過去の博士論文『保田與重郎研究――日本浪曼派の思想と方法』を基礎とする。しかし、本書では同論文から構成と内容を少なからず変更しており、同論文所収の論考の一部を削除し、代わりにその後に発表した新たな複数の論考を付加した。各論考については一定の修正を行っているが、それらの修正は結果的に限定的なものとなった。特に本書収録の一部の論考については、初出発表当時からの時間的な経過もあり、近年の日本浪曼派をめぐる研究状況、そして現在の私の思考を反映する形での大幅な改稿を検討したものも含まれている。しかし、本書収録の一連の論考は、それらの論考を発表した当時の私の思考のあり方を内包すると同時に、相互に密接に連関している。そこには、私自身の過去の思考の歩みとでも呼ぶべきものがあり、その歩みがどれほど拙いものであるにせよ、それらを分断することは避けたいと考えた。結果として本書の構成と内容で上梓することとなったのは、無論、著者自身の判断と責任である。本書中の各論考の内容については、謙虚にご批正を乞いたいと願う。

本書のタイトル『〈文学史〉の哲学――日本浪曼派の思想と方法』についても記しておきたい。サブタイトルの「日本浪曼派の思想と方法」は前述の博士論文に由来するが、メインタイトル「〈文学史〉の哲学」は、もともとは私が保田與重郎を最初に研究対象として分析した修士論文『保田與重郎論』のタイトルとして準備していたものであった。このタイトルは、結局、正式な論文タイトルとしては修士論文の提出の際に使用することはなかったのであるが、保田與重郎の唱導した日本浪曼派の文学運動を検討するに際して、私自身が初期研究において中心的キーワードとして考えたものであった。このメインタイトル「〈文学史〉の哲学」は、本書における具体的な考察対象に照らして抽象度が高いかもしれないし、サブタイトルの「日本浪曼派の思想と方法」もまた、本書が扱っている内容に対しては広範に過ぎるかもしれない。しかし、本書の出版の計画を進めるに際して、私が第一に想起したのはかつて構想したそれらのタイトル以外のものではなかった。いわば私は日本浪曼派についての本書を構成する上で、このタイトルを必要としたのである。タイトルに対して本書全体が十分な説得力を持ち得ていないとすれば、当然ながら著者の責任である。この点についても同様に、ご批正を仰ぐしかないと考えている。

　本書の内容が、日本浪曼派の研究として限定的なものに留まっていることは、私自身が強く自覚するものである。本書は実質的には保田與重郎論であるが、保田與重郎論としても、その文学と思想の一端にしか触れ得なかったことに著者として忸怩たる思いがある。本書の巻末に雑誌『日本浪曼派』総目次を掲げたが、この雑誌とその周辺に関係した異なる背景を持つ文学者たちの個別の多様性を十分に認識した上で、保田與重郎のみに留まらない考察を継続的に進められればと考えている。

　私は時々、保田與重郎を含めた日本浪曼派の文学者に関心を持つようになった理由を、自分でも不思議に思うことがある。本書でも度々論及した橋川文三のような痛切な同時代的な体験を持つわけではない。戦後における日本浪曼派に対する再評価を経由した世代でもない。日本浪曼派の文学者達とその周辺の人々に個人的な縁故を持つような機会に恵まれたわけでもない。九州に生まれ育った私は、保田與重郎が賞賛するような日本の古典文化の豊穣な風土に育まれたわけでもなかったのである。ただし、年少の頃から日本の詩歌に心惹かれ、古典文学にも魅力を覚えていたこと、やや長じてからは、近代日本の文芸批評を好んで読むようになったことが、後の関心の素地となったように思う。

　そう考えると、詩と批評を軸として日本古典への関心を内包しつつ表現活動を展開した一連の文学者に関心を持つようになったのは、決して単なる偶然ではなかったかもしれない。私にとって、日本浪曼派は研究上の唯一の関心の対象ではないが、その中で重要な一部を構成することは確かである。日本浪曼派を論じることは、現在においても一種の懐疑的な眼差しで見られることがあるが、重要なのは、その分析対象に対する考察の具体的内実でしかあり得ないと私は信じている。

　本書の上梓に際して、これまでお世話になった多くの方々に感謝を申し上げたい。私の大学学部時代から大学院時代にかけて、東京大学文学部・同大学院人文社会系研究科の先生方には、様々な折に触れて貴重なご指導の機会をいただいた。特に本書の基礎となった研究の出発点において、大学院で指導教員としてご指導を賜った野山嘉正先生ならびに安藤宏先生には、長年にわたって懇切なご指導とご助言をいただいてきたことに、心からの感謝と御礼を申し上げたいと思う。また、大学では学部時代・大学院時代を通して、多くの方々から研究を進める上での様々なアドバイスや知的刺激をいただいた。直接ご指導を受けた先生方だけではなく、それらの方々との出会いがなければ、現在の私はなかったと確信している。時を経て、己の成果の乏しさには愧じるばかりであるが、多くの学恩をいただいたそれらの方々に、深く感謝を申し上げたい。

　また、日本文学協会近代部会の方々にも心から感謝を申し上げたい。大学院時代に初めて参加させていただいた日本文学協会の近代部会とその定例部会は、私にとって実に貴重な学びの場であった。日本文学協会近代部会の方々から学んだ多くのことが、現在も私の研究を支える重要な一部となっている。私は、その学びの持つ重要な意味を、年月を経るにつれて一層深く感じるようになった。近代部会でお世話になった多くの方々に、既に鬼籍に入られた方々を含めて、心からの感謝の念を捧げたいと思う。

　そして、縁あって東京を離れて熊本の地に移って以降、現在に至るまで勤務している熊本大学に関わる方々、特にその文学部と大学院社会文化科学研究科に関係する多くの方々にも、感謝とともに御礼を申し上げたい。本書に収録された論考の一部は、熊本大学における一連の研究教育活動と深く関わるものである。それらの研究教育活動を進める過程においては、様々な方々からのご支援があった。私はそれらの方々に支えられてささやかな研究活動を続けることが出来たし、それは現在においても同様である。熊本という場こそが、私の研究活動を、そして私の生そのものをも支えてくれたのである。そのことについて、深く感謝申し上げたい。

　さらに、私の熊本における研究活動に関係する場は、大学だけではない。熊本地域の文学研究者の共同研究会である熊本近代文学研究会に参加されている方々にも、感謝の意を表したいと思う。首藤基澄先生をはじめとする熊本近代文学研究会の方々との出会いを含めて、この熊本という地における様々な方々との邂逅は、現在の私自身にとっての生きる上でのかけがえのない糧となったのである。他にも感謝を申し上げるべき方々は数多いが、これまでに様々な場や機会においてお世話になった多くの方々に対して、私が深い感謝の念を抱いていることを、ここに記しておきたい。

　最後になったが、今回の出版企画をご快諾いただいた翰林書房の社長今井肇氏、そして刊行までに多くのご配慮をいただいた今井静江氏に、深い感謝の念とともに御礼を申し上げたいと思う。

二〇一九年早春　熊本地震の記憶に

坂元　昌樹

初出一覧（初出稿への修正を含む）

第一章　原題「日本浪曼派の言説戦略――保田與重郎と「文学史」の論理」
（『国語と国文学』一九九九年一二月　東京大学国語国文学会）

第二章　原題「保田與重郎とその古典批評――表象としての女性をめぐって」
（『文学部論叢』九四　二〇〇七年三月　熊本大学文学部）

第三章　原題「〈文学史〉の方法――保田與重郎とその古典批評」
（『文学部論叢』八七　二〇〇五年三月　熊本大学文学部）

第四章　原題「「絶対平和論」の再検討――保田與重郎の〈戦後〉」
（『文学部論叢』七九　二〇〇三年三月　熊本大学文学部）

第五章　原題「柳宗悦と保田與重郎――民芸・民衆・沖縄」
（『近代文学研究』一九九八年一二月　日本文学協会近代部会）

第六章　原題「保田與重郎と〈差異〉――幻想としての〈郷土〉」
（『近代文学研究』二〇〇二年六月　日本文学協会近代部会）

第七章　原題「「日本浪曼派」批判の再構成――分岐する〈民衆〉」
（『近代文学研究』一九九七年一二月　日本文学協会近代部会）

第八章　原題「〈浪漫〉をめぐる言説の系譜――漱石文学の影」
（『漱石と世界文学』二〇〇九年三月　思文閣出版）

第九章　原題「ラフカディオ・ハーンと日本近代文学――〈日本的なもの〉の系譜」
（『ハーンのまなざし――文体・受容・共鳴』二〇一二年三月　熊本出版文化会館）

第一〇章　原題「芥川龍之介「歯車」試論――戦略としての〈僕〉の語り」
（『近代文学研究』二〇〇一年二月　日本文学協会近代部会）

第一一章　原題「太宰治「虎徹宵話」試論――〈左翼思想的傾斜〉の再検討」
（『太宰治研究』二〇〇二年六月　和泉書院）

第一二章　原題「「近代の超克」再考――津村秀夫とその映画批評」
（『国語国文学研究』四九　二〇一四年三月　熊本大学文学部国語国文学会）

雑誌・新聞名

ま

や

ら

わ

さ

た

書名・作品（記事）名

索引　人名

【著者略歴】

坂元　昌樹（さかもと　まさき）

1968年生まれ。鹿児島県出身。東京大学文学部卒業。東京大学大学院人文社会系研究科日本文化研究専攻単位取得退学。博士（文学）。日本学術振興会特別研究員（PD）、熊本大学文学部助教授を経て、現在、熊本大学大学院人文社会科学研究部（文学系）准教授。日本近代文学・日本近代思想史。著書に『漱石と世界文学』（思文閣出版　2009年　共編著）、『漱石文学の水脈』（思文閣出版　2010年　共編著）、『越境する漱石文学』（思文閣出版　2011年　共編著）、『ハーンのまなざし　文体・受容・共鳴』（2012年　熊本出版文化会館　共編著）、『蓮田善明論　戦時下の国文学者と〈知〉の行方』（奥山文幸編　翰林書房　2017年　共著）など。

〈文学史〉の哲学

日本浪曼派の思想と方法

発行日	2019年 3 月28日　初版第一刷
著　者	坂元昌樹
発行人	今井肇
発行所	翰林書房
	〒151-0071 東京都渋谷区本町1-4-16
	電 話　(03) 6276-0633
	FAX　(03) 6276-0634
	http://www.kanrin.co.jp/
	Eメール●kanrin@nifty.com
装　釘	島津デザイン事務所
印刷・製本	メデューム

落丁・乱丁本はお取替えいたします

ISBN978-4-87737-437-2